福建省文艺发展专项资金资助项目

陆永建
吴俣阳

著

海峡出版发行集团

海峡文艺出版社

图书在版编目(CIP)数据

大宋风华/陆永建,吴俣阳著.—福州:海峡文艺
出版社,2024.1(2024.7重印)
ISBN 978-7-5550-3589-3

Ⅰ.①大… Ⅱ.①陆…②吴… Ⅲ.①长篇历
史小说－中国－当代 Ⅳ.①I247.5

中国国家版本馆 CIP 数据核字(2023)第 248137 号

大宋风华

陆永建 吴俣阳 著

出 版 人	林　滨
责任编辑	蓝铃松
出版发行	海峡文艺出版社
经　　销	福建新华发行(集团)有限责任公司
社　　址	福州市东水路 76 号 14 层
发 行 部	0591－87536797
印　　刷	福州力人彩印有限公司
厂　　址	福州市晋安区新店镇健康村西庄 580 号 9 栋
开　　本	720 毫米×1010 毫米　1/16
字　　数	230 千字
印　　张	18.5
版　　次	2024 年 1 月第 1 版
印　　次	2024 年 7 月第 2 次印刷
书　　号	ISBN 978-7-5550-3589-3
定　　价	60.00 元

如发现印装质量问题,请寄承印厂调换

目　录

第一章　马舞之灾

天刚擦黑，麻阳溪水潺缓流淌。一弯上弦月，高高挂在远天，清白的月光洒下银辉。迟行的扁舟，映衬着盏盏昏黄的灯火，摇摇晃晃，散发着流动的烟火气息。

船夫们向东眺望，夜色中隐约可见建阳城高耸端正，如一方印，稳稳地盖在大地上，庇佑着这方芸芸众生。望见这座城，他们的心中总会涌起无尽的安宁和温暖，然后活动一下疲惫的臂膀，发出舒心的一句召唤——到家喽！船舱里的人钻出来，互相打着幸福的召唤。

建阳县地貌错综，西北、西部及东部地势高，而东南部则稍为平坦，中部较低，似个天然的聚宝盆。西北部山峦重叠，最高处是猪母岗中的背岗。西部是武夷山主体部分杉岭山脉。此地素有"林海竹乡"之称，青山逶迤，层林叠翠，郁郁葱葱的竹林、灌木林遍布山脉；崇阳溪、南浦溪、麻阳溪三大水系为主线，其余十九条河流纵横交织，水流顺山而下，沿谷而行，水运发达。

县设六乡，曰群玉、昇龙、建宁、崇政、仁义、开耀，又有三贵、崇仁、崇政、崇泰、宁化、崇仁等二十三里。

建阳城依山而筑，西北靠山，东南临溪。城周三里，高两丈余，广七尺。城墙以石为基，上甃以砖，傍山沿河。西汉元鼎五年（前112年），闽越王余善为抗汉，在此首筑"大潭城"。因城东两河汇合处有一深潭，水深处，用三节相连的撑船竹篙往下探，仍不见底，故有大潭之称；东汉建安十年（205），始置平县；晋太康元年（282），更平县为建阳县，意为建在山之阳的城池。

建阳有驿道过境，属闽北交通要冲。建阳城辟东西南北四门：东名景旸，西称景肃，南谓景舒，北为驻节。以县衙为中心，有南街、北街、西街、横街、水南街等十余条街，浮桥、庇民、连家、西清、潘家、石狮子、竹竿、脚娄等十四巷。街道多铺鹅卵石，大街散落着防火大池、缸等物件。

上岸后的船夫们，仰头望着夜空，嘴里叨叨着："九月出头了，掐算日子，该凉快了，瞧这胳肢窝还烧热得很，褂仔黏糊糊的。倒是今晚这月①，像是比上月明亮了几分。"女人张开嘴巴，舒坦地打着哈欠。这是行船归来最惬意、放松的时分。

女人怀里抱着的孩子才不管这些，只管互相指着天上，惊奇地叫嚷："看，看，星宿过宫②！"另一个孩子拽着母亲的手臂摇晃着："我要我要。"女人在孩子屁股上轻轻拍着，哄着他说："好，下次上船，叫你爹爹给你捞。"孩子扭来扭去，嚷嚷着："星宿在天上，溪里没有。"有男人就高声喊："溪边多的是，星宿落下来就到了溪水里。"

男人们嘻嘻哈哈地交谈着，踩着硬硬的青石板，穿过景肃门，朝城里走去。

这是宋光宗绍熙二年（1191）九月初八，上了岸后，这些船夫们并不急着回家，而是朝着景肃门内新开张的一家书肆而去。

今天，是建阳城内规模最大的流芳斋书肆分号开业，尽管归来有些晚，这些人也要去一睹风采。流芳斋老字号，已有上百年历史，老店

---

① 建阳方言，指月亮。
② 建阳方言，指流星。

设在建阳西部麻沙镇，在建宁府设有分店。建阳城内的这家新店，是流芳斋的第三家分号。

这些男人并非渔夫，他们行船的生意，多是依靠书肆，所以，他们才会如此关注流芳斋。

这正是建阳与其他城不同之处，它纵横交错的街巷里，并非喧嚣嘈杂的酒肆食店，而是洒满书香的书肆、书坊。

船夫刘撩起衣襟擦了擦脸说："大宋建阳四万户人家，十六万百姓，不见得天天有喜事，闲下①只管忙吃喝。今日遇流芳斋开业，咱讨个吉利，说不定能得些赏钱呢。"

说话间经过敬简、弦歌二堂，又前行百米，船夫张指着酒楼上高高的挑檐说："这做大生意的人，便像站在这檐尖尖上，叫我看，高是真高，可也危险着呢。"

船夫黑丁揶揄道："你可真想上去，也得有那本事！"

一行人边走边说笑，陆续经过铁匠铺、茶叶铺、建盏铺……刚入夜，人流依旧熙熙攘攘，遇到未收摊的生意人占道，少不了挤来挤去，蛇一样穿行在街巷里。

这个时分，好多酒肆高挑着灯笼，听得见里面吆五喝六的酒客猜拳，也见了几个七扭八歪的醉汉斜倚在店门口，呕吐不止，被店小二轰赶着。醉汉耍着赖皮……

北宋靖康之难后，经济中心南移，文学、史学、哲学及科技等都全方位呈现出前所未有的兴盛。而处在闽地的建阳城，因地理之故，暂时未受兵燹之祸。此时，南宋朝廷倡导以文治国理念，科举上偏重以文取士，各阶层士子为求取功名穷经皓首，倾心儒家学说，诗书研读之风盛行，这就为以书本印刷为主的建阳提供了大力发展的机会。

---

① 建阳方言，即平时。

建阳人世代以刻书为业，以刀为锄、以版为田，童叟妇孺皆能刀走龙蛇镂版行世，始终保持着全国雕版印刷中心的地位，有"图书之府"的美誉。建阳刻印出版的精品图书，已成为一种流行符号，被称为"建本"，与临安（今杭州）的"浙本"、成都的"蜀本"，并称全国印刷之最。

建阳城的每块城砖都浸透了文字，街巷上流淌着书香。白天的书肆，诸多读书人聚在店内店外，朗朗有声，时不时还有辩论学问的高亢声调，使得书肆始终洋溢着一种学术氛围。有名的书肆，往往同时经营着书坊，店主为吸引读书人光临，或者为调动购书人的欲望，会在第一时间推出本店新刻印出的精品。每有珍品问世，众人口口相传，竞相一睹，场面十分热闹。

建本图书，尤以麻沙镇的版本为上，因此又称"麻沙本"。今天，麻沙镇最著名的流芳斋第三家分号开业，读书人、与建本生意沾边的船夫等人、各行各业的生意人、来来往往的路人等等，早就在白天目睹了流芳斋盛大的开业仪式，可大家总觉得意犹未尽。已经入夜，许多人还逗留在流芳斋门前，议论不停，似乎觉得，虽然烟花已散出绚烂，可开业盛典，有人料定必有压轴好戏还未登场。人们生怕错过时机，期待能有福一睹奇珍异宝，也好日后炫耀。

灯火通明的流芳斋大门敞开着，崭新的楠木书架上，分门别类、整齐有序地摆放着建本图书。这里不仅集齐了各种珍稀版本的经史子集，更有朱熹老先生在建阳讲学期间所著的《周易本义》《四书集注》，以及图文并茂的《古烈女传》《老子道德经》《六经图》《毛诗举要图》《监本纂图重言重意互注毛诗》等畅销一时的书籍。

这时候，最有发言权的，当然是最懂行的刻印业、书肆诸多大佬名流们。他们知道，此时多留一留，是给流芳斋面子，更是给自己留下资本。若是这时说上几句话，让行业翘楚、流芳斋东家刘守业记住自己，日后合作便会增添几分人情，即能抢到好货也能给予优惠。

黑胖的万卷堂堂主余仁仲五十多岁，慢走几步，摸一摸下巴上的须须①，顺手抽出书架上朱熹著的《周易本义》，由衷地感慨道："鹏飞贤弟，朱夫子肯将此书交与贤弟刻印，弥足珍贵，弥足珍贵啊！"

"刘东家是朱夫子的半个门人，近水楼台先得月，夫子的作品，不给他给谁？难怪流芳斋生意越做越大！"一个麻秆样的高个子接腔道。

"拿到了朱老夫子的作品，就是白花花的银子。""朱老夫子就是大财神！"众人七嘴八舌地夸赞。

"我们建阳这块地界，朱老夫子除了自己刻书外，也就刘掌柜能捡到一二珍宝，像我们这些人，想要刻印朱夫子的书，白日做梦！"余仁仲摇晃着肥大的脑袋，发出一声羡慕的叹息，"这叫什么？这叫大树底下好乘凉！我们只有眼红的份，听得见银子响，觑唔见②银子影儿！"

听着众人纷纷道喜、说着恭维的话，刘守业也不打断，虽然知道很多话是套话、场面话，却只管喝茶，不言不语，脸上带着微笑。

刘守业，字鹏飞，中等个头，魁梧身材，乍看上去，并不像一个读书人，也不像一个精明的商人，倒有几分耕夫模样。他平日里不苟言笑，总是一副不怒自威的表情。那些平常不敢与他搭腔或者少有机会接触的同行，此时愈加卖力地借着流芳斋这个舞台，表现给刘守业看，希冀让他记住自己。

建阳城因水而兴，因水而荣。由崇阳溪溯流而上，可以直抵被武夷山环抱的崇安县；由麻阳溪逆流向西，可以抵达麻沙镇、崇化坊；由南浦溪北上南下，可以分别通往浦城、南剑州；由建溪南汇闽江，则

---

① 建阳方言，即胡须。
② 建阳方言，即看不到。

可以抵达福州、泉州，甚至是更远的广州、惠州。

船夫们来到流芳斋门前站定，但见明阔五间的门店，十分气派，不知不觉胆怯起来，犹豫着要不要进去。门店只有一层，两面高高的封火墙，翘起的檐角伸向天空。这流芳斋，店深八米。大门朝东，正对门是擦得锃亮、一字排开的高柜台，从北墙到南墙，是十二个崭新的楠木书架，每个书架有两米多高。铺面后是个三进院落。第一院供店铺人员、账房先生居住，北边、南边各有五间青瓦房，院落中央摆放两口硕大的水缸，用于防火。二进院是仓库，北南两边也各有五间房，塞满了书架和包装好的木箱等物料。院子中央同样有水缸两口。第三院是掌柜居住，装饰甚是简单，会客厅内，并没有富商常铺的地毯等奢侈品，只摆放了茶具和三五张椅子。卧室在会客厅对面，也只有两张床和一张木桌、一个梳妆台。这是刘守业一贯的作风，他从不慕奢华，安于简朴。

流芳斋的地理位置，选得极好。门前，是喧闹的街市；屋后，则是从麻沙缓缓流淌而至的麻阳溪。这是一条做生意的黄金通道，所有水路运往建阳的"麻沙本"无一例外地要途经此地。这样的最佳位置，也只有龙头老大流芳斋才能镇得住，才出得起价钱购买。流芳斋麻沙老店和远在百里之外的建宁府店，对于建阳城的读书人来说，购书多有不便，为增加销量、方便客户，刘守业这才在建阳新开分店。

四十一岁的刘守业，自打从祖父手里接过流芳斋的经营权，已有二十个年头。二十年里，尽管他接手的生意动辄数万，可他不骄不躁，始终遵循着祖宗诚信为商的理念，不哗众取宠。他从不曾忽略工雕版匠人和誊书先生的技艺，选取最好的纸张，兢兢业业地把大量精力都花在了内容和版式的推陈出新上，生意逐渐扩大到朝鲜、金国、暹罗、安南等国。

此时，一直只顾喝茶的诚积堂堂主陈子义，见大家说得言之无物，决心另辟蹊径，猛然起身朗声说道："叫我说，朱老夫子的文章虽好，可刘老板靠的难道全是朱老夫子的文章吗？"

听到他的一声反问，众人顿时噤了声，不知他葫芦里卖的什么药，面面相觑，瞧着他。

屋内瞬间安静了下来。

见达到了意料中的效果，陈堂主才摇头晃脑、慢悠悠地解释："刘老板不仅在麻沙有最大最有名望的书店，在建宁府也有一家响当当的分号，现在又把分店开到了建阳县城，大家说说，靠的是什么？"不等大家接话，他自顾自接下去道："自然靠的是刘老板的生意经，还有流芳斋百年如一日诚信为本、不欺不骗。我们不要只会眼红刘老板，应该向他学习。之前，刘老板的主要精力都放在麻沙老店上，样日今①好了，流芳斋开到了建阳县城我们家门口，往后呐，有的是向刘老板请教取经的机会，大家说是不是？"

众人一听，齐声喝彩。

刘守业谦恭地望向大家，毕恭毕敬地作了一揖："过誉，过誉，惭愧惭愧。"随即他翻开一本朱熹的《周易本义》，谦逊地笑着说："夫子的文章字字珠玑，守业不过是借他的光。这本《周易本义》，确为珍品。他在书中强调了《周易》卦爻辞出自周文王之手，而传义则是出自孔子笔下，前者的本义是卜筮吉凶，后者却是讲义理。"

大家对这本书的要义，早已知晓。朱熹的著作，文字简约易懂，不仅重点解释了《周易》的卦爻辞，而且也不否认《周易》传文的价值，正是这种严谨的治学态度和独辟蹊径的见解，才让这部研究著作产生了空前的反响。此刻刘守业一强调，大家更感觉出这部著作的分量。

"能够参与将如此佳作传播于世，让更多的读书人了解夫子超凡脱

---

① 建阳方言，即现在。

俗的思想，守业倍感荣幸，至于生意上，若能留点毛利，我倒也不推辞。毕竟，生意人和钱财没有仇嘛。"刘守业捻着八字胡不疾不徐地说。

一袭褐色长袍，留着长胡须的建安家塾黄善夫颔首道："光大朱夫子的思想，鹏飞贤弟功德无量。"

刘守业恭敬地作揖，说："宗仁兄抬举，守业说到做到。"黄善夫，字宗仁。

黄善夫见刘守业郑重其事，不免赞叹："要说，贤弟并非唯利是图之人，你们看看流芳斋刻印的这些书，哪本不是质量上乘、内容新颖？"

他顿了顿："瞧瞧，这里还有不少东坡先生的文集呢，《眉山集》《钱塘集》《东坡集》，一样也没落下。我就问问各位，现如今除了流芳斋，还有哪家书肆能把东坡先生的文集搜集得如此全面？平日里，你们都说流芳斋的生意做得比谁都好，可到底好在哪里，又说不出个所以然来。今天，我且告诉大家，鹏飞他是真心爱书、喜欢书，一个人如果不爱书不喜欢书，也不喜研究学问，就算开上一百家书店又有什么用？不过就是个不学无术的商贾罢了，哪里能跟满肚子都是学问的鹏飞贤弟比呢。所以，大家从今往后也别眼红流芳斋的生意做得好，跟他比起来，我们确实是技不如人、技不如人啊！"

有人高声道："我们可听说，宗仁兄在校刻《史记》《汉书》《后汉书》这'三史'，岂非煌煌大观呀！"

"鸡毛蒜皮，不值一提。"黄善夫老先生连连摆手。

"我听说，东坡先生从未委托他人编刻诗文集，无论是《眉山集》还是《钱塘集》，都是我们建阳的坊刻书商自行收集刊刻。文集刊印后，书商们见销量好，便持续收集再版，这才让东坡先生的文章得以大火，但是，也给他后来的贬谪埋下了隐患。"陈子义压低声音，神秘地透露着消息。

黄善夫微微颔首，不作回答，静待陈堂主下文。

大宋风华

陈堂主却卖着关子，伸手轻轻掸了掸衣衫上的灰尘，抬眼环顾一周，见众人都以期待的眼神望着他，便得意地说起建本轶事。淳熙八年（1181）正月，也就是十年前，诗人杨万里在临安收到了好友吴德华寄的一本建阳刻《东坡集》，爱不释手，随即回赠了一首《谢福建茶使吴德华送东坡新集》诗，其中说："东坡文集侬亦有，未及终篇已停手。印墨模糊纸不佳，亦非鱼网非科斗。"声称自己也有东坡先生的文集，但明显质量不好。

"杨万里还说：'富沙枣木新雕文，传刻疏瘦不失真。纸如雪茧出玉盆，字如霜雁点秋云。'这是盛赞建阳刻的《东坡集》啊！他这是炫耀所获赠的东坡文集是以枣木为雕版木材，版刻的字体疏朗硬瘦，印刷用纸雪白如茧，文字的排列就好像翱翔于秋云长空的大雁，明晰有序！"

陈堂主本来在说苏东坡并未授权建阳刻印，黄善夫还思忖着如何回答，不料陈堂主说着说着，竟然成了夸赞建本图书。听到这里，黄善夫有意考考他："那你知道杨万里收到的那本《东坡集》出自建阳哪家书坊吗？"

"黄老先生莫不是想说流芳斋？"陈堂主向来聪慧过人，他看了看黄善夫，又回头瞄了一眼刘守业，机敏地脱口而出。

"没错，那本《东坡集》，的确是由流芳斋刻印。"刘守业适才听陈堂主说杨万里手里的《东坡集》印刷模糊，额头顿时沁出细汗，也知黄善夫说"流芳斋印制"不仅仅是褒扬，一把拉过站立在身旁的儿子刘安平，指着书架上的《东坡集》，语重心长地说："杨万里手中的《东坡集》，只怕是有人假借流芳斋名义私刻的，我们流芳斋的书，绝不会如此粗制滥造。可既然有流芳斋三个字，我们就不能推卸责任。做生意，莫要听不得批评，听不得狠话！杨万里说的是实情，虽然现在刻印比以前好了很多，但路还很长！这做书如同做人。安平，你今年也十七岁了，再过个几年，等你拿摆^①流芳斋，切记祖上诚信为本、做好书、刻好书的家训。"

宋代刻书分为官刻、私刻和坊刻三种，建本也分三类。官刻是指由官府出资或主持的图书刻印活动，官刻本又称为"官板"或"监本"，多为古代经史典籍；私刻指私人刻书，由私宅、家塾或个人出资刻印书籍，有别于以营利为目的的坊刻；坊刻则指书肆、书铺、书堂等追求营利的书商刻书。建本中的官刻较少，坊刻是建本的主流。但也有些私刻者，为谋私利，偷偷盗用名家书坊的名号，以次充好，败坏建本的名声。

"孩儿谨记。"刘安平望着父亲，神情肃穆，"流芳斋出品的书籍，要用最好的纸，最好的墨，请最好的誊书先生、最好的雕版匠人。"

刘守业面孔一板，环视众人，拍一拍胸脯说："你说的是技，远远不够。关键的是什么？是要用心！用心！"

自北宋年间创建伊始，百多年来，流芳斋从一家并不显眼的书坊，一跃成为麻阳溪畔行业领袖，筚路蓝缕，期间付出的艰辛、遇到的磨难，令刘守业一想起来就觉得重如千钧。

在他心里，建本和刻印事业，容不下一丝一毫的差池。尽管建本经过长期发展，在规模和流通上，早就与以官刻为主的浙本、蜀本并驾齐驱，但因大部分书商急功近利，建本的错误率一直以来也居高不下，给建本带来了毁誉参半的评价，让那些自诩清流的读书人都对其避之唯恐不及，长此以往，势必要损害建本的口碑。浙本和蜀本可以做到的质量保证，为什么建本就做不到呢？不是浙本与蜀本有着得天独厚的优越条件，而是建本书商的思想亟须改变，如果一味追求数量和销量，而不注重书籍本身的质量，迟早要失去市场，最后吃亏的，不还是他

---

① 建阳方言，即掌舵。

们这些"麻沙本"的经营者吗？书需要慢慢用心刻印，生意也是需要慢慢用心经营的，留出充足的时间研摩各类新书，在细节上把工夫做足，才是建本的不二出路。

夜愈来愈深，客人们仍意犹未尽地盘桓在琳琅满目的书架前，不舍离去。不是翻开新版《六经图》，便是捧着一卷《古烈女传》，边看边发出啧啧的称叹声，大有要滞留到天亮的打算。黄善夫见状，出言提醒："我看，时候不早了，各位散了吧。来日方长，要开眼、要取经，今后有的是机会。"大家眼看夜色愈来愈深，即便心中老大不舍，还是纷纷起身告辞，陆续离开。

送走最后一位客人——黄善夫先生后，刘守业长嘘了一口气，喧闹了一日，此时浑身酸痛。岁月不饶人啊，他在心里想，抬头望了一眼高高挂在门楣上、熠熠生辉的"流芳斋"牌匾，活动着疲惫的肩膀喃喃道："安平，祖先们创下流芳斋这块牌子太不容易了，我们可不能辱没了它。"

刘安平沿着父亲的目光，默默望向牌匾，心里荡起的，是满满的自豪与骄傲。上头三个大字，可是当今天下大儒朱熹亲笔，足见他对流芳斋的信赖和认可。

抬头仰望，景肃门内的苍穹上，半块烧饼一样的月亮高悬。侧耳聆听，似乎还能听到麻阳溪水淙淙流过的声音。刘守业见儿子在出神，脸上浮现出奕奕的神采，心下颇感慰藉，看来这小子对建本的事情上心了，不知不觉露出笑容。

刘守业吩咐伙计："忙碌了一天，大家掩门歇息吧。"

"驾、驾、驾……"此时，一阵急促的马蹄声由远及近。

未等回过神来，借着街上的灯火，刘守业望见仆人刘敬驾着马车已疾驰到门前。

刘守业刚要张口问，满头大汗的刘敬已跳下车，跌跌撞撞紧跑几步，来不及作揖，便哆嗦着嘴唇神色慌张地大声嚷道："东家，不好了，火烧房子了，火烧房子了！"

刘守业一瞪眼睛，大声呵斥："暗暝^①黑天，胡嚷嚷什么！"

"老宅……着火了，是麻沙！火……火……到处都是火……到处……"惊慌失措的刘敬语无伦次。

"老宅着火了？"犹如晴天霹雳，刘守业一把抓住刘敬的肩膀，难以置信地问。

"东家，您快和大少爷赶紧回麻沙吧！那火势就跟着了魔一样，越烧越旺，管家正带着人在灭火。"

刘守业追问："家里人都跑出来没有？有没有伤到人？"

"托菩萨保佑，家里老小倒是都平安，只是……"

"只是什么？"刘守业即便处变不惊，此时还是有些心惊。

"小的出来时，老宅已被烧了一半多，只怕现在……"

"已经烧了一半多？"刘守业眉头紧锁，将脚跺一跺，却不太相信，定是刘敬夸张了事态。

"爹，现在该怎么办？我们……"面对突如其来的打击，刘安平的手脚在微微颤抖，他神情焦躁地望着父亲。

"别慌，走，回麻沙！"刘守业噌地跳上车，刘安平和刘敬急忙跟上。三人赶到景肃门，通融了守门的卒吏，马不停蹄地朝着麻沙镇奔去……

新店开张之际，老宅居然失火了，在刘守业看来，这绝不是什么好兆头。那里有他的家产和多年的积蓄，还有百年来积淀的雕版和书籍，那可是刘氏几代人历尽艰辛积累的心血啊！坐在马车上的他努力保持镇定，耳畔是呼呼刮过的风声和安平不停地催促刘敬一快再快再赶的声音。

麻沙镇在城西，距城七十里，现在又是黑夜，尽管有月光，毕竟才

大宋风华

———————————

① 建阳方言，即晚上。

初八，光并不明亮。虽然是熟悉的道路，事情紧急，免不了马车就碾住石块、压过土坑，摇晃颠簸，硌得屁股生疼。刘守业父子索性半蹲起来。

"还有多久能到？"刘守业冷静地问。他知道，自己是主心骨，绝对不能露出一丝慌乱，包括声音都需要极度克制。

"快了，快了！"刘敬喘着粗气答。

刘守业慢慢眯上眼，心中默默祷告：望列祖列宗保佑，愿流芳斋遇难呈祥，挺过这场灾难。可他也明白，来回一百四十里，刘敬说来时已烧了一大半，此时只怕……想到此，心底隐隐传来一阵疼痛，他打了个激灵，掀开车帘，睁大眼睛望向朦朦胧胧的田野，深深地吸了一口气。

近了，近了！

马车疾驰，一路西行，远远地，刘守业望见前方的天空中有隐约的红云——那就是麻沙！是祖先留给他的宝库，也是他费尽半生心血的流芳斋！心，陡然缩紧。

刘守业下意识地攥紧车帘，不断揉搓，心里想："怎么会有这样大的火？"在生意场上摸爬滚打了几十年，再大的场面也经历过。年轻的时候，土匪拿刀架在脖子上，他都面无惧色，而今还能被一场火灾吓破胆不成？不妨事的，不妨事的，不就是一场意外的火灾嘛，还能把流芳斋烧个一干二净，把他刘守业的心气给一股脑儿地烧灭了？

疾驰而过的马车把镇外的农田迅速甩在身后，转眼间驶进了麻沙。

一进入街道，座座高阔的两层书肆、书坊一字排开，店铺后均是深深的院落。这些就是各家刻印图书的书坊，每家都住着刻工、印工、仆人和主人几十口人。街道上整齐的青石板早已被车辙碾压和人流踩踏，夜晚也泛着青光。刘守业最熟悉这些生意伙伴，店铺二十二家，平日里一进街，打打招呼、寒暄几句，都要耽误几刻钟。此刻，他顾不上停留，万卷堂、刘仲立刻坊、刘智明刻坊等十多家店铺，上空飘荡着浓烟。刘守业顾不得体面，不等车停稳，就跳下去。流芳斋的火，若是殃及邻里，那可真是罪莫大焉！

正带领着几十个伙计和乡邻一起灭火的老管家刘能，一见到刘守业，二话没说，扑通一声就跪倒在地，哭丧着脸不住地赔着罪："老爷，都是刘能无能，让流芳斋遭此大厄，我该死，我该死！"

刘守业："刘伯，你先起来再说，家里人都没事吧？火势没有往邻里蔓延吧？"

刘能深感愧疚，跪着不肯起来，低头答道："所幸夫人、少爷、大小姐都机敏，未被伤着。邻里平时家中都备有水缸，见流芳斋着火，大家都来帮忙，所幸火势也未蔓延到别处。"

刘守业点点头，抓着刘能的胳膊。刘能顺势站了起来。

夜色中，风裹着一股逼人的灼热、夹杂着浓烟向刘守业袭来。"官人，你可回来了！"大娘子蔡氏带着哭腔哽咽着，她和小娘子章氏领着大小姐刘心棠、二少爷刘安泰一起来到他面前。

几人脸上满是烟熏的黑印，头发凌乱、神情疲惫，衣衫不整。刘守业心里一阵难过。看到一家人没有大碍，他又稍稍宽慰些。夜色中的流芳斋已面目全非，他的心碎了！

大火在街坊邻居的帮助下被扑灭，尚有零星的火苗继续在夜色中蔓延，不住地吞噬着流芳斋的残垣断壁，时不时有噼里啪啦的爆炸声响传来。完了，完了，见证了他生命每一个时刻的老宅，承载着刘氏历代艰辛和辉煌的老宅，已经被烧得所剩无几、满面疮痍，唯残留了几根被烧焦的楠木柱子。

"爹爹……"十五岁的女儿刘心棠注意到刘守业痛苦的神色，流着泪叫了几声，不知该如何安慰父亲。

"老爷，我们的家，没了。"章氏体态娟娟，娇俏动人，扯着刘守业的袖子，两个肩膀一直哆嗦，抽抽搭搭地哭着，往日眉清目秀的脸上，是泪水和烟熏混合的痕迹，借着若明若暗的火光瞧着，越发楚楚可怜。章氏是浦城人氏，平日里，刘守业对她甚为疼爱。

刘守业心里涌起一阵酸楚，轻轻推开章氏，拍了拍她的手，柔声安慰："我还在，家就在。"随即面色凝重地望了一眼废墟，回过头向蔡氏问道："都烧没了吗？有没有抢出些雕版来？"

蔡氏哑着嗓子说："朱老夫子的《周易本义》被烧得一块不剩。刘能带着伙计从火中抢出了三十卷的《春秋经传集解》和全本《范文正公集》，以及几十块残版，其余的雕版，恐怕都没了……烧没了！"

刘守业望向还在冒着烟的废墟，心口一窒，说不出一句话。

十六岁的刘安泰和刘心棠，带着仆人把抢出来的各种残版陆续搬运过来，摆到刘守业面前。

轻轻地，伸出双手抚摩着这些烧焦的残破不堪的雕版，刘守业的心在不断地淌血。都烧没了，朱老夫子的《周易本义》，图文并茂的《六经图》，还有他爱不释手的《广韵》和《矩宋广韵》。怎么偏偏就在建阳分店开张的时候发生了这样的事？天不佑我？

风，不停地刮着，刘守业忽地一转身，迎着逼人的灼热，大踏步向满地烧成焦炭的流芳斋走去。蔡氏连忙拦住他："官人，房子虽然烧了，可咱们还有两家分店，事已至此，您可千万不要想不开啊！"

蔡氏说得没错，他还有两家分店，可流芳斋绝大部分的雕版都留在了麻沙老店里，这把火一烧，不仅仅是损失惨重四个字可以形容。老店没了，还有分店，可这么多雕版都被烧没了，他又该拿什么去刻印书籍，让流芳斋东山再起呢？

刘守业推开蔡氏："你放心，我晓得。"蔡氏转头寻找刘安平。安平望着母亲，点点头，跟在父亲的身后。父子俩踩着烧得支离破碎的房梁房柱木板小心地走进老宅。望着满目焦炭的废墟，刘守业再也无法抑制情感，两行热泪，无声地顺着面颊流下。缓缓地，他蹲下身，从仍然"呼哧呼哧"冒着烟的廊柱底下费尽力气地扒拉出一块烧得半焦的雕版。刘守业一屁股跌坐在了地上——不禁哑然失笑！

是朱夫子的《周易本义》！是《周易本义》！刘守业右手痴痴地举着手里那块残破不堪的雕版，滚下两行热泪。他手里捏着残本，心中涌上无尽的悲凉——没有了雕版，拿什么去印书啊！

他仰天看着黢黑的苍穹，撕心裂肺地喊出一句："老天啊，你何苦如此折腾刘某，我从不曾做过亏心事啊！何苦呢！"然后用左手一下一下捶打着胸脯。刘安平伸出手，拉着父亲的左手，眼泪一颗颗掉进焦土里。

这声悲愤的震天嘶吼，像一计重锤敲打在众人的心上。刘心棠忍不住恸哭起来，蔡氏、章氏捶胸顿足、嚎啕大哭，四处顿时响起一片哭喊声。

少顷，刘守业回过神来：我这是怎么了？怎么忽然变得如此脆弱？我怎能被一场火击倒？家人还在，建宁、建阳的两家分店还在，并未走到绝路。不能倒下，我若倒下，流芳斋还有希望吗？

他意识到，这种危急关头，自己的情绪就是风向标，若是因此让大家失去信心，那流芳斋的路就真的走到头了。他忽然为自己的失态感到羞愧，当即恢复平日的威严，大吼一声："我还没死！哭丧还不到时候！都给我闭嘴！"

众人听到刘守业这声怒吼，立刻噤了声，倾耳拭目瞧着他，等待他下一步的号令。

刘守业慢慢踱了几步，边走边沉思。依稀听到了蔡氏的叹息声，听到了安平和心棠窃窃私语的交流声，听到了章氏责骂安泰的声音，听到了街坊邻居不停地议论着流芳斋起火的原因。有人说是蔡氏不小心撞倒了灯烛引起了火灾。

"老爷，有人说火起时曾看到纸坊的王恒泽出现在流芳斋门前，我们在救火时，他惊慌失措地走了，我想这事……"管家刘能站在刘守业身后，面色凝重地报告，"要不要先去报官，把王恒泽拘起来再说？"

"无凭无据，凭什么拘人家？"刘守业举起《周易本义》的残版，"王家世代造纸，跟刘家素来井水不犯河水，王刘两家并无瓜葛，他有什么理由放火？"

"我听说，王恒泽刚在崇化坊开了一家刻印坊。"刘能说。

刘守业震惊地回过头注视着刘能："我怎么从来都没有听说过此事？他好端端的，为什么也张罗起了刻印坊？"

"听说是王恒泽掏钱让他丈人家的亲戚开的。他不想让别人知道已插手到刻印坊这门行当，所以外面鲜有人知道他才是真正的东家。"

"可这跟流芳斋有什么关系？妒忌？怕我抢了他的生意？这就是他放火的理由？"刘守业摇了摇头，"这些道听途说的话，不得做数，一切都等官府调查后再说吧！而今之计，便是要如何善后，如何迅速恢复流芳斋的刻印。"

刘守业默默举着《周易本义》的残版，在闪烁明灭的火光中，沉吟良久：稳住人心，是他这个流芳斋掌舵人目前最紧要的事。不管是不是王恒泽放的火，日子都还是要继续过下去，生意都还是要照例做下去，流芳斋这块牌子不能倒。

眼下唯一可以做而且必须做的事，便是尽快安顿好家人和伙计。

星星点点的火光中，刘守业侧耳倾听着火苗烧透木质构建发出的哔剥声，心痛莫名，一下子仿佛苍老憔悴了十岁。偌大的流芳斋老店，苦心经营了百余年的书坊，就这么毁于马舞之灾，他心有不甘。

想当年，靖康之难时，祖父林书明一路从东京逃难到麻沙，好不容易才为流芳斋打下这般坚实的基础，可他这个不肖子孙却没能守住，遭受了如此惨重的变故。他日到祖上坟前祭祀时，他又有什么脸面再去面对祖父？

祖父在世的时候，经常给他讲述流芳斋的往事，甜蜜而又辛酸的往事。在他听来，那虽然是个动荡不安、颠沛流离的乱世，却也不失裘马轻狂、春风得意。

那一年，心如槁木的祖父林书明，失魂落魄地叩开了麻沙镇轻纱缥缈的大门，却意外地发现，原来他一直想要的青云梯，就在这座被崇山峻岭包裹着的闽北小镇里。

第二章　东京往事

宋徽宗宣和七年（1125）八月初八这天，虽是个响晴天，却是秋后，已不太热，恰逢大相国寺面向东京阖城百姓开放。东方欲晓，二十五岁的开元堂书肆东家林书明已带着小厮，在资圣门前的空地上搭起了帐篷，摆好桌椅，把精心挑选的数百本图书整整齐齐码放妥当，静待第一批客人光顾。

此时，好大喜功的宋徽宗以誓要收复燕云十六州的雄主自居，联合金国歼灭了世仇辽王朝，举国上下陷于盲目的自豪与自满中。"盛世"之风，刮遍全国，连以卖书为生的林书明也觉得机不可失，举手投足中洋溢出荣耀和自豪。

林书明，字士晦，祖上是光州固始县人。他身材修长、面庞清瘦、皮肤白皙，眼神中泛着温润的读书人的光。刚开始接手开元堂时，他还是个读书人，经营策略也停留在"做学问的人"的执拗上，认为好书是给学者看的，而真正的著述精品应该挤干了水分，是少数人的专享。因此，他经营的图书，多以各类甄品为主，主要偏重体面的读书人，而他的身份又并非圈内人，生意始终不温不火。

"东家，这每月五次的大相国寺集市，您这书为什么每次都要千挑万选，搞得比选花魁还要隆重？"小厮林修远一边蹲在摊位前麻利地整理着图书，一边偏着脑袋不解地问林书明，"来这里赶市的老百姓，大多都是走马观花，随心买货，谁有心思一天到晚蹲这儿慢吞吞地左挑右拣？要我说，您就算挑拣上十天半个月，想买的会买，不想买的还是不会买，这不就是吃力不讨好嘛！"

"开元堂当然要卖最好最有品位的书，胡乱拿些书过来滥竽充数，不是自欺欺人、自毁招牌吗？"林书明嘴角浮起一抹微笑，缓缓摇了摇头。

"可您每次都挑拣得那么辛苦，来咱们书摊上买书的人也没几个认真翻阅的。"林修远嘟囔道。

"不仔细看，那是他们的事情。我们开书肆的，如果随便拿些看不过眼的书来，不仅是对主顾的轻慢，更是对自己的不尊重。"林书明望着林修远轻轻吁了口气说，"不管买书的人有没有在这里精挑细选，我们都得把好关，让每一个买回书去的人都不后悔才对。"

林修远嗫嚅着轻声反驳："不就是一本书嘛，有什么后悔不后悔的？娘子都说了，东家您就是太较真了，那些来书市买书的人有几个会是回头客？"

"莫要乱扯娘子。这做生意，讲究个以心换心，换作你，在书摊上买回去一本自己不喜欢也没多大作用的书，心里能舒坦？"

"姜太公钓鱼，愿者上钩，他们自己心甘情愿地买回去，也没谁逼着他们买。这是周瑜打黄盖，一个愿打一个愿挨的事。"

"要是都照你这么想，我看开元堂还是趁早关张的好。"林书明望着林修远无奈地又摇了摇头说，"到底还是个孩子，一心只想取巧讨便宜，没有一点见识。"

"修远不过就是个小厮，能有什么见识？"林修远有些不服，盯着林书明撇了撇嘴，"总之，还是娘子说得没错，您就是个死心眼，不懂得变通！"

"我不懂得变通？"林书明随手拿出一本书，在林修远的头上轻轻敲了敲，"你这孩子说话越来越没分寸，不知道的还以为你是我的东家呢！不过这也不能完全赖你，都是我和娘子平常太过惯着你，才让你这般没大没小。"

林修远一边躲开林书明，一边朝他扮着鬼脸说："东家，敲破了我的脑袋是小事，敲坏了您的宝贝图书，小的可是吃罪不起！东家瞧仔细了，您手上可是《周贺诗集》！"

林书明定睛一看，手中拿的正是一直视若珍宝的《周贺诗集》，小心翼翼地把并无异样的书角抹了抹，忙不迭把它放回原处，松了口气斜睨着林修远心疼地说："下次我一定得在动手打你之前，看清楚手里拿的什么书，书真要有一点点损坏，我就罚你一天不吃饭。"

"我就不明白了，您那么喜欢《周贺诗集》，为什么还要把它拿出来？您不是说，纵使有人花一百两银子来买这本书，也不会轻易出手吗？"林修远不解地瞪大眼睛问。

林书明双手一摊："此一时，彼一时。《周贺诗集》再好，也好不过要填饱咱们一家人的肚子啊！这段日子，店里的生意一直不太景气，咱们总不能守着一屋子的书坐吃山空！再说了，这本诗集我已经背得滚瓜烂熟了，如今给它找个更好的去处，也不算可惜。"

"东家，你怎么说都有理。留也是你，卖也是你！小的是看不懂。"林修远嘴里嘟嘟囔囔着，却一点也不耽误干活。

之前，朝局不稳，林书明做图书生意，并无大志。他只图个安逸，心想靠着售卖图书，能够赚钱养活妻儿足矣。可现在，随着燕云十六州被收复、辽朝被歼灭，大宋仿佛变得愈来愈强，他这个安贫乐道、谨小慎微的书商，也踌躇满志起来，私下里琢磨着要把开元堂规模扩大，甚至还想过怎样把开元堂做成东京城数得上号的书肆，好光宗耀祖。因此，林书明也在逐渐转变思路，增加图书品种，广收各种版本，希望能够扩大范围盈利。这多少有些违背了他的初衷，但为了将开元堂做大，只好忍痛求一时之变，先让自己"吃胖"再说。

他们来赶集的大相国寺，是东京城最大的寺庙，始建于北齐文宣帝年间，相传曾为战国时魏国公子信陵君宅邸。北齐天保六年（555），文宣帝在此创"建国寺"，后遭水火两灾而毁。唐初，歙州司马郑景建宅。长安元年（701），慧云和尚再次募银建寺。延和元年（712）七月，唐睿宗李旦因梦，遂下诏改建国寺名为"大相国寺"，并出内帑扩建，八月以太上皇的名义御书"大相国寺"寺名，作为他当初由相国即皇帝位的纪念。唐昭宗大顺年间，大相国寺再度遭火焚，后又得以重修。

北宋时期，大相国寺深得皇家尊崇，宋太祖和宋太宗都曾下旨进行大规模扩建，太宗赵光义亲笔题写"大相国寺"匾额。久而久之，便慢慢发展成了东京城内最大的寺院和全国的佛教活动中心。太宗之后，宋英宗、宋徽宗都曾先后为大相国寺题额或制赞，寺内各院住持的任命和辞归均由皇帝诏旨允准，皇家的各种巡幸、祈祷活动也多在此举行，它成了名副其实的皇家寺庙。

帝王后妃，高僧大德，达官贵人，文人墨客，外国使节，乃至来自五湖四海的老百姓，均是大相国寺最为虔诚的香客。除此之外，它还集巡幸、文娱、参访、商贸等功能于一体。宋神宗时期，大相国寺占地已达到五百四十亩，分为四百五十五各区，共辖六十四座禅律院，并以慧杯、智海为东西两大禅院。宋朝大臣宋白在目睹过大相国寺的尊容后，曾由衷地发出赞叹说："金碧辉煌，云霞夫容""千乘万骑，流水如龙""构此大壮，宜扬颂声"。

大相国寺不仅有其他寺庙该有的天王殿、大雄宝殿、八角琉璃殿、藏经楼、千手千眼佛殿等殿宇，作为唐代集建筑艺术之大成者，单是它的楼门卷檐技术就奥妙无穷。宋代时，《木经》的作者大匠喻皓也不解其中奥秘。宋《谈丛》记载："他皆可解，惟不解卷檐耳！每至其下，仰而观焉。立极则坐，坐极则卧，求其理而不可得。"

作为皇家寺院，大相国寺并非只向皇室成员和帝王将相开放，每月的初一、十五和逢八的这五日，允许百姓在寺内做买卖。烧香的、拜佛的、游玩的、交易的，红男绿女扶老携幼，均朝着大相国寺接踵而来。不仅东京城里的百姓前来，外地的很多客商与顾客也会前来。

大相国寺极度开放的集市，也让销赃者有了可乘之机。宋王得臣所著《麈史》记载："都城相国寺最据冲会，每月朔望三八日即开。伎巧百工列肆，罔有不集；四方珍异之物，悉萃其间。因号相国寺曰'破赃所'。"

对东京人来说，大相国寺充满了极致诱惑。还未抵近山门，远远地，便能看到一排排黑压压的人群，听到此起彼伏的吆喝声和讨价还价声。这是位于山门前的猫狗市，商贩们会带着猫、狗、鹦鹉、画眉等飞禽走兽，特别是珍禽异兽前来交易。

第二道门内的摊位上，售卖的是日常百货，包括屏风、帷幔、蒲席、肉脯、水果，甚至还有洗漱用具和马鞍、弓剑弹丸等等。

第三道门内交易的货品，和第二道门内的没什么大的区别，也是些生活必需品。靠近佛殿的空地上则安置着已经有了名号的固定摊位：孟家生产的道冠、王道人熬制的蜜饯、赵文秀家生产的笔具和潘谷家制作的墨等。从大殿延伸引出的两廊上，挤满了卖蜜饯、绣品、领抹、胭脂水粉、香水钿盒、绒花珠翠、缨簪头面、冠帽幞头的摊位，只看得人眼花缭乱、目不暇接。

宋王栐撰写的《燕翼诒谋录》记载："东京相国寺乃瓦市也。僧房散处，而中庭两庑可容万人。凡商旅交易，皆萃其中，四方趋京师，以货物求售、转售他物者，必由于此。"可知，商品交易无所不包，客商人等也无所不容。僧人们也不再满足于清寂生活，借机做些饮食、香烛、资金周转等生意。摆在两边廊庑中的地摊，多是寺院中师姑经营的绣作、领抹、花朵和珠翠首饰各种花色的幞头与帽子、丝织带子等，色彩缤纷，款式新颖，制作精巧。

佛门弟子经商丝毫无损他们的声誉。寺庙已经不仅仅依靠捐赠、施舍来开拓香火，他们依托超宗教的经营方式盘活经济，神灵卖给信徒们的是心灵上的慰藉，信徒奉献给神灵物资，各取所需。

资圣门前的场地，则是文人墨客最喜欢的地方。这里不仅兜售各种古玩、字画、香料，还有来自各家书肆刻印的溢满油墨书香的书籍。在这里，《莺莺传》《红拂女》《霍小玉传》《李娃娃》这样的唐传奇随处可见，《左传》《春秋》《诗经》《楚辞》这些天文地理、草木药石的书，也无所不有。读书人最是青睐资圣门前的书画摊，他们总是能在这里寻觅到自己喜欢的图书。而对卖书人来说，这里更是他们的聚宝盆，平日在书肆卖不出去的老书旧书，总能在大相国寺找到它们的主顾。除了来自东京城的本埠商人，在大相国寺摆摊交易的，还有各地卸任的官员，他们兜售的多是文房四宝和书画古籍、香料药材，因此常有幸运之人，能以极少的银两淘换到珍品。

虔诚的信徒聆听僧道们庄重的课诵，艺人们轻浮地歌笑，商人们追名逐利，拜神与拜金、理想与功利时时碰撞，兼蓄并包却又和谐共处，形成宋朝独特的寺庙文化。

林家世代以售书为业，传到林书明这一代时，生意差强人意，远不如从前。因此，每逢大相国寺集市，他都会来此摆摊，以期增加收入。

开元堂创办已有七八十个年头了，生意做得不大，但一直有口皆碑。林书明自父亲手中接过书肆后，总是宁可少赚几个钱，亦不肯自降品位，做出有损自家店面招牌的任何事情来。为了给读书人更多的选择，林书明除了卖东京出品的京刻"监本"外，也兼带着出售浙本、蜀本、徽本和建本。

在林书明看来，无论哪种刻本，只要存在纸张脆薄、印刷粗糙、字迹模糊、笔法混乱、讹误百出这些现象，就别想出现在开元堂的书架上。

来自遥远福建建阳的建本，有几家书肆的刻本常使他青眼有加，像建安余志安的勤有堂、余仁仲的万卷堂、余唐卿的明经堂、余彦国的励贤堂、刘日新的三桂堂、刘叔刚的一经堂出品的书籍，不仅在纸张和刷印的质量上有保证，而且在内容和版式上也时常推陈出新，甚至可以与官刻版相媲美。

要把开元堂做大，自然要有善经营的好头脑，但林书明却认为这是次要的，真正重要的，就是对好书要有灵敏的嗅觉。而眼光，确实是一个优秀书商必备的先决条件。

这时，刮来了一阵风，哗哗地翻动着桌上那些摊开的书页。林书明急忙合上书本，吩咐："修远，快把棚门口那几个架子上的书，压一压。"说话间递给他几个镇纸。

主仆二人正忙着压书，一位身穿青色长袍的中年男子，信步走到了开元堂的书摊前。见来者约莫四十岁，容貌端庄周正，面色红润，浑身都透着一股子文雅的气息。林书明连忙热情地招呼，向对方推荐自己中意的几本书："先生，这是我们开元堂收藏了二十余年的蜀本《陆宣公文集》，现存十二卷，一至十一卷为奏议，第十二卷为《均节税恤百姓六条》，计有五十九篇文章，自建中四年起，一直到他遭贬忠州为止。"

"哦？你仔细讲来，这套书好在哪里。"来者抬起头，微笑着看了看林书明，随即又低下头，认真翻阅《陆宣公文集》。

"陆宣公，也就是陆贽，唐朝卓越的政论家。这套《陆宣公文集》所收集的文章创作的时间，正值唐王朝内忧外患、国势日颓之际。陆宣公以忠君爱国之心、博学广识之才，竭诚铮谏，为巩固国家政权出谋划策，其中不少内容都具有深刻的政治、军事理论价值和翔实的史料价值。另外，他文集中还有对唐德宗更改尊号、朝官罢免升迁、清除奸佞叛臣、实行两税法之利弊及其经济改革措施的论述，更是研究德宗朝故事的第一手资料。本朝翰林学士承旨、有着'红杏尚书'之称的宋祁，更曾著文评论陆贽的文章，说他'论谏数十百篇，讥陈时病，皆本仁义，炳炳如丹青，而惜德宗之不能尽用'。至于刻印，这套书具备了蜀中刻书的突出特点——开板宏朗、字体遒劲厚重、刀法古朴稳重、印纸洁白坚韧、核刻精审。每每阅之，清心朗目，实是不可多得的佳品。"

"既然这么好，就给我包起来吧！"来者说道。

"什么？"林书明不相信地注视着对方，"这套书好是好，就是价钱有些贵，先生您不再考虑一下？"

"这么好的书，不论多少钱，都对得起它的价值。"来者抬起头，目光如炬地说，"刚才，我从大殿那边走过来时，远远就听到你们在议论《周贺诗集》，能否拿出来瞧瞧？"

"能，能！这本诗集是由宋祁、欧阳修共同编的，而这个刻印版来自杭州的浙本，写刻精整、印刷精良，是我们开元堂收藏了多年都舍不得拿出来兜售的精品藏书。"林书明忙不迭地找出《周贺诗集》，毕恭毕敬地捧给对方。

"这么说，它又是价值不菲了？不过没关系，好书自有它贵的道理，也一并给我包好就是了。"来者一边说，一边轻轻睨了林书明一眼，"既然你说这本书是收藏了很多年都舍不得出售的藏书，那我就来考考你关于周贺的生平，你要是说得上来，今天我就多买你几本好书。"

林书明平日里本就为人随和，爱多说话，这时一听对方正好切中他"懂书"的优势，立即话稠起来："周贺，字南卿，东洛人，诗格清雅，与贾岛、无可齐名，早年曾削发为僧，法名'清塞'。唐敬宗宝历年间，姚合出为杭州刺史时，清塞曾携书投谒姚合，姚合因闻其《哭僧》诗中有句云'冻须亡夜剃，遗偈病中书'，大爱之，遂令其还俗复姓，加以冠巾，改名为贺，但因其志在山林，后来仍然隐居名山大川，淡

大宋风华

y

26

泊而终。"

来者赞许地点了点头:"《周贺诗集》在本朝已有《周贺集》和《清塞诗》两个版本同时流布于世,不过内容多大同小异,区别就在于各家的刻印版本,而你手头上的这版出自杭州的浙本,更是我二十余年来所见的刻工最为完整也最为精良的一个版本。好,不错,那么我再考考你,蜀本和浙本都有哪些区别?你要是能回答得上来,我就把你摊位上一多半的书都买回去!"

卖书多年,林书明见过的有学问的人自是不少,可像今天这位滔滔不绝饶有兴致地考问他的主顾,还是头一遭遇见。既然对方已经发出挑战,他自然要对答如流,才不枉这一肚子的学问,当即好整以暇地解说起来:

"杭州为出品中心的称之为'浙本'。浙本以官刻为主,坊刻次之,多用欧体字,瘦劲秀丽,笔画转折轻细有角。纸张多用白麻纸或黄麻纸,纸的帘纹比较宽,约占两指大小。大多数版心为白口①、单黑鱼尾②,书名、卷次在上鱼尾下方,常用简称,鱼尾上方有时记本页字数,版心下方则记页次。同时,官刻和私刻的版心下多记刻工姓名,有的姓、名皆录,有的只刻姓或名字的简称,有的还在姓名下刻一个'刊'字,避讳较严,特别注重校勘。

"眉山和成都为出品中心的称之为'蜀本'。蜀本的特点是版心亦多为白口、单黑鱼尾,左右双边。纸张多用白麻纸,字体则多用颜体,但大字本和小字本又有不同,大字本基本上是颜字的架子,横细直粗,小字本则撇捺不太尖利而点画比较古拙,笔道也不甚匀称。"

"那建本呢?"

---

① 木刻书的一种板式,中央折缝处上下都白的称"白口"。

② 古籍版本术语。鱼尾即版心中间用作折页基准的图形▀,因其酷似鱼尾,故名。

"建本一直以薄利多销、刻印迅速为最主要的特点，更以坊刻居多。然而，过多追逐利益，就会造成建本图书的良莠不齐，这也是它一直以来多遭诟病的原因之一。说到和浙本、蜀本的区别，浙本的字体以欧体为主，蜀本的字体以颜体为主，而建本的字体则在颜体的基础上渗入了中唐书法家柳公权的柳体，可以说是颜体柳体兼用，特别值得称道的，它还偏重当今官家①独创的疏朗秀劲的瘦金体；至于纸张，建本基本上都选用建阳麻沙本地所造，被世人称为'建阳扣'的竹纸。"

　　"难得！你这书肆开得明白。要是只知牟利，还卖什么书，倒不如找个山清水秀的地方好好耕地耘田去！"来者向林书明投去赏识的目光，"你这里可有建本珍品？尽管拿出来让我仔细端瞧端瞧。"

　　林书明忙召唤林修远把建本书籍翻找出来："说到建本，我们开元堂还真选购了一批质量上好的图书，万卷堂刻印的《尚书精义》《春秋公羊经传解诂》，勤有堂刻印的《三辅黄图》《列女传》，一经堂刻印的《附释音礼记注疏》《附释音毛诗注疏》，还有……"

　　林书明还没有说完，来者就转过头去吩咐在一旁看傻了眼的林修远："有什么我就买什么，有多少我就要多少！今天摊位上出售的书我都要了，只管给我打包收拾妥当就好。"

　　来者边说边回过头望向同样惊得目瞪口呆的林书明："收拾好后，就劳烦你着人把所有书都送到我府上，等书到了，我一并付钱给你。"

　　"都要了？"林书明不禁确认道。

　　来者肯定地点点头："我包圆了。你是个了不起的年轻人，大宋需要的就是你这样一丝不苟、认真做事的人。后生可畏啊！"

　　"先生过奖了。书明只不过是在做自己分内事。"

　　"当今，人人若皆能做好分内之事，便是国之幸事！"来者跟林修

――――――――――
①　宋时称呼皇帝为官家。

远要来笔墨纸砚，写下自己的姓名和住址即告辞而去，只留下林书明、林修远主仆二人面面相觑，瞠目结舌。

"修远，我们是不是在做梦？"

林修远伸手掐了一把自己的大腿，揉了揉眼睛："东家，我愣是掐得疼，今天八月初八，好吉利的日子！咱们应该不是在做梦呢！"

林书明环视着逐渐人声鼎沸的书市，脑子里嗡嗡作响，愣怔地瞅着林修远，犹不敢相信地追问一句："咱们真把所有书都卖出去了？"

林修远点头如鸡啄米："东家，所有的书都被那个李先生买下了。跟您有一搭没一搭地胡聊了一气，他就把咱们书摊上的书全买下了？他是不是缺心眼？"

林书明倏地脑子里闪过一道闪电：不会是受骗了吧？经营图书这么多年，还从没有遇到这样的主顾，一次把所有书都买光。他当即摇着头，自言自语地说："这也太蹊跷了。天上真的会掉馅饼？"

就在他暗自思忖时，又刮起一阵阵大风，吹得帐篷里的书飞舞起来。他和小厮手忙脚乱地又捂又盖，将很多书堆集在一起，两个人趴在书堆上，不敢起身。

风刚停，又听到高高的榆树上，发出几声老鸹的叫声。林书明"呸呸"地朝地下吐着口水，骂道："这晦气的东西，看来真的不是生意。"偏偏在抬箱子的时候，林书明的手碰到裹角的铜片，手被拉破渗出几滴鲜血。他更加笃定诸多兆头预示，这是个圈套。

林修远最知晓东家这优柔寡断的脾气，眼见着到手的大买卖又要被他搅黄，心里着急，就揶揄两句："是，骗子！到处都是专门来诓骗东家的。"

林书明反而嘻嘻一笑："你别激将，我心里有底，这可是咱的半个家当。"

林修远又急又气，无奈地叹口气，朝着远处发一声牢骚："这李先生，好好的，干吗捉弄我们。今天又要饿肚子了。"

林书明醒悟过来，反问一句："左一个李先生右一个李先生，你知道他是谁呀？"

林修远当然不知道，只好竖起拇指"夸赞"："还是东家精明，这李先生，一看就是贼人相。"说完赌气不理林书明，独自躲在角落里怄气。

这时，林书明反而沉不住气了，拿起刚才那人留下的字条，嘴里叨叨着："李伯纪，李伯纪，你会不会是骗子呢？"

旁边摆字画摊的许伯听到林书明的唠叨，羡慕地说："小子，你可真是头上掉鸟屎，走大运了！你知道今天遇见的是什么人吗？"

"是谁？您认识？"风吹起长衫，林书明顺势撩起衣角擦着额头紧张的细汗，望着许伯洗耳恭听。

"亏你还是读书人，竟然不知李伯纪。"

林书明毫无头绪，一脸疑惑。

"看你谈起图书来口若悬河、头头是道，却有眼不识泰山。好了，我也不卖关子了，他就是大名鼎鼎的监察御史李纲！"

"就是那个因为多次上书直言，被道君皇帝贬出京师的李纲？"

许伯点了点头："可不就是那个无视权威、敢于直谏的李大人！难怪这段日子我发现你印堂发亮，原来都应验在结识李大人上了啊！这么一个刚正不阿的朝官，一回到东京就买走你摊位上所有的书，还对你多有褒奖。好家伙，日后你要是飞黄腾达了，可千万别忘了提携你许伯一把！"

林书明眼睛一亮，知道不是骗局，心中却又紧张起来，生怕耽误了生意，可听到许伯赞美，不禁腼腆地谦虚道："这都哪跟哪。李大人不过是照顾了小可一宗生意。我就是有心巴结，人家也看不上。"

许伯戏谑地说："瞧你这点出息，难怪修远小儿一直说你不懂得变通。真是傻人有傻福，你现在傍上了李大人这棵大树，开元堂的好日子还会远吗？"

距离开元堂的好日子还有多远，林书明说不好，但他坚信，在他的努力下，开元堂的路一定会越走越远。更何况，当今皇帝偏爱图书和字画，不仅成立了翰林图画院、翰林书院等机构，还将各类杰出的人才都一一搜罗到了门下，成为自己的门生。国家风气如此，文化日益得到关注，对林书明这样的书商来说，自然是最大的利好。

宋太祖建立宋朝后，实行重文轻武的国策，历代的皇帝，大多钟情文化、兼长书画。每每新皇帝即位，便会设一阁，贮藏其著作。真宗设龙图阁，仁宗置天章阁，英宗置宝文阁，神宗置显谟阁，哲宗置徽猷阁，徽宗置敷文阁。各阁均设有学士、直学士、直阁、侍制等。这些职位，显赫而荣耀，读书人孜孜以求。荣膺这些职位的人，被视为皇帝亲信、臣中佼佼者。而且，这些职位还衍生出各种别样的称呼，堪称皇帝的"重视程度晴雨表"。如龙图阁学士，当时称呼"大龙"；龙图阁直学士，称呼为"小龙"；直龙图阁，称呼"假龙"；有的直阁之后，始终未升迁而亡者，称呼"死龙"。

林书明管不了这些朝堂上的事情，他只知道，自打在大相国寺的书市上遇到太常少卿李纲而意外发财，对自己是个契机，之后便再度提升购书品质、优选各种版本，决心让开元堂"借李纲东风"迅速升级。林书明觉得，开元堂的春天来临了。

宣和七年（1125）十月，曾与大宋有过盟约的金国，找借口兵分两路攻伐北宋，瞬间便把道君皇帝宋徽宗想要光复燕云十六州失地的美梦击得粉碎，也迅速浇灭了林书明昂扬的斗志和美好的憧憬。大敌当前，李纲献御戎五策，刺臂血书，建议道君皇帝禅位于太子赵桓，以号召军民抗金。六神无主的宋徽宗也担心东京城破后自己会落个骂名，便在病榻前将帝位禅让给太子，是为宋钦宗。

宋钦宗靖康元年（1126）正月，金兵先后攻占燕山府、真定府、太原府，眼看着马上就要渡过黄河包围东京城。已经退位居于别苑的道君皇帝宋徽宗却领着一众后妃、皇子皇女，和蔡倏等大臣，一路南下，直奔江南的镇江府而去，生生把一个烂摊子交到了年轻无为、毫无政治经验的宋钦宗手里。

懦弱无能的宋钦宗步宋徽宗后尘，也意南往襄阳。他见李纲愿意誓死保护他和后宫眷属，遂任命李纲为尚书右臣充防御示史，担负起保卫京师的使命。李纲受命于危难之际，毅然决然地挑起了这副事关国家生死存亡的重担，倾尽全部精力来布置守卫东京的各项防御措施。遗憾的是，贪生怕死的钦宗皇帝还是一心想着要逃跑，就在任命李纲为尚书右臣的当天晚上，便命令左右偷偷把逃跑的车辆准备好。

李纲几番苦劝，表达了拼死守卫东京的决心，使宋钦宗不再作出逃的打算。为不让皇帝再生悔意，李纲望向宋钦宗的左右斩钉截铁地说道："敢复有言去者斩！"禁军闻命，都拜伏高呼万岁，六军听闻，无不感动落泪。当下，宋钦宗又任命李纲为亲征行营使，负责守城的军事任务，厢军与保甲民兵也共同协助禁军作战。

好说歹说，总算是留下了优柔寡断、患得患失的皇帝，可李纲知道，想要击退金兵的包围，光有皇帝坐镇还不够，必须得到军民的鼎力支持才行之有效。一夕之间，为国事操劳、鞠躬尽瘁的李纲便生出了许多白发，眼看着来势汹汹的金人早已把昔日盛世绮华的东京城围了个水泄不通，即便始终踌躇满志，但心底到底还是裹挟了难以排遣的无限愁绪与担忧。

正月初三下午，新年伊始，李纲心绪烦乱，坐卧不宁，信步走出大门。他瞧见大门口挂了红纸袋，上书"接福"二字，站立的片刻，便有三两个家仆打扮之人往纸袋中投送"名刺"（名片）。这是他的同僚、友朋在投贴拜年。尽管兵临城下，城中的士大夫、百姓们仍在坚守着年节的习俗。他走近，抽出一封，见是梅花笺纸裁成，二寸宽、三寸长，写着："元甫，谨谒谢尚书右臣大人。正月三日。东京元甫手状。"他一时恍惚，竟想不起元甫是谁。此时，"嘣"的一声响，距他头顶不远的上空传来二踢脚爆竹的爆响声。金人在城外虎视眈眈，东京的百姓放放爆竹，想必亦是希望李大人能够将这些魔邪赶走，仍能恢复美好安宁的生活吧。

他信步走在东京街头，本应该车马交驰、笑语喧哗的繁华富庶已然被家家户户大门紧闭的萧条景象取代，让他忍不住发出声声叹息。走着走着，从大相国寺向南，出保康门折向东信步而行，慢慢来到了店铺林立的街巷。

这些街巷的建筑无统一规制。隋唐时实行坊市制（里坊制），每个坊均有坊墙，官府极力维持坊市制，不容破坏。但到了唐末五代，经长年战乱摧残，坊墙多被推倒。宋时，东京城内，已找不到多少坊墙。失去了坊墙的阻挡，东京居民自行扩修建筑物，临街开铺，"侵街"成风，导致街道狭窄，街市杂乱无章。宋太宗曾"诏参知政事张洎，改撰京城内外坊名八十余。由是分定布列，始有雍洛之制"。"雍洛之制"，即指唐代长安与洛阳城的坊市制。不过，张洎仅仅是给东京各坊修建了牌楼，统一编订坊名，并没有重建坊墙。因此，很多店铺就得以宽松建设和经营。

宋时，夜禁制度虽然官方并未解除，但热闹的东京城里，其实已经完全松弛，名存实亡。孟元老的《东京梦华录》与吴自牧《梦粱录》均记述，东京的"夜市直至三更尽，才五更又复开张，耍闹去处，通宵不绝"。入夜时，灯火通明，人声鼎沸，瓦舍勾栏，酒楼茶坊，笙歌不停，通宵达旦。"冬月虽大风雪阴雨,亦有夜市"。马行街的夜市尤其繁华："天下苦蚊蚋，都城独马行街无蚊蚋。马行街者，京师夜市酒楼极繁盛处也。蚊蚋恶油，而马行人物嘈杂，灯光照天，每至四更鼓罢，故永绝蚊蚋。"彻夜燃烧的烛油，熏得整条街巷连蚊子都不见一只。

此时，金兵围城，消息杂乱，人心惶惶。从马行、潘楼街、州东宋门外、州西梁门外、州北封丘门外，及州南一带，虽还偶尔能见到彩棚，销售"冠梳、珠翠、头面、衣着、花朵、领抹、靴鞋"与好玩的小商品，但今年街上行人不多，并不似往年繁盛热闹的景象。

已入夜，心烦意乱的李纲不知不觉踱步来到一座亮着灯的书肆门前。门西边紧邻一座小桥，小桥旁的栏杆上挂了几盏红灯笼，桥下的河水在夜色中看上去黑黢黢的，有寒风吹过，河水中的灯光仿佛蛇行般游动起来。李纲心想，若能让东京城内的百姓，像这河水一样，依旧能够安宁、平静，一如往常，那该多幸福啊！

这家书肆位于惠民河东侧的宣化门大街，自大街往北，可以直通汴河大街。街两边有许多寺观、苑囿和仓库，这条街地处东京城东的南漕运码头区。

让李纲感到奇怪的是，这条以往繁华的大街上，此时多数门店已经关门，可这家书肆却还开着门。李纲走近门前，见两边的门上挂着桃符，用长三尺的薄木板，大五寸，上画神像狡貌、白泽之属，下书左郁垒、右神茶。他笑了笑，抬头往上看见门头的牌匾，不觉一乐：开元堂！心里浮现出大相国寺里遇到的那位书商：真有缘，莫非是？

他悄无声息地走进去，看到满屋的书架和书架上摆放的各种书籍，一大一小两个小儿正在店里追逐嬉戏。"昌愿，快跑，快追我呀。""哥哥，你跑慢点，我都追不上你了。"气氛宁静安逸，他心情顿时放松了几分。

"李大人！"正站在书架后整理书籍的林书明一眼瞥见李纲，连忙走到李纲面前，毕恭毕敬地向他作了一揖，唤出小厮林修远，将两小儿带入后堂，请李纲到书房上座，奉茶。

李纲轻蹙眉头望向林书明："金兵围城，家家关门闭户，你好大胆子，不怕金兵突然攻入城来？"

林书明的脸上没有一点惊惧："小小金贼，虚张声势。再说，有李大人坐镇东京城，何怕之有！"

林书明边说边从林修远手里接过刚刚泡好的茶，给李纲斟上一杯："这是建本书商送给我的建阳白茶，寻常都是喝不上的，李大人尝尝味道如何。"

李纲这会儿哪还有心思品茶，轻轻呷了一口放下了杯子，面色凝重地望向林书明说："这多事之秋，你倒是沉得住气。"

林书明迎着李纲的目光正色说："是大人沉得住气，小的们才有底气。书明虽然与大人接触不多，但也知道大人就是我们大宋的陆宣公，刚正不阿，直言敢谏，忠君爱国。"

李纲轻轻叹了口气："国事如此，李某自是责无旁贷，可是……"

"大人遇到什么困难了吗？如有用得着林某的地方，书明虽肝脑涂地，万死不辞！"

"抵御金兵，需要大量的人力物力，叵耐……"

"如果是钱物方面有困难，书明倒是可以解囊相助。倘若人力不够，书明也可以带领家中成年男丁帮着修筑防御工事。"

"这……"

"大敌当前，唯有官民戮力同心，方能力挽狂澜。书明作为大宋的子民，为大宋尽一份心力，自是义不容辞！"

听了林书明的话，李纲赞许地点点头，又停留片刻，便起身告辞了。这个时候，他实在不知道该对林书明说些什么，虽说是国家有难、匹夫有责，可他与林书明毕竟萍水相逢，又有什么理由要求对方毁家纾难呢？何况，生死未卜，百姓又非官兵……

不料，第二天一早，正月初四，林书明就带着东京的书商们，送去了大批捐赠的物资和钱财。李纲也因得到了东京百姓的倾囊相助，愣是在三日之内，便指挥军民们修好了楼橹，安好了炮台，运好了砖石，设好了床弩，备好了火油，有条不紊地做好战前准备。

靖康元年正月初七，完颜宗望率领的金军火速攻到东京城下，出动几十艘火船，对宣泽门发起了凌厉的攻势。双方展开激战，血淋淋的恶战进行了数日。浓烟遮天，红红的火舌在东京城外肆意地蔓延上窜，金兵制造的云梯亦在烈火中哔剥作响……

在李纲的率领和林书明等东京百姓的全力支持下，勇猛的大宋将士接二连三地打退了金兵一次又一次的围攻，危在旦夕的东京城，得以在风雨飘摇中暂存。完颜宗望与大宋打过多年的交道，把宋国君臣苟且偷安的心思摸得透透的。眼见短时间内无法攻下东京城，他便命令部下先行撤退，冠冕堂皇地派出使臣进入东京城，盛气凌人地告知宋钦宗，如果不想让金兵再次兵临城下，可以选择用割让土地的方式规避战争。

勉强留在东京的宋钦宗，早已被隆隆的炮声吓破了胆，非但不愿继续抗击金兵，反而指责李纲把事情弄糟，惹得金兵不肯退兵。他一面派使者前往金营向金军求和，承诺向金国割地赔款，一面借口金兵围攻太原，情势危急，要把李纲调去太原解围。

很快，宋钦宗任命主和派中坚分子蔡懋为行营使，接替李纲的守城职务。

二月初五，以陈东为首的数百名太学生，自发聚集到宣德门前向宋钦宗请愿，恳请恢复李纲职位，赶走金人、罢免奸臣。一时间，以林书明等东京书商在内的响应者多达数万人，把街道堵得水泄不通，请愿的呼声直入云霄。

深深的宫门犹如古井，对一声声呐喊并无任何回应。愤怒的百姓们冲入皇宫，赤手空拳地打死数十名内侍。在广大军民的冲击下，迫于无奈，宋钦宗只好重新起用李纲，恢复他尚书右丞的职务，同时加命他为京城四壁守御使。百姓们看到李纲被宣召入宫，欢呼着散去。

李纲在京师人民的支持下，重新担负起守城的职责，立即命令恢复东京各项城防设施，当夜便发动霹雳炮攻击金军。完颜宗望得知李纲复职，又见各路来京的勤王军势力越来越大，在宋廷答应割让河北三镇后，不等收足金银赔款，于靖康元年二月撤兵而去。东京守卫战在李纲的组织下，取得了胜利。

完颜宗望带领金兵撤退的那个晚上，李纲再次来到开元堂。林书明快步上前，唤来小厮给李纲看茶。李纲心中高兴，也喝得尽兴，一个劲儿夸赞："早就听说建阳有三宝，建本、建盏，还有白茶。这建本、建盏，我早就见识过了，只是这白茶，倒还是头一遭尝到。"

"这白茶生长在建阳的悬崖峭壁上，极为难得，往常都是作为贡品进贡到宫里的，只有官家方可尝到，哪个老百姓能有如此口福？"林书明故作神秘地瞄着李纲，"这都是做茶饼时做坏了，才流传到民间，等闲可是求取不来的。"

"即便是做茶饼时坏了的，味道也比龙凤团茶要甘香清洌得多。"李纲又呷了一口白茶，赞不绝口。

"大人要是喜欢，待会我让修远给您包好带回府上慢慢品尝便是。"

"这可如何使得？君子不夺人所好，这茶……"

"不就是区区一点白茶嘛，大人何必见外？书明前些日子又得了几本建本好书，大人走的时候一并带回去就好。"

一听到书，李纲眸子一亮："什么好书？说来听听。"

"有万卷堂新刻的全本《史记》，还有三桂堂刻印的《心经》、一经堂刻印的《东坡集》，纸张、版式、插图，都别具匠心，值得一看。"

李纲凝视着林书明："甚好，甚好。没想到东京城乱成这个样子，你却还有心思搜集建本，实在是出乎所料！"

"饭可以一日不吃，书却不可一日不读。"林书明望着李纲谦卑地笑着答。

"让我说你什么好呢。"李纲表情凝重，盯着林书明说，"说起来，我还得好好感谢你！这次东京守卫战，亏得你和那帮书商朋友支持，捐钱、捐物还出力。待官家缓过神来，我定会好好在他面前替你表一表功。”

林书明不卑不亢地答："区区小事，何足挂齿。家与国同在，国破则家亡，东京城要是被金人侵占了，我们又该何以为家。书明不过是做了自己最该做的事情，大人不必挂怀。”

"是啊，国在，家就在，国破，则家亡。倘若金军真的攻入东京，伯纪也一定会与东京共存亡，哪怕赴汤蹈火、肝脑涂地！"李纲一边斩钉截铁地说着，一边觑着林书明问，"接下来，你都有些什么打算？”

"除了继续开书店，把开元堂发扬光大，我还能有什么打算！”

"那就得把开元堂做大做好，做成东京城乃至大宋第一流的书店！”

两个人就这样说说笑笑，一直说到月上中天。待李纲依依不舍地起身离去后，林书明却陡地心生一股莫名的惆怅。只是那个时候，他们谁也不曾料到，这次促膝长谈，竟是他们此生最后一次聚首。经年之后，已迁居建阳的林书明，亦始终为那晚没能跟李纲聊个酣畅，引为此生最大的遗憾。

很快，李纲就在白时中、李邦彦等人的攻讦下，被外调为河北河东宣抚使。一座风华绝代的东京城，再无良臣守护……

金军退兵后，大相国寺每月五次面向公众开放的日子里，东京城里的百姓们依然三三两两结伴赶往庙里参加集市，但往日的富丽繁华却都被满目的凋敝萧条和凌乱不堪取代。林书明会掐着日子带着小厮挑着书担，在资圣门前一如既往地摆着他的书摊，尽管来光顾的人一天比一天少，甚至有几次都没能卖出一本书，他也没有因此稍有懈怠。其实，他并不是想要来卖书，他只是在等一个人——等被宋钦宗赶出东京的李纲——等他回来一起把酒、品茶、看建本，可左等右等，等落了夕阳，等来了乌啼，仍没有看到李纲身影出现在大相国寺。

靖康元年八月，金军又寻新借口，再次纠结兵力攻打大宋，很快就攻破了太原、雄州、中山、新乐、真定等军事重镇。十一月末，西京洛阳、郑州、德清军、开德府等京师周围的重要城池相继被金兵攻陷，东京城再次陷入岌岌可危的险境。直到此时，宋钦宗才又想起了已被他贬为保静军节度副使、安置在夔州的李纲来，遂下旨任命他为资政殿大学士，领开封府事。

百姓们已人心惶惶，纷纷扶老携幼，离开东京。眼见得街市上一片狼藉，往日里喧嚣的叫卖声、吆喝声，已被百姓们惊恐的呼号声、奔走声淹没。林书明倒颇为淡定，一如往常地带着林修远小厮到大相国寺摆书摊。

林书明一边打量着惊慌失措的同行们，一边冷静地吩咐着林修远小厮把别人扔掉的字画图书捡拾起来装入书担，陷入长久的沉思。他仍在等待李纲的到来，他坚信只要李纲一回到东京，便可力挽狂澜，彻底打消人们心底沉积的疑惧与惊怕。金兵还没有兵临城下，往日里天下之枢、万国咸通的繁华东京城却提前陷入了混乱中。他的很多故旧老友都纷纷收拾起行囊，先后远远离开，唯有他，还有许伯，还倔强地留在京城中，心有不甘地等待着。

"走吧，走吧，都走吧！"许伯望向沉默不语的林书明叹息着说，"大家都走了，你还留在这里做什么？真想要让你们一家子都跟着你一起做刀下之鬼吗？"

"你不是也还没有走吗？"

"我？"许伯伸手捋了捋自己的白胡子，叹了口气说，"我一个孤老头子，既没有家室，又没有儿女，无牵无挂的，往哪里走？"

"你都不走，我也不走。"

"我是马上就要入土的人了，生在东京，长在东京，这辈子除了东京，哪里也不会去了。"许伯望着林书明语重心长地说道，"我知道，你是在等一个人，可他终究是不可能回来了的。这就是东京的气数，也是大宋的气数，任谁也无力回天。"

"可是官家已经下旨……"

"来不及了，一切都来不及了！"许伯深深吸口气说，"听伯一句劝，你还年轻，孩子们也都还小，不值得留在这里和我一起给东京陪葬。趁着金人还没有攻进来，赶紧带着家小一起逃吧！"

"逃？"

"对，就是逃，一直往南逃，有多远逃多远，不要回头，一次也不要回头！"

逃？许伯是让自己逃吗？这里明明是自己的家，是大宋的都城，他为什么要逃呢？再说，官家已下旨宣李纲大人进京，有李大人在，东京城哪能说破就破呢？说这话，岂不是长他人志气灭自己威风吗？

夜幕降临，林书明带着小厮挑着书担刚刚回到开元堂，还未坐稳，一位年轻人走过来朝他作了一揖："林先生，小生姓秦名墨元，等候先生多时了。"

林书明诧异地问："秦先生，有何贵干？"

"长话短说，小生受李纲大人之托，劝你尽早离开东京。"

"什么，就连坚决主张抵抗金兵的李大人也要劝我逃离东京吗？莫非这一次，东京真的是在劫难逃了？"林书明感到一股寒意自心底而生。

"李大人让我转告林先生，覆巢之下岂有完卵。徒然的挣扎毫无意义，现在还不到先生报效大宋、为国捐躯的时候呢。"秦墨元望着林书明神色凝重地说。

"李大人真的不会回东京了？"林书明殷殷期盼着李纲的归来，李大人不仅是他的希望，也是大宋的希望。如果李纲能回来，救国有望！

"不是李大人不想回来，而是朝廷早就被奸佞之辈把控，即使他能够回来，也无计可施啊！"秦墨元无可奈何地叹气，"李大人说了，不要做无谓的牺牲，他希望在江南再次与你相聚，再与你一起喝白茶、看建本，聊人生。"

真的要离开东京吗？望着早已乱成一锅粥的街市和家中一夕数惊的妻儿仆役，林书明的心也跟着乱成了一团麻。许伯说得没错，孩子们都还小，就算他抱了必死之心誓要与东京共存亡，也不能视孩子们的性命如同儿戏，既然李大人也让他早做打算，那便"三十六计，走为上"吧！

秦墨元走后，五味杂陈的林书明立即把妻儿老小和家中仆役都召集到一起，告诉他们离开东京南下的决定。

三天后，晨光熹微，天气凛冽，飘起了漫天飞雪。片片白雪，从天而降，让这个曾经炙热的城市彻底降温，寒入骨髓。屋顶铺上一层白，林书明看着，心中悲戚，觉得犹如给东京城披上了一件孝布。这层白布包裹之下，是大宋子民的屈辱、愤懑和悲凉，是铁血男儿挺不起的脊梁、直不起的腰，更是他这个读书人莫大的耻辱！将来历史会如何评论大宋？会如何评论他们这些尚有傲骨的读书人呢？

一声声心底的喟叹化作哈出的热气，很快被冻成冰冷的寒霜，挂在胡须上；厚厚的棉袍，抵挡住了天气的寒冷，却挡不住心底的苍凉。可，又有什么办法呢？

林书明花重金雇了几辆马车，带着家人们一起踏上了南下的路途。

他凝视着车上几十箱珍贵的书籍，泛起无尽的惆怅，默默念叨着："别了，东京！别了！我的家！"心中涌起阵阵悲凉。缓缓抬起头，瞥见镌刻在牌匾上的"开元堂"三个金色大字，此时分外刺眼。

林书明用力一挥手，头也不回地对着众人说："走！上路……"

第三章　颠沛流离

东京开封府，曾经是世界上最富裕繁华的城市，往日里，"青楼画阁，罗绮飘香；新声巧笑于柳陌花衢，按管调弦于茶坊酒肆"。而今，笼罩在金兵铁蹄的阴影下，俨然变成了人间地狱。又是寒冷的冬日，偏偏连续下了几场暴雪，饿死路边者数不胜数。为填饱肚子，市井平民就以猫鼠为食，鼓皮、马甲、皮筒皆煎煮而食；树皮、浮萍、蔓草之类，无所不用。这时候，平日里的贵族士大夫和豪富之家，因家大业大舍不得拱手送给金国，只能无奈地留在原地，境况不容乐观。饥饿难耐时，路边饿死了的人，其肉随即被人剟走，市井上已公然有人肉在售卖。迫不得已，开封府张贴告示："街市尸首暴露，擅敢剥剔者，许人告首，赏钱五十贯。"可这样的告示，大家都置若罔闻。

为了活命，百姓纷纷出城逃难，漫无目的地踏上向南的道路。他们扶老携幼，拖儿带女，衣衫褴褛，神情枯槁，面带恐惧和慌张，如同行尸走肉一般。

刺骨的寒风中，骡马嘶鸣、车轮吱吱，吵吵嚷嚷的诅咒声和谩骂声此起彼伏，愈发显出逃难的狼狈与沮丧。人人惊魂未定，神色仓皇不安，遇到岔路，茫然地逐渐分流，各自朝着心中的安稳地奔袭而去。

沿途断断续续听到消息，西京洛阳和郑州皆已被金兵攻陷。至于消息的真伪，已经无从判断。有些正朝这几个地方去的人，顿时改变方向，再次流浪在路上。

很多人刚开始出逃时，还收拾得利落整齐，一路走来，棉衣上破了一个个洞，棉絮脏兮兮的。女人的发髻散乱，胡乱包裹一个头巾，遮掩着最后的尊严。孩子们懒得走，父母啪啪两巴掌拍在屁股上，嘴里骂着："再不走，把你丢下喂狼。"也有调皮的孩子，挂着悠长的清鼻涕，懵懂地互相追逐着，像是去赴一场郊游。老人们慢腾腾挪不动脚步，索性就找个破房子住下。儿女不忍丢弃下父母，可为了生存，只好哭啼啼地生离死别……

走得越远，悲怆的情绪愈加浓郁。人们的坏情绪不断互相传染，加之路途上缺衣少食，生活不便，人们蓬头垢面，不由得在心里一遍遍留恋起东京城来。

东京城还回得去吗？这成为压在人们心头的千钧重石。到樊楼吃莲花鸭签、到大相国寺赶庙会、到金明池畔看锦鲤、到御街上看花灯、到醉杏坊一睹名伎李师师的绝代风华……过往的平常应该已成为遥不可及的奢望。

安逸的生活天平一旦被倾覆，猜忌、埋怨和仇恨的种子就会发芽。

"他娘的，老子的不老盖儿①快断毡了，没死没活逃到啥时候？官家本来已经答应割地赔款了，偏偏李纲这老东西非要硬顶，不肯让官家交付割地，苦苦逞强，祸害了咱这扑棱蛾②一样的小老百姓。"

"谁说不是呢！他倒有吃有穿，不用受咱这罪。瞧瞧各位，现在就是个活死人。要是早跟金人议和，该割地割地，该赔款赔款，金人能第二次打到东京城下吗？金人要不来，我们这会子早就去樊楼吃香的喝辣的去了。"

---

① 开封方言，膝盖。
② 开封方言，飞蛾。

"几位老哥，你们这说的是屁话。人模狗样的，白披着一张人皮，凭什么我大宋要给那帮强盗割地赔款？李大人有什么错，他力主抵抗金兵，不还是保国为大家。"

"你倒英勇，咋不去杀金人？也跟我们这帮怂货来逃命。"当即就有人反驳。

"我要不是有妻儿老小，非杀他们个人仰马翻！"

"叫我说呀，大家也别磨牙打嘴官司了。这金人从来就不讲信义，今天割了燕山府，明天他们又该想着要吞并开封府了。"

"天下乌鸦一般黑。这丧权辱国，是个男人谁不憋得慌，可又能怎样？国君软弱，咱又人微言轻、手无寸铁。打也好，和也好，咱们就盼望着，赶明儿①东京城安稳了，能回来好好过日子，就阿弥陀佛了。"

埋怨声，谴责声，斥骂声，哭叫声，催促声，喊饿声，铺满一路。即将破城而入的金兵，懦弱无能的皇帝，误国误民的奸臣，一心抗金的忠臣，嘤嘤哭泣的妇女，不谙世事的稚童，都成了逃出东京城的老百姓们责骂的对象。仿佛只有通过这种方式，他们才能心甘情愿地与过去诀别，与东京诀别，与曾经的生活方式诀别，去未知的未知里，再活出一个鲜活透亮的新模样来。

所有人都看不到自己的未来，更不知道离开东京后的出路究竟在哪里。他们只想把恐惧不安与惊慌失措都一股脑儿撒在身后凌乱不堪、萧条凋敝的东京城里，却完全没意识到，越是想要摆脱内心的惧怕与惶恐，越是惶惶不可终日。

一路上，林书明沉默不语，时而从车窗内探出脑袋望向逃难路上仍旧争执不休的人群，时而轻轻瞥一眼身边的妻儿，低声安慰着他们。他在努力保持镇定，慰藉自己也给家人提振精神。

---

① 开封方言，以后。

夫人沈氏听着车窗外一直都没有停歇过的各种嘈杂声，心里不免透出些隐隐地担忧，忍不住伸出手来轻轻拉了拉林书明的衣袖说："官人，我这心里总是七上八下跳得厉害，你说，金兵要是发现东京城这许多老百姓都跑出来了，会不会恼羞成怒一路追杀过来？"

林书明紧紧握住沈氏的手，宽慰道："金兵现在的目标是京畿重地，一时半会，还顾不上咱们。娘子，放宽心。"虽是这样说，林书明本就是个文弱书生，处事总是瞻前顾后，犹豫不决。上一次保卫东京城捐款捐物，人多势众，并未感到害怕。此时思忖再三，觉得逃难路上，绝对不会安稳，于是悄悄地让沈氏脱掉手镯、摘掉耳环和玉簪等饰品，以免太过招摇。

"可我们究竟要去哪里？走到哪里是个头？"沈氏边说边归拢着头发，不安地盯着熟睡的两个儿子说，"你我受罪还好，昌意和昌愿都还小，一个八岁，一个才五岁，这一路已经够颠簸了，万一出个什么好歹……"

"昌意和昌愿不都好好的嘛，你就不要杞人忧天。"林书明低声安抚着沈氏，"等到了吴兴，见到了王家姨妈，一切安顿妥当，我们的开元堂便可重新开张。"

"可我们跟王家姨妈好多年没有走动了，你当真确定她能收容我们这一大家子？再说王家姨妈还在不在吴兴也要两说呢，要是她早就不在吴兴了，那我们岂不是要摸个空？"

"不碍照①，就算找不到王家姨妈，我们带的吃穿齐全，到时候租个屋子先住下来，再从长计议，你就不用天天为这些个事发愁了。"

"唉，这一路走来，我这心里就是发慌。要是金兵追上来，可怎么办？听说那些金人都是杀人不眨眼的，我们又带着盘缠……"

"不是有我在吗？"林书明低声抚慰着心烦意乱的沈氏，"快别胡

---

① 开封方言，没关系。

45

思乱想了，要是觉着累，就靠在我肩上打个盹吧！"

沈氏靠着林书明，抬起头想说些什么，但最终还是忍住没说，索性挨着他的肩头闭目养起神来。可才过了一会，她便又睁开双眼，竖着耳朵，心神不宁地说："官人，你听，外面是什么声音？"

林书明无可奈何地叹口气："娘子，你太疲惫，也太紧张了。金兵还没打过来，你倒要自己吓死自己了。"

"不是，官人，你仔细听……"

"他们都叫骂一路了，有什么可大惊小怪的。"林书明瞅了一眼沈氏。

"官人！"沈氏瞪大双眼，惊恐地用手指着外面。林书明正要出言劝慰，听得一阵急促的马蹄声和撕心裂肺的哭喊着，紧接着便又听到了马夫惊慌失措的尖叫声，缓行的马车忽然停了下来。

"发生什么事了？"林书明刚刚把脑袋探出车窗外，一把闪着寒光的大刀，已经抵在他的额前。雪白的刀身上，映出林书明失魂的眼神。

一个黑色头盔、全身软甲的金兵猛地伸出手，粗暴地将林书明扯出车外，摔在地上。

林书明来不及多想，扶着车辕仓皇起身，伸出胳膊，尽管身子哆嗦，也出于本能地拼命护住被拉出来的沈氏母子三人。

沈氏已吓得面无血色，一脸煞白。两个孩子因突然受到惊吓，害怕得高声号哭起来。沈氏连忙将两个孩子紧紧揽入怀中，张开双手遮住他们的眼睛，不让他们去看人高马大、凶神恶煞的金兵。林书明捂住孩子的嘴，生怕哭声激怒了金兵。

两个金兵用刀挑着马车上的行李、箱匣，看到金银首饰，急急地抢了，塞到马鞍旁的袋子里，驾着马"嘚、嘚、嘚"地围着车转了几圈，才去抢夺前面不远处百姓的财物。

一位老妇人紧紧护住绑在身上的包裹，不愿撒手，拉扯中，金兵一刀刺在她的前胸，老妇人痛苦地嚎叫着倒地，双腿抽搐扭曲着身子；一个年轻人自恃体力好，拔腿就跑，被金兵追上一枪戳透，肠子流了一地；一个小媳妇被三个骑马的金兵团团围住，惊慌失措地尖叫着，兵痞们逗猫一般，用刀尖一件一件挑破女人的衣裳，发出浪荡的淫笑……血和着泥土，很快就冻成了冰疙瘩。路旁横七竖八地躺着冻死、饿死、奄奄一息的人。

林书明顾不得清点损失，吩咐早已被吓得瑟瑟发抖的马夫赶紧拐到小路上，快马加鞭地朝着南方急急逃跑。

昌意和昌愿趴在沈氏的腿上哭得涕泪横流。沈氏脸色苍白，也只管嘤嘤哭起来。昌意或许是饿了，竟嚷嚷着要吃大相国寺的炙猪肉。昌意一听，也吵着要吃樊楼的荔枝腰子和炒蟹。林书明性格柔和，不住地哄着两个孩子，可架不住孩子一个劲儿催要，沉不住气地在孩子屁股上打了几巴掌，孩子哭闹得更厉害了。沈氏一见，顾不得悲伤，手忙脚乱地哄着孩子们。瞧着妻儿如此惨状，林书明不由得回想起东京的安逸时光，烦躁不已跳下车去看另外一辆马车。

这辆车上，几十箱书依然完好无损。谢天谢地，金兵不知道这些藏书的价值，使它们得以逃过一劫，如果真走到山穷水尽的地步，他还可以沿路兜售书本，换取生存所需。

夜幕降临，一家人找到一个残破无人居住的院落。呼呼的风，一个劲儿刮，吹得人身上没有一丝暖气。不巧的是，连饿带冻，昌愿双眼紧闭，发着高烧，浑身滚烫如火，时不时抽搐着，不断说着胡话。林书明看着妻子惊慌失措、不住落泪，他也是束手无策，从屋里走到院子里，瞅着黑黢黢的夜色，不禁长吁短叹。耳听得妻子一声声呼喊昌愿，他心中猫抓狗舔一般。可这兵荒马乱的日子，又身处荒村，找不到大夫，又拿什么来救孩子？

半夜苦苦支撑，天亮后，林书明劝说妻子抱着昌愿上车，看儿子闭着眼睛，呼吸急促，他愈发心痛。但七八口人停留在此地也不是办法，只好寄希望于半路上能寻到医家。又前行了两日，路过一个集镇，往日热闹的镇子十室九空，几乎阒无人声。一家挑着"张家生药铺"牌子的屋子大门洞开，门锁已被砸坏。林书明踏入屋内，柜子里空空如也，不见一片中药。他颓然坐倒在门槛上。没有药，昌愿水米不进，他的病非但不见好转，越发有进气没出气，急得林书明心急如焚，心中默默祈祷，但愿孩子能熬过这一灾。然而，老天偏偏不遂人愿，烧了两天两夜后，五岁的小昌愿最终在惊厥中夭折。

林书明抱着孩子，不顾妻子沈氏哭天抢地，跟跄着来到一处榆树林，挖开积雪，让小厮刨个坑，压抑着满腔的悲戚，蹲下身子，双手托着昌愿躺在坑内。他盯着儿子瘦弱的身体，不禁簌簌落下两行泪来："昌愿啊，爹答应你，去吃煎鹌子、葱泼兔！你醒醒……"双手掩面，哭泣不已，良久，寒风吹得他的脸生疼。他扭转身摆摆手对小厮说："埋了吧。"等大家收拾停当，林书明找来一根木棍，写上"昌愿吾儿"四个字，站在坟头呆若木鸡。他心里想着，有朝一日，将昌愿骸骨移回东京。全不知这却是终生一别，再无机会。

又行了半个多月，转眼又到元旦（今春节），想起去年此时，一家人还能在东京吃口热乎饭，昌意、昌愿还在店里打闹嬉戏。而现在，背井离乡，一路上担惊受怕、风餐露宿，昌愿夭亡，走到哪里才能安生啊？

不几日，林书明一行又听到一个骇人听闻的消息：东京城已破，优柔寡断的宋钦宗被攻进城来的金人下令废为庶人，懦弱无能的道君皇帝宋徽宗等人被迫前往金营。金人逼迫徽、钦二帝脱去龙袍，受尽屈辱。时在靖康二年（1127）二月初七。

和林书明一样都在逃难的众人，本来还怀揣着一丝希望，盼着能早日回到东京，闻听此噩耗，更是雪上加霜，心里生出恨意来——这怒其不争哀其不幸的大宋，这软弱可憎的皇帝老儿们！亡国之辱，无处发泄，他们只好催促马夫，赶路赶路！众人只能掩饰心中的不安和烦躁，悲苦得有如没娘的孩子一般，心中念叨着：大宋没了！国没了……

昌愿亡后，沈氏越来越沉默，整天神情恍惚、萎靡不振，就连昌意的生活起居也没心思去管。林书明不知该怎么安慰沈氏，只好不断重复着，等到了吴兴，见到了王家姨妈，一切都会好起来的。

真的会好起来吗？盘缠被抢，小儿子死了，逃难路上，等待在前面的是什么，他心里没底。这话说出口连他自己都不敢相信，又如何能够安慰得了沈氏呢？

沈氏似乎也不在意一切到底会不会好起来。昌愿夭折后，她就没跟林书明说过几句话，整天不是痛哭流涕，就是自顾自地坐着傻笑。林书明知道，再这么下去的话，沈氏一定憋闷出病来不可。

三月末，到扬州城内，林书明决定暂时不走了，得找个大夫好好地先给她瞧瞧。

这时，已经先期逃到此地的皇族贵胄们，开始筹划着建立新的朝廷。金兵只有小股部队追到扬州，掀不起大动静，行走在扬州城内，倒没有感觉到亡国之貌。

林书明日前手里可用的资财，不过是些随身携带的碎银子和妻子的体己钱，所剩无几。沿着石榴巷行走，两旁青砖黛瓦，屋顶的鱼鳞状小瓦，他瞧着比东京还精致，又拐过羊肉巷，瞧见一家"百草堂"，慢慢踱进去，和医家说了沈氏症状，拿了几服草药，满心欢喜地往入住的客栈返。

进到房间，却不见沈氏的影子，林书明询问店家，也不知其踪迹。他问修远小厮，答："小的只顾陪着少东家，却没留意主母。"其他的随从，也都只管摇头。这下，林书明慌了，跑到街上，东瞧瞧西望望，急促得脚步踉跄，却无人应答。

此时春分已过，天空突然响起几声炸雷，随后大雨如注，劈头盖脸浇在林书明头上。小厮几个拉他拉不动。他在雨中疯狂地跑着叫着："娘子！蓉晖！你快回来！我给你拿药了！蓉晖！蓉晖！！！"

苍天不应，大地不语，没有人能告诉林书明，娘子沈蓉晖究竟去了哪里，也没有人能够排遣他心中的苦痛。林书明拖着沉重的脚步落汤鸡一般回到客栈，要不是昌意一直拉着他的袖子，他真有心一死了之，也省得再受这国破、儿亡、妻散的诸多折磨。

夜幕时分，昌意不停地喊饿。林书明有气无力地呼喊跟随的厨娘，要她去给昌意弄些吃食来，连着喊了四五声，无人答应。他疾步走出房间，却见只有傻愣着的林修远站在院子里，挠着头皮哭丧着脸。

林书明几步走过来，摇晃着林修远，问："他们呢？"

"东家，他们……"林修远赌气地骂一句，"不是人。都跑了……"

林书明顿时恢复神志，听林修远絮叨着说，家中的随从临行前，伙同马夫瓜分走了开元堂几十箱珍贵的藏书。

"我好歹拼了命，才抢下这两箱。"

万念俱灰的林书明和林修远在客栈待了三五天，因没钱也被赶了出来。在大街上游荡时，却意外地听老乡说，在瓜州渡看见过沈氏，身边还有一个跟她年纪相仿的男人。

林书明一听，当即火急火燎地奔往瓜州渡。林修远赶忙挑上两箱仅剩的藏书，带着昌意紧跟上去。

等他们跑到瓜州渡，哪还有沈氏的影子。等着渡江逃难的人群，黑压压的一片望不到头。人们惊慌失色，纷纷传说："金兵就要打到扬州来了。"

两人焦急地在人群中四处寻找。目之所及，处处都是攒动的人头、号哭叫骂，前面的人刚刚挤上了靠在江边的渡船，后面便又排山倒海般跟来了另一批逃难的人群，一茬接着一茬，如潮起落，连绵不绝，一片狼藉。

林书明不肯放弃一丝希望，在人群中东奔西走，远远看到和沈氏年纪相仿、身材相似的女子，就急急忙忙地跑上去辨认，却时常被人骂作登徒子，他只好抱歉地一笑……一次次燃起无尽的希望，又一次次换来绝望。林书明失魂落魄地走在岸边，无情的涛声，将他的希望一点一点拍打得支离破碎。

人群中有人惊恐地大叫"杀人不眨眼的金兵追上来了"，惊慌的人群再一次乱了阵脚，互相推搡着直往前冲。须臾间，再无体面，再无秩序，为了活命，后面的人拼命地往前冲，前面的人纷纷往船上、水里跳，惊叫声、谩骂声、哭喊声、江潮声……一股脑地往林书明耳朵里灌，嗡嗡作响。一个趔趄，他差点摔倒。站稳后，他猛然想起了昌意，心底禁不住"咯噔"了一下，连忙逆着人流的方向朝岸边奋力跑去，可待他跑到先前跟修远、昌意分别的地方时，却哪里还有他们的身影？他登时傻了眼！

"昌意！修远！"林书明发了疯似的扯着嗓门大声呼喊着，可除了一片接着一片的黑压压地向他挨挤过来的人群，他什么也看不到。他心里大喊一声"不好"，整个人一下子变得惶了。

所有人都在飞快地往码头边跑，地上掉落了无数被踩踏的行囊和包裹。许多老人、妇女、孩子摔倒在了路边，他们的家人都来不及扶起来，就被洪流一样的人群推搡着到了前面。那些叫喊求救声，在蜂拥而至的人潮浪涌中，渐渐弱了下去，终于听不见了。

"修远！昌意！"林书明看着眼前这人间地狱般的惨状，心里惊骇莫名，只管扯着喉咙大声叫喊着。

"东家！东家！"是修远的声音。

林书明循着声音传来的方向，远远见到了人群中挑着两箱藏书的林修远，连忙使出全身的气力向修远身边挤去，一边挤，一边大声问道："昌意呢？昌意在哪儿？"

林修远带着哭腔，隔着人群大声喊道："刚才人群挤过来时，昌意说看到他娘了，哭着喊着要追上去，我怎么拽都拽不住。"

林书明大声呵斥："胡闹！我不是让你看好昌意不让他胡乱到处跑的嘛。"

林修远很快便挤到了林书明身边，边哭边放下书箱："修远该死，修远怎么也拽不住少东家，不过这两箱书，修远却是一样也没有弄丢。我这就去找少东家，要是找不回少东家，修远这辈子决不会再活着回来见东家！"

"修远，你要做什么？"林书明话音未落，林修远早就钻进人群，跑得没有踪影了。这孩子心眼实诚，要是找不回昌意，多半是不会再回来了，可他也不过是个半大的孩子，万一出个什么好歹，又该怎么向他死去的爹娘交代呢？当初修远被卖到林家时，他曾当着修远爹娘的面许诺，要保这孩子一生平安无虞，将来等他长大成人了，还要亲自替他挑一门好亲事，可现在……他才十三岁啊，不过比昌意大了五岁，又懂得些什么？林书明很是懊恼，刚刚没有安慰修远几句，就算他把昌意弄丢了，自己也不能那么呵斥他，这兵荒马乱的，到处不得安生，若是修远再走丢了，唉……

人群中许多人是从北方逃难而来，见过了金兵的残暴，尽管当下并没有见到金兵，人们已如惊弓之鸟，四下惊散奔逃。林书明不得已，只好挑上两箱书跟随着人群挨挨挤挤地往江边跑去。说是跑，其实就是被人群推到江边去，那些发了疯一样只知道一味往前冲的人们，不仅把林书明推到了码头边，更把他推上了停泊在岸边的渡船，把他推到了命运的边缘。

"泗水流，汴水流，流到瓜洲古渡头，吴山点点愁。思悠悠，恨悠悠，恨到归时方始休，月明人倚楼。"此时，林书明更加感受到白居易《长相思》里的凄楚，心里念叨着：昌意，修远，你们到底都在哪里呢？

林书明拼命地护住仅剩下的两箱价值不菲的图书，心，早已碎了一地。

浑浑噩噩中，随船南下，踏上江南的土地，他整个人依然发蒙。在长江南岸约莫等了半月有余，既没有等来修远和昌意，更没有等来沈氏的消息。因囊中羞涩，他只好一边接受别人的接济，一边启程踏上了赶赴吴兴的路途。

四月，当他满怀着希望赶到吴兴时，才发现王家姨妈一家老小早就搬离住处，杳无踪迹。

更大的噩耗传来，金军烧毁了东京城郊数千间房屋，宋徽宗、宋钦宗连同数千宗室成员和无数的京师百姓被强行掳往金国。金军还携走了大量的书籍舆图、宝器法物，东京城中公私积蓄被劫掠一空。这即是史称的"靖康之变"。

林书明万念俱灰，家国覆灭，亲人离散，前路无着，该何去何从？无奈之下，他只好寄身太湖边的寺庙里，帮庙里的和尚抄写经文，不时在太湖边卖随身携带的图书，聊以为生。

若不是实在走投无路，林书明绝不会动这两箱书的念头。从东京带出来的藏书，都是他精挑细选出来的，虽非价值连城，却是世之罕有。现在，他身无分文，走散的妻子和儿子音讯全无。这两箱书必须忍痛割爱，让自己先活下来，才有机会与他们重逢。

烟波浩渺、波光粼粼的太湖美景，林书明无心欣赏。他只管每天准时挑着两箱书，坐在湖边摆摊兜售。可惜，世道混乱，读书、懂书的人少有光顾，或有人来，也是狠心砍价。林书明不肯贱卖，书摊始终未开张。

转眼已到夏日，黄昏，红霞映天，湖面一片橘红。绿柳摇曳，微风轻拂，吹得面颊痒痒的。书摊已连日无人光顾，林书明肚子饿得咕咕叫，便挑起书准备回庙里帮住持抄写经文，冷不防被一位年过五旬的男子迎面拦住。来者仪容威严，儒雅风度，不由分说让他打开书箱看看。

没有太多言语的交流，箱盖打开，来者便如痴如醉地捧书在手。见状，林书明多日紧蹙的眉头才稍稍舒展了些。估摸着，今天要开张了。尽管心有不舍，但肚子又不争气地"咕噜咕噜"响了几声，便盼着对方能把看中的书买走，哪怕便宜一点也要忍痛割爱了。

哪曾想，来者虽一味夸赞他的藏书品相好、有价值，却丝毫不提要买，只一页页缓缓翻着看。林书明急得百爪挠心，坐立不宁："先生，这些书都是我从前珍藏，自东京带出来的，若不是路上被金虏抢走了盘缠，我万万舍不得卖。您若真有相中的，我也不胡乱要价，哪怕便宜一些也是使得的。"

来者捋一捋胡须，自顾自地继续翻阅捧读，"啧"了一声："书都是好书，只可惜没有遇见一个真正爱它们的读书人。"

什么？他是在说自己还不够热爱这些图书？若不是走到山穷水尽，他又怎舍得拿出来沿湖叫卖？林书明心中不觉升起怒气："饱汉不知饿汉饥。"

来者抬头望了他一眼，叹息着说："也赖不得你。这世道兵荒马乱，又还有几个人能够守着一屋子书安于清贫呢？"边说边弯腰慢条斯理地帮他整理好书，盖上箱盖，站起身，伸出手拍了拍林书明的肩头，头也不回径直而去，只留下林书明呆呆地愣怔在原地，好半天没缓过神来。

从太湖边回到庙里后，下起了连绵不断的大雨。连日的饥饿疲惫，对沈氏、昌意的忧心思念，身无分文的窘迫，重重压力下，林书明病倒了，躺在偏殿的床上，发着高烧，迷迷糊糊说着胡话："夫人……昌意……东京……炙猪肉……书……"

寺里的住持可怜他，灌药喂粥，悉心照料。在病床上躺了半月有余，林书明慢慢恢复了神志。这日，见出了太阳，瘦成麻秆的他摇摇晃晃地勉强爬下床，把两箱藏书慢慢拖到院子里，在屋檐底下一字摆开，让它们晒晒阳光祛祛潮。刚把书摆好，见住持领着一个香客步履从容地朝他走过来。

"林施主，有贵客来看你了。"住持望着林书明和颜悦色地说。

贵客？有谁会来看我？林书明怔愣地抬头望向住持身边的香客，恍惚间发现来者不是旁人，却是那日在太湖边遇见的说他不够爱惜书的男子。

"哎呀，在太湖边找了你好些日子了，却不曾想先生居然藏身佛门净地。"来者缓缓走到林书明身边，看了他几眼，低下头翻动着晒在阳光下的图书，不住地叹道，"可惜了，可惜了，真正可惜了！"

"可惜我不够爱惜这些书吗？"林书明还记着那日在太湖边，来者对他说的那些话，心中老大不痛快，说话难免有些瓮声瓮气。

"林施主切莫造次。"住持轻轻瞥了瞥他，望着来者温言介绍，"你可知道这位先生是谁？他可是闻名天下的翰林学士叶梦得先生，读书人都以拜在他门下为荣，你怎可对叶学士如此无礼。"

"不妨事，不妨事。"叶梦得抬起头，不在意地摆摆手，"他大病初愈，难免身子不适，住持莫怪。"

叶梦得？眼前的这位男子就是以出色的诗文名动天下的大学士叶梦得吗？据他所知，进士出身的叶梦得，不仅诗写得好，词填得也是一绝，而他最为人称道的，就是宣和五年（1123），在吴兴石林谷别馆中修筑的藏书楼"石林藏"，华焕无比，蔚为壮观，从各地搜罗来的藏书有逾十万册。说他是天下第一的藏书家也不为过，也难怪那日在太湖边会说他不够爱惜图书了。

和叶梦得这样的书痴比起来，林书明自然难以望其项背。他跪倒在地，毕恭毕敬地给叶梦得赔起罪来。

叶梦得亲切地扶起林书明，怜惜地说："快起来，快起来。我说可惜，是觉得这些好书要随你四处逃难，若换作太平盛世，它们又哪会罹此大难。"

"叶学士……"林书明眼圈红了。

"你的遭遇，住持都跟我说了。若不到走投无路，相信你不会动它们的念头。我真心喜欢这些书，倘若先生肯割爱，无论多少银子，今天我悉数买走。就只怕你割舍不下。"

"如果学士喜欢，看着给些银两取走便是。"

叶梦得平和地说："你放心，我不是趁火打劫之人，会按照书本的市值给付，且只多不少。那天在太湖边，之所以没问价值几何而离去，是知道你并非真心舍得兜售它们。"

他顿了顿："君子不夺人所爱，如果先生实在割舍不下，那就当叶某没说。"

"书明既然已经生出卖书的心思，还有什么割舍不下的。天下的读书人都知道叶学士生平嗜书。这些书如果能够纳入学士的石林藏书楼，是当下最好的归宿，总强过跟着我东奔西跑，书明感激学士还来不及呢！"

"知道我最看好的是哪几本吗？"叶梦得卖着关子，不等林书明回答，接着说："一部是建安余氏靖安堂刻印的《古烈女传》，一部是三桂堂刻印的《大藏经》，一部是一经堂刻印的《资治通鉴》，一部是流芳斋刻印的《梦溪笔谈》，这几部书虽然都是来自建阳的建本，可它们的品相和质量，都超出了我的固有印象，堪称奇迹，堪称奇迹啊！"他一边说，一边小心翼翼地翻阅起流芳斋刻印的《梦溪笔谈》："我一直认为，天下印书，以杭州为上，蜀本为次，福建最下，可先生收藏的这些建本，着实让我大开眼界！"

就这样，二十七岁的书商林书明，和五十岁的翰林学士叶梦得，因了图书，在吴兴结成了莫逆之交。自此，不是叶梦得来庙里寻林书明，就是林书明去石林谷拜访叶梦得，和叶梦得在一处时，林书明才能暂时遗忘那些像刺一样扎在心底的疼痛。二人畅论时局，纵横捭阖，每谈必胝足而眠，但聊得更多的还是图书，及对刻印业的种种期许。叶梦得认为变乱不会永远持续下去，只要金虏退兵北去，一个纸香墨飞、花团锦簇的大宋依旧还会归来，业已萧条凋敝的书市也会重新兴旺，而林书明则希望尽早返回东京，把开元堂开成京师乃至天下第一流的书肆。

叶梦得望着林书明说："聚散离合，本都是世间最稀松平常的事。人如此，图书也是如此，聚多了必然会散，生生又灭灭，灭灭又生生，塞翁失马，焉知非福。就像你的开元堂，先前收藏了那么多好书，如果不是经历靖康之变，我又哪里能够有幸一睹它们的庐山真面目？不知道我石林馆里收藏的这些图书，它日是不是也要经历流散的命运？"

从叶梦得的话中，林书明愣是听出了些无可奈何的况味。

在庙中居住了数月，眼看已进入腊月，金兵即将南下的传言便又传遍了吴兴城。顾不得新年将至，百姓们纷纷拖儿带女继续往东、往南奔逃而去。恰在此时，林书明在石林馆偶遇东京熟人黄姓书商。书商告诉他，曾在建宁府建阳县的街头看到过林家娘子沈氏，尽管那时她已然神志不清、蓬头垢面，但能够确定就是林娘子。

真的是妻子沈氏吗？她还活在人间？林书明心中一阵狂喜，当即便张罗着要去建阳寻人。叶梦得虽舍不得与他别离，但为着他们夫妻早日团聚，当下便为他备好车马、银两，着人送他去建阳，并一再嘱咐他，如若寻沈氏未果，便回吴兴："石林馆的大门永远为你敞开着。"

叶梦得的出现，给逃难路上历尽磨难的林书明带来一丝慰藉。如果不是急着要去建阳找寻沈氏，他舍不得就此别过。千金易得，挚交难寻，更何况叶学士还和他有着共同的兴趣爱好，都对书籍怀着一种痴狂的情愫。

凌晨，太湖还笼罩在薄雾之中，如梦如幻，静谧而神秘。水天一色的湖水灰蒙蒙的，仿佛连在一起，湖面上零星飘着几只渔船。林书明坐在马车上，靠着窗棂，眼神空洞地望着窗外，岸边的芦苇随着风儿摆动，不时发出"沙沙"的声音，从芦苇中飞出两只鸟，一前一后向天空箭矢而去。林书明看得呆住了，心里涌起阵阵酸楚。

"蓉晖，我来了！"林书明喃喃地说。

第四章　让贤赘婿

靖康三年（1128），住进建阳城内，给林书明留下最深的印象，便是每日清晨叫醒他的钟声。这钟声，是建阳县闻名的一景：开福晨钟。

建阳城西，仙桂坊中，有大潭山，每年九月九重阳节，很多人爱登此山望远，所以百姓也称其为"登高山"。西汉年间，闽越王余善"筑城其上以拒汉"，六千户仰仗的军事优势即大潭山。又因山势蟠屈，据其形状，亦名"卧牛山"。

县城诸多寺院中最大最著名的开福寺，就位于大潭山中。寺院群峰环抱，万木郁茂，深静幽雅，鸟瞰大溪，始建于宋大中年间，初名"咸通"，后改为"重光"。宋天禧三年（1019），皇家正式赐奎额。

早晨荡起的宏阔悠长的钟声，传到林书明耳中，与大相国寺的钟声一般无二。相同的钟声，不同的心境，却能排遣每日寻找家人的苦闷，获得短暂的安宁。

然而，一俟醒悟过来，他就又陷入深深的谴责和遗憾中。蓉晖，你和孩子在哪？若不是我带你们逃离东京，或许一家人还能团聚在一起。时运不济，命途多舛，你流落在这座古城的哪个角落呢？

在县城西部找了许久，并无结果，他转悠着来到了南城大街。他寻一间便宜的客栈住下，每日里出门张贴沈氏画像，浑身是眼到处搜寻，却依旧毫无音讯。

眼见着青草吐绿，春风和煦，林书明这天来到城外寻踪觅迹。见许多人手持白色檵木花和红色的杜鹃花，好奇之余问询得知，今日乃清明节。手持花朵是祭祖归来顺途采摘的，寓意先祖保佑后代子孙男女齐全。别了路上人流，果然见郊外的坟茔前，祭祖之人将土丘周围的灌木、树枝和杂草砍掉、锄净，于碑前台上摆好供品，点香化纸，酹酒燃火炮。

看到缥缈升起的纸烟，飞扬着西去，林书明愈加思念起妻儿，还有那个少年林修远。他本就是个多愁善感的性格，忍不住潸然泪下，懊悔起来，若是早知如此结果，竟不如留在东京城内，是死是活，好歹一家人在一起！

苦无哀思寄托之处，遂买了一坛"建兰香酒"、两刀黄表和几根香、烛，望着城南一座苍莽的大山，恍恍惚惚而去。

到了山脚下空地无人之处，跪倒朝着北方东京的方向，点燃纸烛。他望着袅袅升空的烟雾，嘴里念叨："蓉晖，昌意，修远，生死未卜，你们莫要怨我。今日我胡乱一弄，也算是个念想，并非咒你们，赶明儿见了你们再赔罪。这酒这纸钱，就当我给昌愿祭奠吧。"绕着纸灰，倾倒了一圈酒，拿着剩下的酒坛子，仰起脖子，咕咚灌了一口，不觉唇齿生香，才想起方才买酒时老板说，这建兰香酒，号称"一品七醇九种兰"，果然不俗。

林书明多饮了几口，抬起醉眼看眼前朦胧的大山，逶迤从西而来，到县城南边，忽然一个转弯，觉得是极好的风水。此时山脊云雾缭绕，气象苍劲，颇为壮观。不觉心情有所好转，他折回身来，趁着天色不晚，回到客栈。问询起店家，得知此山名为勒马山，那云雾蒸腾，也是建阳一景——勒马团云。勒马山自西部直下，像奔马而来，在县城附近忽然拐弯，有如勒马守城。山下还有伏洲。古谶曰："睡龙惊马出公卿。"睡龙谓伏洲，惊马即此山也。店家说，建阳古城文化深，会出公卿，百姓对此都深信不疑。

又有谶曰："山之足，有溪田。水推去，出状元。"后洲田果然为水所淹，当地人丁显于洪武十七年（1384）荣登状元，人们觉得正是应验了此谶。当然，这是后话。店家和林书明这时并未言说。

此时的建阳，虽是春暖花开、草长莺飞的时节，早春天气变化无常，夜间仍时不时带着寒意。连日下了几场小雨，林书明内心焦躁苦闷，穿上夹袄，神情落魄、步履迟缓地顺着南街往前，不知不觉走到南门外，来到濯锦南桥旁。桥高三丈，石址木梁，横跨在双溪之上，酾水一十三道，有廊屋七十余间。多角塔形的屋顶，飞檐高翘，犹如羽翼舒展。桥的壁柱、瓦檐，清雅柔逸。

林书明停下脚步，白日喧闹的濯锦南桥、亭廊、长街、商铺，此时变得冷清寂寞。双溪的水波上，泛起朦胧的月色，依稀看到有墨绿的水草，一团团匍匐在水里拉长着身姿，顺着水流不停地扭动着。他心底对妻儿的思念，也似这水草，被拉得愈来愈长。一阵阵水烟袅绕，拂冷着岸边的青石板，寒气逼人。林书明打了几个寒战，满腔的愤懑和绝望，终是流淌成两行悲伤的泪水。

"蓉晖，你好歹给我托个梦啊！"林书明在心中一遍遍地祈求。

回想着和沈氏相依相伴共同走过的十余年生涯，林书明心痛欲裂。沈氏十四岁那年就披上大红的嫁衣被迎娶进门，此后，两人琴瑟和谐、情比金坚，哪曾料到，命运会降下如此惨痛的变故，今生还会遭遇这样的分离。独自踱步在夜幕下的麻阳溪畔，林书明痴痴地望着眼前那一泓静水流深的溪水，想到了过去和沈氏相伴在东京金明池畔游春赏月的情景，左思右想，真想一头栽入这麻阳溪中，一了百了！可陡然间，他又想起了苦命的昌意！牵挂合着悲伤，让他苦不堪言。

白天，林书明继续穿梭在建阳的大街小巷，重新张贴着被风刮落被雨打湿的沈氏画像，一边到热闹的所在打探沈氏的消息。他渐渐熟悉了这座山城，熟悉了麻阳溪，熟悉了一家挨着一家大大小小的书肆。

为什么自己卖了那么多年的书，从手里兜售出去的建本图书更是数以万计，却没有能够来建阳走上一遭。作为一个一心想要把开元堂的规模扩大的书商，这不得不说是一个遗憾。可而今，让他逾过千山万水，历经千辛万苦，来到这座图书之府的原因，却又不是为了建本，于他而言，更是一个莫大的讽刺、莫大的嘲弄。

无数次，林书明想着要离开建阳，去其他地方找找。可是，在建阳，好歹是黄姓书商还见过沈氏，建阳以外究竟要到哪里才找得到娘子，他毫无头绪。他仍然没日没夜穿梭在建阳城的大街小巷，累了，就跑到麻阳溪畔坐一坐。古老的码头边，不时停泊着从麻沙驶来的大小不一的书船，那一艘艘装满刚刚刻印好的建本书籍的书船，飘溢着扑鼻的油墨香，而这熟悉的香气，能够让林书明那颗焦躁的心安静一会。显然，东京是回不去了，沈氏和昌意至今音讯全无、下落不明，难道他要把余生所有的时间都用来寻访妻儿吗？他根本就不知道他们究竟流落在何方，更不知道他们到底是生是死，这样的寻找有没有意义呢？

如此一味耽溺沉沦下去，绝不是办法。是时候该好好想一想日后的安排了。究竟是回吴兴去赴和叶梦得的约定，还是继续留在建阳打听沈氏的下落？

想起沈氏扭怩着脚，往日劳作之后，和林书明撒娇说乏累了，夜里还能帮她捏捏的脚，可如今，她究竟还在不在人间？若是在，又能走到哪里去呢？为何不肯给他一丁点讯息，是在怨恨他吗？

暖风轻吹，麻阳溪细腻而甜润，可对林书明来说，静谧月色下，最适合他疗伤。浸淫日久，林书明读懂了建阳城街道上被踩的溜光的石甬道，读懂了城墙上斑驳的城砖缝隙里的苔藓，读懂了这座千年古城。

沈氏和儿子没找到，日子还要继续，长久地沉溺于悲怆中毫无意义。他还有开元堂和他嗜爱的书籍！怀着一丝幻想，林书明想，若是在建阳重新树起开元堂的招牌，娘子或许知道后会循声而来。况且，从前他有把开元堂做成天下一流书肆的夙愿，为何不把建阳——建本之乡——当成他再次启航的码头呢？

东京已然沦丧于金人的铁蹄之下，而作为建本发源地的建阳，因远离中原，尚未受到战争的波及，这里的图书生意依然如火如荼，刻印业风生水起，把这里当作他人生中的第二个起点，不失为一种选择！但是，卖书所得，和叶学士相赠银两，几个月来，已在寻访沈氏的过程中花得七七八八，所剩无几。囊中羞涩的他，只能一边继续在各家书肆中偷偷取经，一边琢磨着该怎么将开元堂重新支棱起来。

打定主意，林书明双足踏上了麻沙镇。

甫入麻沙镇，鳞次栉比的书肆和刻坊便震惊了林书明。街巷里到处是飘散的墨香，家家忙碌得热火朝天的纸坊，穿梭的人流根本无暇顾及这个伤心的外乡人。人们专注于建本的激情和节奏感染了他，唤醒了他内心深处对书的挚爱，一颗已逐渐冷却的心一时被注入了热血。

心中有了目标，不再彷徨。林书明寻到了"流芳斋"，结识了店主刘永志。

对流芳斋的名号，林书明并不陌生，经营开元堂时，就经手过诸多流芳斋出品的图书。那些图书的精美程度，也打破了他对建本粗制滥造、质量低劣的固有印象，但遗憾的是没有机会与流芳斋东家相识，而今，命运使然，机会来了。

刘永志听闻林书明的遭遇后，忍不住关切地说："东京城破，是整个大宋的灾难，不知林先生今后有何打算？"

林书明正色道出心事："身居异乡，寻妻无果，为了生计，有心在此图书之府另起炉灶。"

他本以为，刘永志该大力支持他的重新振作，不想流芳斋主却劝他慎重考虑，并说出了另外一番内幕。

刘永志告诉林书明，表面上，麻沙镇图书生意丝毫不受影响，其实不然。金兵入侵，东京沦丧，中原流失大半国土，建本也因此丧失了来自北方的大批客户。为了生存和增加收入，很多建本刻坊，希图赚取快钱，只好降低成本，刻印了很多粗制滥造的图书。为了抢夺主顾，各家又把价格越压越低，最终形成了恶性循环。

"这不是自绝后路？"林书明闻听，愕然地问。

"很多书商都是半路出家。他们有的先前是纸坊的老板，有的是布行的老板，有的是米铺的老板，还有的是木材商、漕运商，看到我们做书做得好，都以为图书好赚钱，所以纷纷改行投身于书市，又哪里能体会到一个真正的书商对书籍投入的感情和巨大的心力呢？"刘永志条分缕析地说，"他们这就是胡搞，觑唔见潜在的危险。等把书市搞乱搞烂了，建本的名声被毁，他们可以轻轻松松地拍拍屁股走人，再回去干他们的老本行。可我们这些用心做书的书商就被坑惨了，留下这么大一个烂摊子，叫我们如何收拾？"

听闻这些苦衷，林书明顿时感觉到一种责任感，他觉得不仅是自己重新创业的问题，更应该帮助刘永志这个有良知的书商，一同走出困境，为麻沙、为建本寻出一条健康、良性的可持续发展之路，还大宋的读书人一片朗朗乾坤。

有了这层共识，两人相见恨晚，促膝长谈。刘永志比林书明大二十多岁，两人迅速结成了忘年交。流芳斋，慢慢成了林书明那颗已然伤痕累累的心灵栖息地。

要想找到改良的措施，必须剖析症结，可林书明先前仅是售卖建本图书，对其中的详细流程并不熟悉。他决心对建本来一次追本溯源的深入探究。

建本图书的印制，工艺繁复，工序多达数十道，包括制版、裁板、写样、校样、调墨、刻版、印刷、装帧等诸多步骤，要各工序人员默契配合，一部品相完好的书籍才会诞生。

首先，好书自然需要好纸，建本印刷多采用本地产竹纸"建阳扣"①。

建阳造纸最早见诸文字可追溯至五代时，先是用楮树皮造纸。除书写用纸外，所造的纸帐、纸被亦深受达官贵人、文人墨客青睐。五代时，诗人徐寅赞纸帐时曰"误悬谢守澄江练，自宿姮娥白兔宫"，夸纸被是"披时劲风温胜酒，拥听寒雨暖于绵"。建阳盛产苦竹、绵竹、笔竹、黄竹、毛竹等造纸原材料，和楮树皮比，竹子可循环再生，用之不竭，可供大批量生产。

仅是建阳扣生产，就需要经过斩竹漂潭、煮楻足火、舂臼捣搥、荡料入帘、覆帘压纸、透火焙干等繁琐工艺。

斩竹漂潭：即将每年谷雨、芒种时选好的嫩竹截成五到七尺每段，就地开一口山塘，灌水漂浸。百日左右，把竹子取出用木棒敲打，后洗掉粗壳与青皮（杀青）。敲打好的竹称"竹麻"，扎成捆后，挑下山备用；

煮楻足火：煮竹子的锅，直径约四尺，装十余石水，以黏土调石灰封锅边沿，锅上盖一个周长约一丈五尺、直径约四尺多的楻桶。锅内和楻桶内，盛放用石灰调成膏拌和的竹麻，煮足八日夜。停火一天，揭开楻桶取出竹麻，放到清水塘里漂洗干净待用；

舂臼捣搥：竹麻洗净后，用柴灰水浸透，放入锅内按平，铺一寸厚左右的稻草灰。煮沸后，把竹麻移入备用桶中，用草木灰水浇淋。用水碓②送纸料入抄纸槽内备用；

荡料入帘：抄纸槽内置清水，水面高出竹浆约三寸，加入纸药水汁。

---

① 扣：量词。与建阳本地话发音相近，有一捆（双手一围）之意。纸张数量称"刀"，每百张称一刀。闽、粤、赣产纸也多称"扣"，一些上等竹纸品种，纸质更洁白挺括者多称"玉扣"。
② 水碓：利用水流力量来自动舂米的机具，以河水流过水车牵动轮轴，再拨动碓杆上下舂米。

这种纸药，多是采用建阳山麓河畔中生长的野生猕猴桃叶，这种叶胶汁多，使抄成的纸干后洁白且易揭纸分离。抄纸帘有木框，底为刮磨的极细的竹丝编成。这是一项很考验功夫的技艺，师傅两只手执抄纸帘放入水中，荡起竹浆使其入抄纸帘。纸的厚薄全由人的手法来调控、掌握，轻荡则薄，重荡则厚；

覆帘压纸：荡纸入帘后，提起抄纸帘，水从帘底孔洞中重新流回抄纸槽，帘上便粘上一层薄纸膜。把纸帘架翻转倒扣，盖到木板上，掀去纸帘，湿纸膜即叠至木板上。纸膜叠积到一定数量时，压上另一块木板，牢牢捆绳，将棍子插入绳空隙绞紧、挤压，将纸膜中的大部分水分压去；

最后一道工序是透火焙干：先要特制一个夹巷。以土砖砌两堵墙，底部用砖盖火道。夹巷之内盖的砖块，需每隔几块砖留出一个空位，燃烧的火产生的热气，由巷头的炉口进入火道，从预留的砖缝中透出，待夹巷外壁的砖均匀烧热时，将挤压的湿纸膜，用小铜镊逐张揭起，贴在夹巷外壁上焙干，纸张干透，再揭下来摞成叠。至此，建阳扣才算正是成品。

林书明去参观的建阳扣生产造纸坊，是刘永志为他联系的，和流芳斋有着多年的交情，其间并无隐瞒。一个多月，林书明吃住在纸坊，煮楻烧火，和师傅们一块儿劈柴、看火、值守。荡纸时，由于不熟练，要比别人付出多倍努力，手被水泡得泛白，毫无血色，可他就是拧着不肯放手。虽然纸坊就在麻沙，可他顾不上回流芳斋。刘永志看到这个年轻人如此痴迷，对他喜欢的同时，也增加了几分敬重，觉得这个年轻人看似柔柔弱弱，却非等闲之辈。

林书明得窥建阳扣全貌，通过熟悉纸张的生产过程，懂得了鉴别纸张优劣的步骤。

林书明回到流芳斋的那个下午，刘永志一见，大吃一惊，心酸地说："啊呀！好好的后生人，瘦成了黑猴。造孽啊，须须一大把，像个化吃①。"林书明原先白皙的面孔已经泛黄，头发也皱巴巴的。刘永志一见，忙吩咐女儿刘婉玉给他烧了洗澡水，又找出自己的干净衣袍，给林书明替换。

刘婉玉拿着林书明替换下来的衣服，心疼地轻声怪一句："你不要命了！"甩一甩衣袖，抱着一盆子衣物，埋怨父亲："都是你，非要哄骗人，跟你弄这书！"不等父亲回话，自顾出门往溪边去了。

刘永志瞧女儿小嘴噘得高高的，把少女那点心思暴露无遗，不禁偷偷一乐，又瞧一眼林书明。他正难堪地站在原地，涨红了脸，为自己麻烦人而羞愧。

林书明暂时忘记了沈氏，忘记了儿子昌意昌愿，忘记了活泼亲切的林修远，甚至忘记了自己是个书商，俨然一个书肆的学徒工。他投入到了图书刻印的每个环节。

流芳斋的后院就是刻坊，这一次倒是可以酣畅地学习，因是自家的刻坊，也不必担心刻工师傅隐瞒。建本雕版使用的木材，是早已被木工修整好的尺寸规整、薄厚均匀的野梨木板。用梨木做雕版，一是因建阳地处丘陵，山麓、溪边最适合野梨木的生长，取材较为方便；二是这种木质纤维细腻，硬度适中，柔韧性好，不易崩坏，最宜刻工下刀雕刻。

雕版第一步就是"写样"，这一步有两种。一是建本图书创新地在内容里加了插图，林书明颇有自知之明，知道自己不懂绘画，直接躲开了这一步。纯书稿的抄写，称作"誊写"，需要先在抄写样稿的薄纸上画好直格，然后每一格内用虚线画出中心线，俗称"花格"，然后由字体规范的先生在薄纸上写出样稿，然后由人抄写。若遇讹误，需换纸重抄。林书明自诩习字多年，信心满满地抄写样稿，谁料却出了

---

① 乞丐。

笑话。他本以为，写小楷字是拿手好戏，却没料到，平日里写字，常用行书，有时候写着写着，就忘记了是在写规范样稿，忽然就有几个字，顺着往日书写习惯，龙走笔蛇，撇捺出了格子。等他意识到，已经晚了，只好叹气摇头，撕掉重新写。反复多次，本以为最简单的抄写样稿，就耗费了四五天时间，还一直难以达到雕版的要求，他始知眼高手低，每一行都不容易。

刚开始到后院刻坊时，林书明见流芳斋誊写刘先生虽然年近六十，可穿着极像农夫，尽管表面尊敬，心里总有些轻视。四五日过来，彻底服服帖帖，就恭恭敬敬地给先生点烟，几日过后，别说敬烟，就是交谈，先生也懒得搭话。林书明感到蹊跷，去问刘永志，他也纳闷。倒是刘婉玉一语道破："你们这读书人，真是痴傻了。誊写刘伯是怕林先生抢了他的饭碗！"两人一听，恍然大悟，哈哈乐了。

为打消"刘誊写"的顾虑，林书明不再抄写样稿，负责校对。跟在校对先生身后几日，林书明才跟着刻工师傅学刻版。有了上次的教训，他请刘永志提前和师傅做了交代。刻工师傅还年轻，比林书明小了好几岁，正是青春年少，脾气耿直得很，很叫林书明领教了一番。

刻版专业称呼"剞劂"。剞是平口刀具，劂是弯口刀具。刻版前，要将校好的样稿覆盖并粘贴在雕板上，将稿纸正面和雕板紧贴，字就成了反体，仔细擦去纸，并涂上茶籽油，稿纸上的字迹笔画清晰可辨。刻工用刻刀把版面没有字迹的部分削去，雕成字体凸出的阳文，再修饰后，即成印版。

林书明先是负责将样稿贴在雕版上，涂抹茶油。这是个考验功夫的细致活。纸张本就薄，先要用水稍微润湿，火候掌握不好，不是揭开纸张时过早撕得破破烂烂，就是揭得过晚，让纸张与木板粘在一起，根本弄不下来。一番操作笨手笨脚，忙得林书明满头大汗，大气不敢出，脸几乎贴在木板上，死死地盯着，就这样，还连续弄坏了十多张样稿。

刻工师傅见状，冷冷地说："都像你这样，东家要多请几个誊写先生，只怕有人要累死。"

林书明在东京好歹是开元堂的东家，人又还年轻，即使脾气再好，也被这句话噎得涨红了脸，抬起头望着刻工。刻工晃动着手里的剞劂，瞪着眼睛说："瞪什么目珠人 ① ？有本事倒是弄一张成一张啊。"林书明干瞪眼发不出脾气，只好暗暗咬牙，自己偷偷写了多张样稿，反复在废弃的木板上试验，总算是能够顺利揭下纸，不想在涂抹茶籽油时，又出了问题。本来看着揭开样稿时，墨迹都是清晰的，可涂抹茶籽油后才发现，擦印纸张时用力不均匀，导致很多字迹模糊，或者有点字迹直接看不清楚。刻工冷笑一声说："林先生，趁早算了，整版都是毛须须，只怕东家白送流芳斋都不够你赔。"林书明这一次难以忍耐，反驳道："你也莫要咄咄逼人，谁是娘胎里就会的。"刻工板起脸说："好，你有种，这个徒弟我不带了。"两人闹僵，林书明没有想到，悻悻地返回前院，气得鼓着腮帮子蹲在门边。

刘婉玉看到林书明这个窘状，心知他定是受了刻工的气，就来到后院，用一条毛巾"砸"了刻工，"骂"他是抵倒南墙的牛。这倔脾气的刻工师傅，和刘婉玉年岁相当，平日里干活最是卖力，就是脾气倔，有时连刘永志说话都要顶上两句，偏偏刘婉玉一张口，他就老鼠见了猫一样，忸怩害羞，生怕惹刘家大小姐生气。

"教训"了刻工后，刘婉玉见林书明还蹲着怄气，暗自发笑：真是个书呆子！就走过去，递给他一把扇子，说："快祛祛心头的火。叫我说呀，你还是别受这窝囊气了，不学也罢。"

她本是安慰，林书明却听成了揶揄，一赌气站起身，气咻咻地说："我偏不服气，在东京都没丢过这么大的人！"一抬腿，不顾脸面，

_____

① 眼珠。

主动回到后院，给刻工赔礼道歉，继续学习。

刘永志夫妇见林书明虽然性格柔和，没想到他却是如此有毅力，心生好感，就商议着，一定要想办法把他留在流芳斋。

林书明在刻书时，右手用力不稳，一刀戳在左手上，顿时鲜血直流。他忙捂住手，找布条缠一缠，不出声地继续。中午收工时，刻工见林书明捧出半个雕刻好的版，正要夸赞，忽然看到版上的血迹，立时火冒三丈："我们是墨版，不是血版，你这晦气鬼，莫要再来祸害我！"说完夺去林书明手里的剞劂，任由他愣怔在原地，不再搭理。

吃饭时，刘婉玉见到林书明缠着布条的手，心疼地说："爹，再别让林先生这么弄了，他不是匠人，是要做生意的。"林书明这次主动妥协，点点头说："刘东家，小姐说的对，我本来就是知晓这些刻印图书的流程就好。"说完缄默不语，大概是觉得以失败告终，遂摆出一副"将将之将"的汗颜状。

"见好就收，果然是豪杰！"刘永志一句话，为林书明挽回了面子，大家这才好好吃饭。但这顿饭，谁也不再说话。

认清形势，不再执拗后，林书明又详细了解了墨锭质量验收、上版刷印、图书装帧等后续工艺。但他不再亲自动手，而是将精力放在熟悉业务、严把质量上，真正站在"成熟书商"的角度，来审视建本。

自此起，林书明俨然成了流芳斋的一员，沉浸在图书世界里，暂时忘却了妻离子散的痛苦，醉心于研究建本。

刘婉玉是刘永志的独生女儿，年方十九，温婉沉静，琴棋书画无一不精，不仅是刘永志夫妇的掌上明珠，更是左邻右舍眼中的才女。刘婉玉千好万好，叵耐婚姻大事却一直不算顺遂，因为无子可以继承家业，刘永志夫妇一心想要替女儿招个上门女婿回来。可好人家的子孙谁愿入赘？那些愿意入赘的人家，刘永志又看不上眼。

天长日久，刘永志夫妇见林书明独自一人，又能挑起流芳斋的家业，女儿婉玉也钟情于他，虽然经过思想斗争，觉得黄花大闺女嫁给有妇之夫略嫌吃亏，可瞧着女儿与林书明天天打搅在一起，浑如一家人，渐渐就放开了心思。这个心思和林书明说后，他还透露出怀念沈氏的意思。刘永志夫妇愈发觉得选对了，足见林书明是个重情义、靠得住的人，于是也不催他。半年多后，寻妻无果的林书明便顺理成章地入赘刘家，与刘婉玉结成了夫妻。

由于战争频仍和恶意竞争等多方面的缘故，流芳斋的生意日渐萧条。刘永志急在心头，就与林书明多次商量。

在透彻了解了建本流程的每个细节，熟知流芳斋目前面临的困境后，林书明深思熟虑，伸出手指头，用茶水在桌面上写下了"与时逐息、薄利多销"。

刘永志凝神看着林书明，把他写下的八个大字念了又念，却没明白用意，反问："薄利多销容易理解，这个自然很好办，可这与时逐息，葫芦里卖的是什么药？"

此时两人已是翁婿，刘永志说话自然不再拐弯抹角。

林书明解释道："这与时逐息也不是我发明的，古时的商人早就在用。意思是说，我们要摸清市场，因时而动，做到'时异而岁不同'。也就是说，我们不能再盲目印、跟风印。不能大家印什么我们也印什么，也不能只凭借自己的喜好想印什么就印什么，而要在刻印各种书籍之前，先做好周详的调查和规划，看准大家都需要什么书、喜欢什么书，然后再有针对性地去刷印。这样做的好处是，既不会让刷印出来的书籍积压在库房里卖不出去，而且还能抢占一批潜在的客源，可谓一举两得。"

刘永志一听，茅塞顿开，哈哈大笑着高兴地说："好、好、好，贤婿，你这么一说，我觉得也是这个理儿。你放手做吧。"

有了刘永志的大力支持，林书明大胆创新，流芳斋迅速编印了大量儿童启蒙和专门给商人农人阅读的书籍，诸如《百家姓》《杂字》《四言》《珠算》《尺牍》《孝经》《三字经》《千字文》在内通俗易晓甚至满纸都充斥着方言俚语的粗鄙读本。这些书甫经面市，就受到了广大老百姓的欢迎，很快便被一抢而空，流芳斋便迅速组织雇工不断加印，到流芳斋购书、订货的书商络绎不绝。

林书明没有满足这小小的成就，他知道，那些小本经营的刻坊必然会跟风刻印同类书籍。于是，他另辟蹊径，带领工匠们刻印出版了各种医书、卜书，乃至应用酬世、故事唱本、评话传奇之类的书籍。尽管这些门类的书籍均为都市书坊所不屑，甚至被斥为不经，但这并不妨碍它们成为流芳斋生财有道的畅销书。由于林书明独特的眼光和开拓性的经营理念，流芳斋不仅迅速摆脱了困境，反而一跃成为麻沙乃至整个建阳最为知名的书坊，名利兼收。

流芳斋图书全而优，蜚声在外，越来越多来自全国各地的图书经销商纷纭而来。刘永志夫妇高兴得合不拢嘴，直夸烧了高香，菩萨送来一个贤婿。

然而，就在流芳斋生意蒸蒸日上、红红火火之时，林书明却做出了一个令刘永志无限恼火的事情——将好多生意主动介绍给了麻沙的同行！

刘永志有心干涉，又碍于女儿的面子，怕有些话说出来伤了小两口感情，让林书明生出疑心，觉得自己不是真心把流芳斋交给他。他左右为难，心里怒火无法发泄，不几日嘴上就起了燎泡。而且，他根据人生经验，觉得林书明毕竟人年轻，或许觉得是赘婿，怕在麻沙难以立足，出于虚荣，想通过分享生意，赢得人心。想到了这一层，他心里疼得如锥子剜肉，可又无法张口挑明了说，就更加束手无策，懊悔自己看错了人，原来这小子表面憨厚内里却城府很深，渐渐对这个女婿就有了隔阂。

大宋风华

最叫人气恼的是，老岳父的这一腔怒火，并未引起林书明的注意。眼见着本该属于流芳斋的白花花银子流入别人的口袋，这一日，大家都在埋头吃饭，刘永志终于忍无可忍，铁青着脸敲打着桌子说："流芳斋好日子不长了，年轻人终究是年轻！"

林书明正在喝汤，猛然听到岳父说这样的话，差一点呛着了，赶紧咽了下去，诧异地反问："爹，怎么如此说话？我们的进项一点也没减少啊，是小婿哪里做错了？"

刘永志忍不住，一连串说了个痛快："士晦贤婿，我做生意几十年了，可你这套做法，我还真是不太看得透。要不是那些小作坊起家的书商故意把价格压得那么低，先前流芳斋也就不会遭遇生意难以为继的窘况，现在流芳斋好不容易日渐抬头，你却把生意都让给他们去做，这岂不是分不清敌我，做糊涂事吗？莫非你还指望那帮白眼狼感激流芳斋？我是过来人，你别瞧着他们现在对你千依百顺，等他们做大了，一样会吃人咬人，为了一点蝇头小利就会把我们逼到绝地！"

"小婿从来没有想过要让他们感激。尽管流芳斋现在日益做大，可店再大，终究有限，哪里就能做得完天下的生意？爹，你想一想，我们做不完，书商会怎么办？与其让那些外地来的书商主动上门去找他们，还不如我们自己先分割出一部分利益让他们尝尝甜头，这样一来，即使他们不是真心感激咱们，将来流芳斋若是碰到什么难处，他们也要顾念着我们今天的好，不能与我们落井下石不是？"

这一番话，顿时将刘永志惊得神色慌张，虚汗直冒，忍不住啧啧有声："啊呀呀，这一层，老夫确实没想到！好贤婿啊，到底是在东京见过大世面的，是我错怪你了！来来来，我们翁婿干一杯，算是我眼拙。"

林书明急忙起身："婉玉，快给爹满上！"

刘永志夫人趁机插一句嘴："瞧瞧，我早说书明胜过你，这是我们婉玉的福气！赶明儿给你生个孙子，你我就管看孩子养老吧。"一句话缓和了尴尬气氛，一家人和和美美地推杯换盏。

不几日，林书明又出重磅消息：流芳斋所有图书降低一成价格销售。

这一次，许多人不理解。刘永志却不闻不问，他已经彻底放心，知道林书明既然这么做，一定有他的道理。果然，等林书明给刘永志解释时，他才知道，这是当初制定的"薄利多销"的策略，目的是为了防止像三桂堂、一经堂那样的大书坊，一旦他们销量形成气候足以和流芳斋抗衡，因此流芳斋提前设局，在保证质量的前提下做到价格最优，又一次走在了销售前列。

为了实现林书明的薄利多销策略，刘永志也没闲着，发挥信誉好、经营多年的优势，发动长期给流芳斋供货的板材、纸张和烟墨商人们，为保持与流芳斋长期合作，主动降价。

林书明不知疲倦地做了许多事：竭力把成本压到最低时，把更多的利润让给各地的经销商；除正式雇用技术纯熟的雕版工匠外，还破天荒地雇用了大量的妇工、农工，采取同工不同酬的计酬方式，为底层人士创造就业机会；为扩大市场面，刻印了大量中字本、巾箱本、细字本，无形中减轻了读者尤其是家境贫寒的读书人的经济负担。

短短一年时间，流芳斋在林书明打理下，成为闻名东南的书坊。

林书明成功了，在失去东京开元堂两年之后，终于在有着"图书之府"之誉的建阳麻沙，借着流芳斋的名号，开拓出了另一番属于自己的崭新事业。

宋高宗建炎三年（1129），刘婉玉顺利诞下一个麟儿。为寄托他从来都不曾真正忘记走失的昌意，把"意"改成了同音的"义"，给新生的儿子起名刘昌义。

宋高宗绍兴二年（1132）初秋一日，太阳高照，微风不燥。一位客商行色匆匆地出现在流芳斋店门口，他着一身淡青色布衫，脸色黝黑，眼里带着光彩，背着行囊迈着步子进了流芳斋。

他向着柜台做了一揖："敢问掌柜可是姓林？"

林书明早就瞧见来人，转出柜台微微笑着还礼："正是在下，客官从何而来？"

"敝人来自武昌，掌柜六年前可是在东京？"

林书明点头应答："正是。"

"那就对了，秦相公墨元给掌柜捎了话。"来人笑笑，告诉林书明。他在武昌开了一家书店，结识了湖广南路宣抚使兼知潭州李纲的门人秦墨元。他们耳闻建阳流芳斋掌柜的叫林书明，从东京而来，现带领大伙将建本行销天下，思忖想来是东京开元堂的故交。

二人相对唏嘘，只不过是六年，就像活了几辈子。林书明妻离子散，却在建阳落脚。秦相公跟随李大人辗转沉浮，恍如隔世。

宋高宗南渡之后，李纲曾一度被朝廷重用，但很快就在议和派、投降派的攻讦下，被早早地排挤出了权力中心，从宰相之尊，一路被贬至鄂州、澧州、万安军，直到建炎三年（1129）十一月末，才被从琼州赦还。

建炎四年（1130），李纲隐居泰宁丹霞岩，虽然距离建阳并不远，但因为二人音讯早已中断，林书明并没能与李纲重逢。

"秦相公手抄了李大人的诗，托我带给你。这首诗在武昌广为传诵。"来人从包袱里取出一个信封交给林书明。林书明展开，那是李纲的《病牛》诗：

> 耕犁千亩实千箱，力尽筋疲谁复伤？
>
> 但得众生皆得饱，不辞羸病卧残阳。

林书明反复咀嚼，心里久久不能平静。他知道，诗中力尽筋疲、无人怜惜而不辞羸病、志在众生的老牛，就是李大人自己。其时，已随宋高宗赵构南渡的李纲几度沉浮，但仍然惦记着北上抗金的夙愿，这让漂泊日久的林书明感到万分感慨。他还记着六年前，李大人派来劝他赶紧离开东京的秦墨元说的那些话，也记得李大人和他在江南再见的约定。可如今，他们一个漂泊在江湖之路，一个始终得不到朝堂的重视，若之奈何？

林书明不知道有生之年还有没有机会再见到李纲，但李纲的英雄气概始终激励着他、鞭策着他。尽管南渡后的南宋小朝廷已经在江南站住了脚跟，但宋高宗和他身边绝大多数臣僚都无意恢复中原，这让他感到万分沮丧。东京真的再也回不去了吗？他再也无缘站在开元堂的客堂中与访客品茗评书了吗？

俱往矣，那些繁华瑰丽，转眼都成云烟。林书明唯一能做的，便是小心翼翼地将那首《病牛》诗裱好挂在流芳斋的书房，既用它勉励自己以大无畏的精神，去面对生活中的一切困苦、生意场上遭遇的所有不顺，更用它时刻提醒自己还是一个流落天涯的东京人。

东京，他还会回去的，只是，不知什么时候。流芳斋在他的经营下，俨然建本书坊界的一块金字招牌，但他的开元堂呢？没有人能回答他。或许，只有时间和空间，能给他答案。

第五章　庵山恸歌

宋高宗绍兴二十年（1150），暮春的傍晚，太阳发着橘红的光，恋恋不舍地驻足在建阳城西的大潭山顶，久久不肯落下。

麻沙古镇，流芳斋门口，五十岁的林书明双眼微眯地躺在藤椅上，前后摇晃着。林书明肚皮上，躺着约莫四个月大的一个娃娃，身上盖着一件长衫。此刻，娃娃也闭眼鼾睡，鼻翼一张一翕，气息均匀。

晚霞映照，老少俩面上一片红润，好一幅天伦之乐图。

"老东家，天不早了，回屋去吧，小少爷受不得凉。"小丫鬟菊丫轻声提醒着。

林书明缓缓睁开眼，柔柔地拍一拍怀里的娃娃，说："守业，醒醒，回屋喝奶去。"揭开长衫，托起小孩儿，递给菊丫。他稳稳地起身，朝着西边望一望，自言自语道："一晃，二十多年了。上一次这么着，还是在东京开元堂门口，怀里抱着昌……"他欲言又止地说着，唏嘘地摩挲一把胡须，长长地叹了一口气。

菊丫伶牙俐齿，开劝道："您又想昌意和老夫人了吧？不必揪心了，现在您多幸福啊，小少爷转眼就能满地跑了！您得往前看！"

"听菊丫的！往前看！"林书明笑吟吟地往流芳斋院子里走去。

菊丫抱着的，是林书明独子刘昌义的儿子。林书明希望这个孙子能守住流芳斋百年基业，给他起名刘守业。

个人独处时，林书明常会不由自主地想起那年在瓜州渡与他走失的长子林昌意，但毕竟时过境迁。二十几年来，刘永志夫妇真心把他当亲儿子，从不曾薄待。妻子刘婉玉更是温柔贤淑、善良敦厚。

有家如此，夫复何求！他慢慢告诫自己，学会放下心事。

尤为欣慰的是，儿子刘昌义成熟机智、聪慧伶俐，三岁便把唐诗背得滚瓜烂熟，十五岁就能跟着他打理流芳斋，现在林书明已将大部分的事情交给了昌义。

这些年，林书明借着运书的机会，走遍了东南沿海一带，包括松江、苏州、湖州、临安、泉州、福州、湄州、惠州、广州，以及他和沈氏、昌意走散的扬州和瓜州，均一无所获。他原本做这些都是瞒着妻子，生怕她知道了心里有想法。

刘永志夫妇过世后，不想妻子刘婉玉却把这件事挑明了，竭力支持林书明继续寻访沈氏与昌意的下落，希望在有生之年能够将他们一起接回到麻沙生活，阖家团聚。

林书明感佩不已："婉玉，这些年，我亏欠你的太多了……"

刘婉玉轻轻握住林书明的手："要说亏欠，也是我和刘家亏欠你。如果不是流芳斋困住了你的手脚，兴许你早就找到沈姐姐和昌意了。如果可以找回沈姐姐，婉玉情愿退居旁室。"

"你这是说哪里话？我一个上门女婿，哪里还能生出那样的想法？即便是找回沈蓉晖，我也不可能让她取代你的位置，毕竟……"

刘婉玉正色打量着林书明："官人，你以为我只是随便说说吗？我从来没把你当作上门女婿看待。要不是你，流芳斋早就垮了，在我心里，你一直都是我们刘家的大恩人。从前我什么话也不说，是因为碍于爹娘还健在，可现在，他们走了这么些年，我也就没有什么好顾忌的了。"

"胡闹！你我已是夫妻，岂可改来改去。"林书明一口回绝。

刘婉玉却诚恳地说："有句话我放在心里很久了，今日索性就在你面前挑明了。如果官人愿意，流芳斋姓刘姓林，我没意见，哪怕将流芳斋改成开元堂，我也绝无二话。但唯有一条，昌义和守业的姓氏断不能更改，否则婉玉日后到了黄泉路上，便再也不好与爹娘相见了。"

林书明被她的深明大义感动，紧紧握住刘婉玉的手："你这是什么话！我又不是那狼心狗肺之辈，在我最困难的时候，是你们刘家收留了我，我怎么可能会生出二心来呢？你放心，即便找回了蓉晖母子，你和昌义亦依然是我身边最重要的亲人。"

婉玉为林书明拂去袍子上的灰，柔声说："我没有不放心，这二十多年的相守，你是什么人，我心里有数。我今天对你说的，都是肺腑之言。对沈姐姐，我绝无嫉妒之心，对昌意，我更想替沈姐姐尽到一个母亲的职责。和昌义一样，他们是你身边最亲的亲人，我一直都真心希望官人能把他们找回来阖家团聚的。到时我找一个僻静的地方搬出去……"

"婉玉，我……"林书明眼眶湿润，"其实，我也猜想，蓉晖和昌意多半不在人世上了，可我就是放不下他们。我……对不起，婉玉，真的对不起，这些年疏忽了你和昌义，我对你母子亏欠太多。"

"官人何出此言？你对我跟昌义已经无可挑剔，哪里谈得上疏忽亏欠。只是，这二十多年一晃就过去了，沈姐姐和昌意到底在哪里呢？这些年，我不知道去庙里求过多少次神佛，又在观世音菩萨面前祈祷过多少次，怎么就没有一点他们的音讯呢？"

林书明重重叹了口气："唉，不说这些了。对了，昌义过几天就该回来了吧？"

"按脚程算，没有周折的话，昌义怎么着后天也该到家了。"刘婉玉望着林书明掰着手指头说，"放心，昌义一定会赶在你五十大寿前回来的。"

"我倒不是担心他赶不回来，我是怕他再不回来，我那个乖孙就快认不出他这个爹来了。"一想到孙子守业，林书明的脸上就会露出笑容，

"等办完这个寿宴，守业的周岁早早筹备，到时候可得给他好好热闹热闹，把这街坊邻居们一个不落地通通请来。"

"距离守业周岁还有大半年呢，倒是眼下你的五十生辰不能马虎了。我已经跟徐楼的掌柜徐海昌说好了，等你生辰那天，就让他领着徐楼的伙计到流芳斋来掌厨，不拘山珍海味、飞鸟走兽，一切都务必新鲜。"

"还是娘子想得周到。往年里但凡遇到生辰婚娶这些事，我都应付不过来，要没有你帮衬着，我还真不知道该怎么办！"

"男主外，女主内，你天天料理着流芳斋的生意，又哪有心思去考虑这些琐事？"刘婉玉轻轻笑了笑。

林书明深情地看着刘婉玉："说起来，你确实要比蓉晖更懂得持家之道，也更知道如何相夫教子。"

"沈姐姐可是千金小姐，我只不过是一介乡野村妇，官人实在是太过抬举我了。"刘婉玉边说边吁了口气，"好了，不跟你啰唆了，我要去西院看我的乖孙去了。昌义运书去泉州走了两个月，这孩子天天闹腾得厉害，我看桂云都有些招架不住，再不过去，守业兴许又要被奶水呛住了。"

刘婉玉前脚刚跨出门，林书明抬脚就跟了上来："乖孙最喜欢我，一看到我就笑个不停。等他周岁的时候，我得去建宁府请最好的匠人给他打一副金制的长命锁，好让他把刘家的香火传下去。"

夫妇二人有说有笑，一路往西院而去。不一会的工夫就走到了儿媳妇徐桂云的院前，还没等推开院门，就听到门内传来一声声嘹亮的婴儿啼哭声。林书明赞道："瞧，我的乖孙声音都如此响亮，如此与众不同。怎么又哭了？婉玉，我在外屋等着，你快去，把乖孙抱出来，让我哄哄他。"

刘婉玉呵呵笑着，推开院门，从徐桂云手中抱过虎头虎脑的小守业，转身跨出西院，交给林书明。

"这孩子真是怪了，怎么见到你就不哭了？"刘婉玉伸手捏了捏小守业那张粉白娇嫩的脸，"跟昌义小时候长得一模一样。昌义那会总是哭闹，特别是你一抱他，他就哭得更凶。守业却跟他相反，一见到你就笑个不停，也不知道是怎么个缘故。"

"怎么个缘故？"林书明欢喜无限地瞟一眼刘婉玉，不无得意地说，"还能咋地，祖孙俩有缘呗！小守业，你说对不对？"

刘婉玉不服地瞪了林书明一眼："什么缘分不缘分，这孩子就是刚刚哭累了而已。"她边说边伸过胳膊将小守业抱到了自己怀里："我的小乖孙，让奶奶抱抱，也给奶奶笑一个，好不好？"

哪知道小守业刚被刘婉玉抱进怀里，就咧开嘴哇哇地哭了起来。林书明连忙抱回自己怀里，一边哄着逗着他，才一眨眼的工夫，刚刚还在大声啼哭的小守业就破涕为笑。

"瞧瞧，瞧瞧，这孩子一到我怀里就忍不住要笑呢！"林书明得意洋洋地瞥了刘婉玉一眼，伸出一根手指逗弄着守业的脸，"我的乖孙啊，你可要快快长，等你长大了，爷爷就把流芳斋交给你。"

小守业清澈透亮的眼睛盯着林书明，咧着嘴巴笑个不停。站在一边的刘婉玉酸溜溜地说："这孩子怎么一见到你就合不拢嘴，好像比吃了蜂蜜还甜？你不会是从哪本书上学了些什么攻心术、读心术吧？"

"攻心术？我要是会攻心术，还用守在麻沙开书坊嘛，早就带兵遣将，跨过长江、淮河，去收拾那帮金虏，把他们打个落花流水、片甲不留了！"林书明一边哈哈大笑着说，一边噘起嘴在小守业的额头上重重地亲了一口，"是不是啊，我的小乖孙？"

正逗弄着孩子，儿媳徐桂云从西院过来。林书明小心翼翼地将小守业递到徐桂云怀里，郑重其事地嘱咐她说："桂云啊，你可要照顾好守业，把守业照顾好了，你就是我们刘家第一等功臣。"

"爹，这是说哪里话？"徐桂云略带羞涩地低下头，"守业是我身上掉下来的肉，哪有不照顾好他的道理？只是这孩子最近每天晚上都要折腾到三更半夜才肯入睡，淘气得很。"

"淘气的孩子聪明。再过几天昌义就回来了，我琢磨着今年就都不再差他出去，让他在家看顾你们娘俩。"林书明说。

"多谢公爹体恤。"

"本来这次去泉州，我也没打算让他去，是他自己非缠着我让他去。我思忖着他也二十有一，都当爹的人，该让他多见见世面，历练历练。"

五月初九，是林书明五十大寿的正日子。

初八这天，昌义风尘仆仆地赶了回来。这是他第一次单独出远门运书。大家担心是有缘故的。麻阳溪自西部向东日夜不息流淌，在城坊与北来的崇阳溪汇合成建溪，一路奔腾入闽江。很多书商虽然看上了建本，但这里山高路窄，水弯滩急，陆路、水路都比不上一马平川的杭州等地，那里有浙本也更方便做生意。但是，随着近几年流芳斋等麻沙本的兴起，建本成了"酒香不怕巷子深，书好自有贩书人"。话虽这样说，如果有条件，书商们还是选择安逸，如果书肆有人负责运送，他们就宁愿多出点运费，也不须亲自来建阳。

昌义就是跑远路给人送货去了。这一次，他去了泉州。行程六百多里，耗费近一个月，回到麻沙渡头渡，是近午时分。不等木帆船停靠稳当，昌义急不可耐地就跳下了船。

他双臂伸展，抬起头眯着眼，好好地享受家乡毒辣的阳光直晒。

"少东家，瞧你黑的，回家奶奶怕不认识你了。"来接他的菊丫接过他的随身包裹挎在肩头，心疼地说。

"菊丫，你知道泉州在哪里吗？"刘昌义兴奋地问。

"在岸上呗，还能在哪儿？"菊丫一脸稚气地答。

"那你知道，怎么能到那里？"

"沿着河就到了呗！"

刘昌义哈哈大笑，指着她的鼻子尖说："你倒说得轻松。这一路，水路倒旱路，旱路倒水路，折腾了五六回，才到了。婢仔①，远着哩！"说完只顾快步往前跑，害得菊丫在后面一个劲儿喊："出了一趟远门，也不嫌累，疯魔了。"

刘昌义一进家门，就钻进后院，抱起儿子只顾亲昵。母亲看到了，白了他一眼，嗔怪地说："就你这慌张样，你爹能放心把流芳斋交给你？"

刘昌义忍不住激动的情绪，一把拉住母亲，让她坐下来，笑吟吟地说："娘，儿子这次真是开了眼，你也该出去走走看看。这泉州可真是个大码头，那人啊，乌泱乌泱的，街道又宽又平，马车多得数不过来。那些女人，个个都洋气得很。除了我们大宋的百姓，还有从南洋来的安南人、暹罗人、爪哇人。瞧着和他们一样，可他们没我们白、比我们矮、额头这样，是扁平的，说起话来，呜里哇啦，鸟唱歌一样。特别是那些西洋过来的波斯人，比黑炭还要黑，就像这样！"说话间，他拿起桌上的毛笔在手上抹一抹，朝着守业腮帮子抹了几下。刘婉玉见状要阻拦已经拦不住，正要生气，可一瞧刘守业黑漆一样的脸蛋，忍不住掩着嘴半是快乐半是心疼地笑出两眼泪花："你呀，都当爹了，还没个正经，瞎胡闹。娘才不管什么波斯人黑不黑，倒是知道你出门时又白又胖，如今真成了你说的波斯人，黑得不像样。"

几个人在屋里说说笑笑，聊了片刻。母亲嘱咐昌义洗去灰尘，稍事歇息，先去见见父亲，然后帮着她一块儿去布置明天林书明的寿宴。

晚上，林书明见到平安归来的儿子，心里也是十分高兴。本来，昌义是独子，自打出生后，刘永志夫妇和婉玉就一直宠着他，凡事都不让他做。林书明总是担心生意传不下去，今日见儿子第一次独立完成

---

① 丫头。

了这么远的送货任务，心中自然得意，就多夸赞了儿子几句，要他明天好好表现，多结识些生意场上的朋友。

送走儿子，林书明泡了一壶茶，安静地端坐到书桌前，准备平复一下心情，好好筹划一下明天的寿宴，却一眼瞧见墙上挂着的《病牛》诗，倏地感慨起来："这就五十岁了？"

林书明呷一口茶，慢慢踱步，一时竟然伤感起来：人生能有几个五十岁？沈氏蓉晖不知所踪，长子昌意下落不明，就连李纲大人，也早已在十年前，于福州仓前山楞严精舍的寓所病逝。

"唉！但得众生皆得饱，不辞羸病卧残阳。李大人，你此生好苦啊！"

十一年前，宋高宗绍兴九年（1139）正月，宋金两国议和，宋高宗欲再起用李纲为知潭州、荆湖南路安抚大使。已经五十六岁的他早就心灰意冷，力辞不受，仅保留观文殿大学士、提举临安府洞霄宫之衔迁居于福州。

得知李纲的消息，林书明当即带着昌义，前往福州拜见这位已十多年不曾相见的忘年之交。故人相见，一切早已物是人非，想起昔日里在东京的交往和大相国寺庙会的繁华喧闹，二人都禁不住唏嘘万分。李纲已经须发皆白，但往日的英雄气概丝毫不见减损。李纲告诉他，秦墨元已死在陪他往福州的路上了。想起朝廷的无能，故人的离去，离散的妻子，林书明忍不住当着李纲的面泪如雨下。

李纲也不劝他，默默地坐着，任由他发泄，见林书明平静下来，吩咐仆人为他和昌义准备了一顿丰盛的家宴。尽管身在福州，李纲却准备了炙猪肉、炒蟹、荔枝腰子、葱泼兔等地道的东京菜肴。林书明满足味蕾的同时更加追忆起了东京岁月。

第二年上元节，李纲哀悼早逝的弟弟李经，忧思过度，突然患病，挨了二十天之后，医药罔效，驾鹤西去，时年五十七岁。高宗闻讯，下旨追赠其为少师。

李纲去世的消息传到麻沙，林书明一连三天水米不进。第四天，他才勉强支起虚弱的身躯，望着福州的方向一拜再拜。他从流芳斋刻印的建本书籍中，挑拣出珍本秘本，毫不吝惜烧给了这位与他有着忘年之谊的老朋友。

此刻，夜深人静，林书明一下推开了时光之门，怀念李纲之时，又想起了在吴兴结识的学者叶梦得。

李纲去世后，林书明与叶梦得依然保持着书信往来，从未间断。绍兴十二年（1142），已经六十五岁的叶梦得，从总管四路漕计、抗金防备及军饷勤务的建康府前线移知福州兼福建安抚使。途经建阳时，他特地来麻沙拜访了林书明。

在麻沙停留的一个多月，但凡叶梦得看中的好书，必会收入囊中，哪怕价值不菲，也毫不犹豫。而流芳斋这么多年积攒下的各种珍本秘本，他自然是一本也都不肯放过。

学问洽博的叶梦得，在福建任上并没有待多久，很快便带着他搜集来的几百箱书籍辞官归隐，退居于湖州弁山石林别馆，终日以读书吟咏自乐。其时，叶梦得建于石林谷的藏书楼，藏书总量已逾十万卷以上，极为华焕，与北宋名臣宋绶同被称为两大藏书家。尤为难得的是，叶梦得藏书，不只出于个人的兴趣爱好，他提倡建立公共藏书楼，以供众人阅读。但凡人们有需要，都可以到他的藏书楼借阅各种图书。而由他出资营建的紬书阁，更取太史公金匮石室之意，以藏公用之书，同时列藏书目录于左方。

叶梦得还作有《紬书阁记》，专记其藏书之故实。遗憾的是，绍兴十七年（1147），不幸遇火，藏书楼瞬间荡为一片瓦砾，而他历经数十年心血积攒的十万卷藏书，也一一化为了灰烬。经此一劫，叶梦得忧伤成疾，于绍兴十八年（1148）二月病逝，享年七十一岁，被朝廷追赠为检校少保。消息传到麻沙后，悲不自胜的林书明自是好一番哭奠，差不多一个月都没能缓过神来。

"都走了。走了好啊！省得在这乱世受罪。"林书明看似自言自语，却又浑如两位老友就站在对面。

窗外，竹林婆娑，几只虫子这么晚了，还在吱吱叫，不觉得聒噪，反而显出几分热闹来。林书明让笔吸足了墨，慨叹着写下了綦毋潜的两句诗：

> 潭烟飞溶溶，林月低向后。
>
> 生事且弥漫，愿为持竿叟。

听得菊丫来呼唤了三四次，林书明这才吹灭蜡烛，朝着内室走去。他一边走一边心想：明天就五十岁了，也该歇歇了。

次日一早，流芳斋三进院内，地面早被洒扫得一尘不染。院子当中，摆放了十多张方桌和几十张椅子。长廊上也摆放着各类点心零食。厅堂的正中，挂着一幅红彤彤的"寿"字，这是自家誊写先生题写的百寿图。案子上，刘婉玉早已亲自点上了粗粗的三炷香，此时烟霭袅袅，满屋氤氲着祥和的气息。桌案上，寿桃、寿糕、牛羊肉、酒、茶等供品齐齐全全。

建阳人过寿从五十岁开始，但一般是"过九不过十"，一是因"十"与"死"谐音，二是古来认为九为尊，所以一般四十九岁过寿即为五十岁。去年刘婉玉要为他过寿，林书明却不信这个邪，坚持要放在整年过。其实，他当时有个小私心，儿媳妇怀着孕，他要等有了这个孙子再看情况，也算是了却膝下承欢的一个心愿。今年，小孙子刘守业出生了，他才同意举办寿诞庆祝。

不一会儿，客人就开始陆续前来贺寿。林书明和刘婉玉满面喜悦地招呼客人就座，热情地感激着众人。

由刘婉玉亲自替林书明打点的生辰宴，食物琳琅满目：紫薯糕、膨糕、苦槠糕、桂花糕、包粿、清明粿、锅巴、刺花饼、乌米饭、什锦肉丸、豆干、扁肉、麻薯、猪腰饼、糕皮、牛肉丸、麻糍、锅边、泥鳅粉、肉饼等糕点、果品，摆放在四周的长条桌子上。客人们边聊天边捏起一块儿，放入嘴中咀嚼。

待来人差不多了，林书明夫妇邀请众人入座。麻沙古镇第一大厨徐海昌，领着伙计们鱼贯而入，端上了香糟脆笋鱼、烧汁香芋盒、金针肉松、梅香盘龙蟮、茶香溪鱼、荠菜玉米羹、笋燕、岚谷熏鹅、灌蛋、紫溪粉、红菇炖老鸭、麻鸭蛋饺、糯米肠、里曹笋盖、白莲羹、淮山粉蒸肉、木槿花煎蛋……

"林老板，今天的菜肴也太丰盛了。"一个操着崇安县口音的中年书商一边夹起一块梅香盘龙蟮往嘴里丢，一边大声叫好道，"也就流芳斋有这么大的手笔，这满桌山珍海味，都是白花花的银子啊！"

"些许银子何足挂齿？难得是大家都开心。"林书明一边说，一边把换洗一新的刘昌义推到大家面前，"我这儿子从小就面生，叔叔伯伯们还都不认识。今天借着寿宴，让昌义跟诸位长辈认识认识，往后还要各位前辈多提携帮扶！"

"诸位叔叔伯伯、阿公阿婆，今天家父五十寿诞，大家不辞辛劳，从四面八方赶来，昌义感激在心，先干为尽！"刘昌义举起黑釉碗闷头喝了一碗米酒，又连着多饮了几碗，不一会的工夫，脸上便腾起了红云。

"犬子不胜酒力，还望各位多担待。"林书明心疼昌义，扳着指头朗声说，"大家都敞开怀喝起来，一会徐楼的大掌柜海昌师傅还要给大家露几手建宁府的美食佳肴呢！鸡茸、纳底、挖底、豆腐丸、大肠粿、烫锣粿、芋饺、五脏六腑糕、枣泥山药糕、板鸭、粉丸、粉蒸肉、炒白粿、炸年糕、榛仔煨排骨，还有红烧大鱼头、碳烤乳猪、沙茶面、锅边、豆浆凉粉，管饱管够！"

正说着，徐海昌已经领着伙计们端上了红烧大鱼头。林书明双手拍得响亮："这道红烧大鱼头最是美味，肉质鲜美、嫩滑细腻。"

话音刚落，徐楼的伙计又端上了粉蒸肉。徐海昌亲自介绍："这道粉蒸肉，是建州府的传统美食，也是林老板来我们家徐楼最爱点的一道菜。选用优质猪肉蒸制并加入糯米、香菇、蒜末、姜末、葱花等多种配料，制作过程相当精细，要保障食物的鲜嫩。"

"可不是？香味浓郁，光看上一眼就让人垂涎欲滴了！"一位福州口音的客人打断徐海昌的话，笑着说。

一个临安口音的客人好奇地问："五脏六腑糕是个什么玩意？"

"五脏六腑糕，是选用各种动物的五脏和六腑的肉做成糕点。要以豆腐皮包裹，外观呈现出莹润的青绿色，口感鲜嫩多汁，咬上一口，赛过做神仙。"

"沙茶面呢？"

"沙茶面以建州府的特产沙茶酱为调料，辅以新鲜的面条、豆皮、肉丝和各种蔬菜制作。特制的沙茶酱，让沙茶面具备独特的口感，酱香味浓，口感舒爽，被当地人视为最上等的美味。不过我们建阳人最喜欢吃的却是大肠粿和鸡茸，那才叫作一个打嘴不丢呢！"

一个玉山县口音的客商说："大肠粿？鸡茸？徐掌柜的倒是好好给我说道说道。我来麻沙不下几十次了，每次来都到徐楼吃饭，怎么你说的这些菜式，我连听也没听过？"

徐海昌志满意得地说起厨艺。制作大肠粿，要先磨米浆，沥干后取干浆搓压成小圆粿片，再入饭甑与大肠一起加桂叶和调料同时蒸熟。食用的时候要先夹出粿片装碗，再取大肠剪成筒状。粿片松软而有韧性，油而不腻，味道特别鲜香；大肠软嫩鲜脆无腥臭，还特别有嚼劲。加些辣椒酱和蒜蓉酱蘸着吃，口感更好。

"那鸡茸呢？是把鸡剁碎了煮吗？"一个江山县口音的客人忍不住

开玩笑插嘴问。

"至于鸡茸,是建州人习惯把猪肉的细嫩精瘦部位称为'鸡茸'。首先把蕉芋粉放入开水中搅拌,同时把剁好的肉酱和打好的蛋浆混合在一起徐徐下锅,一边煮,一边在锅里不停地搅拌,再相继加入蛏干、干贝、目鱼、猪肚丝等配料。煮熟后,鸡茸从表面看上去没有热气,其实非常烫嘴,要慢慢地品尝才行,颜色白而晶莹,味道鲜美,口感柔滑中带有韧劲。"

正说着,伙计们又端上了压轴菜。林书明请徐海昌入座后,拱一拱手,满面挂笑地说:"要说今天最好吃的两道菜,也是最费工夫的两道菜,便是挖底和纳底了。若不是我今日寿辰,徐老板都不肯轻易露这一手的。大家赶紧趁热吃,只有趁热吃,才能品尝出这两道菜的美味来!"

林书明不疾不徐地说起"挖底"这道菜。挖底也叫"炒底",形容菜一上来就会被食客们吃个见底,所以称为挖底。选用新上市的冬笋为主料,入锅烫煮,取出切成细丝,再入锅用文火焖成棕褐色;配料选鲜五花肉,切成箸头粗细的小条入油锅炒熟,加入焖好的笋丝和调料一起煸透,最后放入粉丝、金针菜一块翻炒,加调料和薄粉勾芡起锅,再撒上些紫菜、染红的蛋丝和葱花。

"这时也不是冬笋上市啊?"客人反问。

"我们桌上放的,是去年放在冰库里的,一样新鲜。"徐海昌答。

"我尝一口!"

"只管品尝,徐楼不诓你,流芳斋也不哄你。"林书明文绉绉地用东京话说起来。

众人大快朵颐时,徐海昌又说起"纳底"。要先把猪肉切成黄豆一般大小,放入地瓜粉里加水搅拌均匀,水开后肉粒搓碎下锅,熟后捞起放入冷水中浸泡。待肉粒吸足水分,起油锅放葱头、白菜丝、冬笋、酱油、盐一起炒。最后把泡好的肉粒放入锅里,加水煮,再继续放入地瓜粉和水调匀，直至熬成糊状。

这道菜由来还有个典故。说的是古代的慈母们，常常一边烹制这道菜，一边争分夺秒地替儿子纳鞋底，因此才得了个"纳底"的名头。又因为此菜形似珍珠，食之爽滑，故而也有人将其称为"珍珠纳底"。

大家边吃边说笑，直吃到月上柳梢头，才三三两两地结伴散去了。昌义因不胜酒力，陪同林书明送完最后一个客人，便回西院睡去。

翌日一早，徐桂云醒来后，却发现枕边人不见了，起初以为昌义到父母院里请安去了，可左等右等，愣是不见昌义的身影。小守业也莫名啼哭不休，怎么哄也哄不好。她赶紧抱着守业起身到东院找丈夫。

令人蹊跷的是，东院也没有昌义。本来不在意的林书明派家仆四处寻找昌义，可一直到日暮西山，麻沙镇的每个角落都翻遍了，丝毫未见昌义踪迹。这一来，刘家人慌得一筹莫展。

天色将黑未黑时分，刘家人正急得团团转，一个乞丐大步走进了流芳斋，指名道姓地要见林书明，说受人之托，给他捎来一封书信。林书明满腹狐疑地打开信笺一看，手禁不住颤抖着，待要追问乞丐，他早已不见了踪影。

刘婉玉接过信笺，看了失声惊叫起来："我的儿啊！"一时竟吓得昏倒过去。林书明忙让菊丫等人将她送回卧室。

信笺带来晴天霹雳——刘昌义被盘踞在建阳庵山的土匪绑架了！

土匪说，如果要救昌义，就必须在三天内带着五千贯钱引到庵山赎人，且不许报官，否则就要撕票。

林书明立即把年轻的管家刘能叫来，与他商量对策。

"老东家，这庵山上的土匪杀人不眨眼，如果不按照他们的吩咐做，只怕……"

"自然要听他们摆布。可这一时半会，上哪里去筹措这五千贯？"林书明急得如同热锅上的蚂蚁，"上个月刚刚订购了一批上好的板材，这又才做寿，花去了不少铜钱，眼下店里能调动的也只有两千贯。"

"要不先派个人去庵山上找他们当家的谈谈，看能不能宽限些日子？"刘能宽慰道。

"不行！你也说了，这帮土匪是些杀人不眨眼的魔王，哪里会容得下我们讨价还价？赖我，赖我，赖我这些年行事太过张扬，否则昌义也就不会被他们绑去了！要不怎么说树大招风呢？流芳斋的生意一年比一年红火，去年我们又在建宁府开了分号。这些消息传将出去，那些贼人听说了怎能不眼红？"

"老东家……"刘能焦急地盯着林书明说，"要不，我们就先报官吧！"

"不行！"林书明斩钉截铁地说，"报了官，昌义也就别想活着回来了！这么着，你先去店里把能支取的铜钱都准备好，我这就出去想办法，看能不能凑齐五千贯钱引。实在不行，我就去庵山让他们把我绑了，换昌义回来。"

"老东家……"

"你赶紧到店里筹钱去，"林书明很快就恢复了镇定，"我去求几位刻坊、堂主救个急。"

"小的就去，请老东家放心。"刘能说完，忙不迭往店里去了。

得知昌义被绑架的消息后，整个刘家都乱成了一锅粥。为把少东家及早救回来，大家纷纷解囊相助，加之林书明平日里善交朋友、宽以待人，不到一天的时间，五千贯钱引已筹措停当。

林书明一刻也不敢耽搁，带着管家刘能，怀揣着赎金，连夜直奔庵山。此时，焦虑、担忧一起袭来，林书明大步流星沿着山路向前走去。他抱定决心，一定要把昌义救回来。

建阳庵山是潭东第一名山，相传有一个叫石湖的处士曾结庵其上，因此取名。庵山山高林密，分为南北两峰，两峰之间如刀劈斧削似的峥嵘险峻，又被称为"关刀峡"，有一夫当关、万夫莫开之险。

庵山后的深山老林，树木繁密，最适合隐蔽，聚集着一伙昼伏夜出的土匪。匪首李忠落草为寇前是庵山附近的村民，幼时家中有百多亩良田，因是家中独子，甚得父母溺爱，整日和一帮地痞无赖厮混在一起，欺男霸女，横行街市。父母被他气死后，家中一百多亩田地很快就被他吃喝嫖赌挥霍一空。眼看着生计无着，他便仗着有一些武艺，纠集了一帮地痞流氓跑到庵山占山为王，做起了打家劫舍的勾当，搞得方圆百里的百姓怨声载道，苦不堪言。

眼瞅着李忠的势力越来越大，地方官兵也曾多次前来捕盗，却都苦于山高林密，又因李忠狡兔三窟，每次都寻他不着，无功而返。李忠的胆子因此也越来越大。近两年，竟然敢带着小喽啰招摇过市，甚至在光天化日之下强抢民女、杀人越货。不过，李忠胆再肥，从前也只敢在庵山一带横行，从来没有染指麻沙附近几十里的地方。这次他之所以把刘昌义给绑了，一来是打庵山过路的客商变得越来越稀少，即使有，每次也都弄不到多少银子，眼见得山上的余粮已经不多了，只好另谋出路；二是他一直都眼红麻沙各家书坊的富户，当听说流芳斋林书明要操办生辰宴后，便心生一计，趁着刘家疏于防备，派人混入寿宴，把刘家的少东家刘昌义绑来，勒索一笔巨额赎金。这样一来，至少好长一阵子都用不着冒险四处打劫了。

对于李忠的提议，匪首们都拍手叫好，唯有账房先生沈清提出了反对。这沈清本是李忠从山下劫持来的过路客，本想利用他搜刮些银子，却发现他是个无亲无故、无依无靠的孤儿，又见他能识字写文章、会算账记账，便把他留在了山上。尽管名义上只是账房先生，沈清却足智多谋。李忠每遇到疑难问题踌躇未决时，都会找他商量，而每每李忠接受他的建议后，往往都事半功倍，因此，对他的信任也一日甚于一日，没过上个三五年，便已摇身一变，成了李忠的义子。

可以说，自打沈清上山后，李忠对他几乎言听计从，可唯独这次去流芳斋绑架刘昌义一事，他没有接纳沈清的意见。因为沈清给出的理由很牵强——只说是流芳斋林书明老先生仁义，绑架他会失去人心。

李忠听后，满腹狐疑地手拿钢刀敲打着桌面，从牙缝中吐出几声冷笑："你什么时候听说土匪要讲仁义、得人心？"

沈清无法辩驳，只能任由他做主。

按照李忠书信指定的地点，林书明和刘能擦黑时如约来到指定地点。黑黢黢的山坡上，四周皆是树林，空无一人。

五月的山间，蚊虫叮咬，两人不停地互相驱赶。刘能内心里焦躁，忍不住骂土匪两句，又害怕声音大了，叫贼人听见，既憋屈又愤恨，无处发泄。林书明朝着竹子踢了两脚，竹子摇晃起来，震动得别的竹子也跟着摇晃起来，似刮起了一场妖风。

这时候，二人也忘记了害怕，有心走开又怕土匪来了。刘能忽然怀疑起来，会不会昌义根本就不在贼人手上。林书明却笃信不疑。他是不敢不信，如果不在土匪手上，那岂不就是说昌义遭受了不测。

这刘能，建炎二年（1128）生人，建阳人氏，自幼丧父。母亲含辛茹苦将他带到十岁，一场大病撒手人寰。叔伯中有与林书明相熟的，便央求林书明将刘能收到流芳斋当学徒。刘能生性忠厚，稳当踏实，吃苦耐劳，几年间便将建本的技艺学得七七八八。林书明提出可以资助些资金，让刘能外出开店。可刘能感念林书明的养育、授业之恩，说什么也不愿离开刘家。又加上他与刘昌义年岁相仿，一块长大，情同兄弟。林书明不再勉强他，便由他留在了流芳斋。前年，见刘能越发成熟稳重，待人接物面面俱到，便委任他为流芳斋的管家。经过两年的历练，合府上下对刘能都赞叹有加，林书明对刘能亦十分信任。

苦苦捱到天色将亮，二人背靠背昏昏睡去。隐隐间听得传来一阵脚步声，刚要呼喊，一行狰狞的匪徒已经来到跟前，不由分说地便上前蒙了两人的眼睛，挑起银子，引着他们七拐八拐地走了约莫有五六里路，才把林书明、刘能二人领到了一个山洞前。

李忠虽是土匪，却也守信，接过林书明递来的五千贯钱引，验明无误，便命人将五花大绑的刘昌义从山洞深处带了出来。

"父亲！"被土匪绑至庵山两日，刘昌义已是神情黯淡，满面憔悴。

一旁的刘能忙不迭地替刘昌义解着身上的绳索。林书明暗暗吁了一口气，祈祷着尽快结束这噩梦，转过身准备带着昌义离开土匪窝。

此时，却陡地传来了一阵紧促的脚步声。未等众人反应过来，一阵嘹亮的号角声响起，突然涌出来六七十个兵丁，有县衙的衙役，也有当地驻军。他们将洞口团团围住，堵得一只苍蝇也飞不出去。

慌乱中，李忠"噌"的一跳，一手拦腰抱住刘昌义，一手将明晃晃的钢刀架在他脖子上，喝令官兵退后三丈，否则立马就杀了刘昌义祭旗。

官兵们好不容易才找到了李忠的老巢，哪里肯轻易放弃。就在双方陷入胶着之际，突地从李忠背后闪出一个三十来岁的中年人，只见他扑通一声跪倒在李忠面前，恳求他放了刘昌义。

"沈清，你做什么？"李忠怒目嗔视着沈清，"胳膊肘往外拐？这几日，我早就怀疑你有问题。"

"义父！"

"滚下去！"

"求您看在孩儿的分上，切莫伤害流芳斋少东家！"

李忠瞪大眼睛瞟了瞟林书明和他身后的官兵，忿忿然地嚷道："林掌柜的，这是你逼我的！不想要儿子小命了！你竟然报官！和沈清里应外合！老子这就与你们鱼死网破。"

"我没有！"林书明扯着嗓子朝李忠发誓："李英雄，我真不知道官府的事，也不知沈英雄有这般慈悲之心。要是我报的官，就让我天打雷劈、不得好死！"

"你还狡辩！"李忠一边持刀挟持着刘昌义，一边慢慢向后退，龇牙咧嘴地瞪着林书明，"让他们退后！"

"退后！退后！"林书明已经顾不得体面，扭回头咆哮着对官兵吼叫，"我儿子还在他们手上，你们这是要草菅人命不成？"

官兵们见刘昌义在李忠手里，也不敢硬攻，在林书明的逼视下挪动着脚步往后退了一点。

蓦地，沈清从地上蹿起来，一个箭步冲到李忠面前，双手握住他的刀，喊叫着："昌义快跑！"李忠喊一声："反了你了！弟兄们，动手！"三五下，众人就将昌义和沈清扭住双臂，反手控制了。

就在沈清与李忠纠缠时，"当啷"一声，从沈清身上掉落一块芙蓉玉佩，不偏不倚，正好滚落在林书明脚下。林书明一看，脑子嗡嗡作响，顿时头晕目眩，幸好刘能见势不妙扶住他，才没有跌倒。

捡起这块玉佩，上面果然刻着一个"林"字。林书明反复摩挲，心中滴血：玉佩的一个角用金皮包裹着，这是他跟蓉晖的定情之物。一块随昌愿埋入了土下，一块在走失的昌意身上。莫非？

林书明再不是那个文绉绉的书商，浑身的血液沸腾起来。他疯了一般，三两步蹿过去，一把揪住沈清的脖子，拿着那块玉佩，在他眼前晃动，怒气冲冲地质问："你为何会有这个？说，从哪儿来的？昌意呢？被你杀害了吗？"他变得狂躁不安，双手反复摇晃沈清的身体，愤怒的样子把官兵和土匪都吓呆了！

沈清欲言又止，双眸中涌出两行热泪。

林书明看到沈清落泪，心口针扎似的猛然疼了几下，立刻打了一个激灵，当即脱口而出："昌意？你是昌意！"沈清望着林书明泪流不止，不点头也不摇头。林书明扑到沈清身上，一下一下捶打着沈清的胸脯，老泪纵横地哭诉起来："我是你爹啊！儿啊，你娘，修远，我找你们找得好苦啊！"

在场的众人一时都懵了！李忠和官兵都愣在原地，好一阵没有反应过来。

还是李忠率先醒过神来，一脚向林书明踢去，怒吼道："去你娘的！老子哪有闲心看你演戏！"说话间，他一把揪过沈清来，问道："说，你是他儿子吗？"

沈清自然知道其中的利害，果断地摇头。

"那好，你去杀了他，证明自己的清白！"李忠顺势指了指刘昌义。

沈清颤抖着双手，举着刀一步一步地向刘昌义挪去，但他哪里下得了手？可他知道，哀求绝无用处，狠心的李忠一定不会轻易放过他和昌义其中任何一个。若是承认自己是昌意，倒给李忠更大的砝码，因此只好假装要杀昌义。

"昌意！"林书明望着举着刀一步步逼近刘昌义的沈清，痛心疾首地嘶叫了起来。他怎么也没有想到，自己会以这样的方式跟走失二十多年的儿子相见，更没有想到再次重逢，他日思夜想的儿子竟然已落草为寇，而且还向他同父异母的弟弟举起了屠刀。手心手背都是肉，他自然不希望他们兄弟当中的任何一个人受到伤害，可眼下这个境况，却又好像谁也没法安然脱身，这可如何是好？

万般无奈的林书明，用乞求的眼神向他身后的官兵们环顾一圈。官兵们作势要往前冲。李忠怒火中烧，想也没想，一个箭步跑到了沈清身后，紧紧抓牢沈清握住大刀的手，狠命地向刘昌义的脖颈处刺了过去。

刹那间，殷红的鲜血，从刘昌义脖子上喷涌而出，来不及出声，昌义轰然倒地，瞬即便将沈清从头到脚地染成了个血人。

"昌义——"林书明奋不顾身跌跌撞撞地扑到儿子身边。年仅二十一岁的刘昌义浑身抽搐了几下，已然咽下了最后一口气，直挺挺地躺在了冰凉的地上。

混战中，林书明也被李忠挟持。为从李忠手上救下林书明，沈清举起大刀向李忠砍去，却因体力不支，反被李忠砍断了右边胳膊，"啊"地大叫了一声，倒在了血泊中。

"昌意——"随着林书明一声撕心裂肺的哭喊，李忠也被官兵们放出的箭射死。群龙无首，土匪们死的死，逃的逃，不一会儿的工夫，官兵们就斩草除根。

林书明从衣襟上撕下长条，捂在刘昌义脖颈处，随即坐在地上，用左手将刘昌义抱在怀中。刘能哭喊着说："东家，少东家没救了。"断了一条手臂的沈清向林书明爬过来。

山风呼啸，洞里冷气逼人，四处弥漫着血腥气。

"昌意，是你吗？昌意！"林书明朝沈清伸出右手。

"爹！"沈清爬到林书明身边，靠在他身上，痛苦地伸出带着血污的左手，轻轻摸了摸刘昌义的脸，"儿子不孝，杀死了弟弟，儿子……"

"不是的，不是的！爹都看见了，是李忠杀死了你弟弟……是李忠……"林书明一边吩咐刘能赶紧给昌意止血，一边痛心疾首地望着昌意问道，"这些年你都去哪了？为什么一直不来找爹？"

"那年跟爹在瓜州渡走散后，儿子便一直流落街头乞讨为生，直到一年半后，才在庐山脚下遇见了一路四处找寻我的修远。再后来，我就跟着修远相依为命，他一边做苦力，一边带着我到处寻找爹和娘……"

"修远找到你了？"林书明瞪大眼睛急声问，"后来呢，修远又去哪里了？他怎么没和你在一起？"

"修远早在十年前就病死在绍兴府了。"昌意哽咽着说，"把他埋葬在会稽山下后，我便独自南下，继续寻找爹和娘的下落。再后来，我在福州看到了爹刻印的书，便一路沿着闽江寻到建阳。哪知路过庵山时竟被李忠劫到了土匪窝里，硬逼着我落草为寇，还认我做了义子，这以后的事……"

"为什么不来找爹呢？"林书明号啕大哭，拍打着地面，"庵山距离麻沙近在咫尺，你为什么不来找爹呢？"

"昌意不是不想找爹，只是昌意而今这样的身份，怕会玷污了爹的门楣。况且，况且爹又有了一个幸福美满的家，儿子实在不想打扰到爹现在这份来之不易的安宁。"

"说什么傻话！"林书明痛不欲生地盯着胳膊还在往外汩汩流着鲜血的昌意哽咽道，"你怎么会打扰到爹，怎么会……"

昌意痛得额上渗出了豆大的汗珠："儿子，儿子恐怕再也……再也无法在您跟前尽孝了。儿子，儿子此生只有一个心愿，求爹……爹……爹……无论如何……都要帮儿子找回……娘……娘……"

"昌意！"

"昌意想娘了，昌意……"昌意勉力挤出一丝微笑，"爹，我……我好像……听到她……唱给昌愿的……儿歌了……娘……娘……"

昌意终于还是因为失血过多，死在了林书明眼前。须臾之间，两个儿子都死在了他的面前。苍山呜咽，竹林低吟。时间静止了，林书明哭哑了嗓子，也唤不回两个儿子的性命。

办完昌意和昌义的后事后，儿媳徐桂云也抛下嗷嗷待哺的守业，一根绳子吊死在了自己房中。直到徐桂云一声不吭上吊后，林书明才彻底搞明白，那天他去庵山要赎回昌义时，为什么会突然出现那么多的官兵。原来是徐桂云受了娘家人的撺掇，去县衙报了官，县令向当地驻军请求增派援军，这才有了官兵一路跟踪他和刘能，将李忠一伙一锅端这一系列事端。

徐桂云是悔恨交加，追随丈夫而去了。但愿天堂里，他们夫妻能够团圆！

日子虽然还要过，但林书明自此以后，常常一个人在东院里发呆，嘴里喃喃着："如果不报官，昌义和昌意都不会死。唉，一切都是命啊！

命啊！蓉晖，你还在吗？为何不来见见我……为何连梦也不给我托一个？"

两年后，思子成疾的刘婉玉病体难支，也撒手而去。偌大的流芳斋，便只剩下林书明和刘守业祖孙二人。林书明是既当祖父又当爹娘，好不容易把刘守业从一个还没有断奶的孩子，拉扯成了一个英气逼人的大小伙子。

宋孝宗乾道四年（1168），林书明怀着无尽的遗憾，朝着东京方向，咽下了最后一口气，终年六十八岁。临终前，他反复叮嘱："鹏飞，你要守好流芳斋，更要大鹏展翅，振兴流芳斋！"鹏飞，是林书明给刘守业掐的字。

从此，十八岁的刘守业全面接管了流芳斋。

第六章　朱熹归来

　　西出建阳城景肃门约五里处有一地方，名叫考亭。据传，五代南唐侍御史黄子稜曾在此建亭，后，亭名改称地名。

　　考亭有村，北有青山，东、西、南三面麻阳溪水曲曲绕绕，似乎要在这里讲述一个隽永的故事。采莲、捕鱼的小船，穿行河面，荡漾起白白的水花。水饶之地有一洲，名为"沧洲"。方圆五里无滩濑声，环境清幽，便得"考亭山水甲建阳"的美誉。

　　村中，匠人们运木搬石，正在修整一座旧房屋。高高翘起的檐角，挑向空中，颇有问鼎之势。

　　与建阳县城一水之隔的童游桥头，一座朴素民居内，一位长髯飘逸的老者，正是朱熹。他弓着腰，正在收拾黄表、香烛，要去兴贤里的黄杨庵，他的长子朱塾的灵柩寄放在庵内。由于经济拮据，他只好购买考亭别人的旧居翻修，房子还没修整好，他暂时寄居在这座民房内。

　　宋光宗绍熙二年（1191），朱熹已六十一岁。正月里，朱塾因病去世，正在漳州知府任上的朱熹闻听此噩耗，精神受到极大的摧残和打击，又逢在漳州提出的核实田亩、随地亩纳税的政策，遭到当地大地主阶级的强烈反对未能实施，心灰意冷的他便给光宗皇帝上了一道奏章，辞官归乡，于五月迁居考亭。

　　徽州婺源是朱熹祖籍，他于南宋高宗建炎四年（1130）九月十五出生在福建尤溪，八岁随父寓居建州（今建瓯）环溪精舍。朱熹十三岁时，其父朱松病故，临终将朱熹母子托付给崇安老友刘子翚，遂移居崇安五夫里。

朱熹住过这么多地方，为何偏偏要选择建阳考亭定居呢？原因有三。

其一，完成父亲遗愿。十一岁时，朱熹曾随父亲朱松第一次来到表哥邱义（字子野）家中[①]。表哥的家，就在大潭山下的考亭。朱松极爱考亭山水，曾在日记中写道："考亭溪山清邃，他年可以卜居。"父亲对考亭如此留恋，却带着遗憾溘然长逝，为尽孝道，朱熹尊重父亲遗愿，选择考亭定居。而且，这时仕途失意，长子去世，双重打击下，他更愿意选择山水幽静的地方静思。考亭就是这么一个地方。

其次，怀念亡妻。绍兴十六年（1146），朱熹参加乡试的前一年，乡贤刘勉之女儿刘清四与年仅十六岁的朱熹订婚，因此，考亭萧屯刘勉之草堂成为年轻的朱熹经常寓居的问道之处。有妻子这层关系，且她在十五年前已故去，选择妻子老家作为定居地，也寄托了朱熹的哀思之情。

其三，图自在亦图吉祥。父亲去世后，朱熹随母亲寓居崇安五夫。刘子翚是父亲的老友，确实也尽到了老友的责任，专门划出五间房给他们母子居住，为解决他们的饮食、家用等费用，又单独划给他们固定的田租，照料可谓极其用心。但，也正是这种用心，让少年老成的朱熹感到不自在，总觉得这种状态太过于客气，甚至客气得让他感到拘谨。朱熹在五夫寓居后，曾单独给唯一的亲人三叔朱槔（二叔朱柽已过世）写信，诉说父亲早逝，以至于如今寄人篱下的"悲辛"。像朱熹这样志存高远的人，自然不肯长期靠别人施舍度日，因此，他不选择五夫定居，

---

① 见《跋韦斋书昆阳赋》。

第六章　朱熹归来

而选择考亭，是图个自由自在，不想再受别人恩赐，不愿意再给别人添麻烦。还有一层原因，就是朱熹图吉祥。他比较相信风水，长子朱塾的夭亡，让他感到五夫风水恶薄。他在考亭安居后写给陈亮的信中说："五夫所居，眼界殊恶，不敢复归，已就此卜居。"[①]

朱熹是当世大儒，除了为官，大部分时间都在著书立说、教书育人。早在宋高宗绍兴二十八年（1158），时年二十八岁的朱熹就已意识到"妄佛求仙之世风，凋敝民气，耗散国力，有碍国家中兴"，拜大儒李侗为师，承袭程颢、程颐"洛学"正统，奠定了朱熹学说的基础。宋孝宗乾道五年（1169）九月，朱熹母亲祝氏去世，为母丁忧，他便于建阳崇泰里后山天湖之阳的寒泉坞（今莒口马伏良种场边）葬母，并在墓旁修建"寒泉精舍"，开始了长达十年的讲学、著述。

朱熹在寒泉精舍前，已在建阳开办了朱熹书坊，印刷建本图书。他印刷建本，主要出于三方面考虑。

一是保护自己的学术成果，防止书坊盗版、低质量印刷。

朱熹早已发现了不良书商盗版印制他编写的图书，甚至在他还推敲未稳的阶段，有些著作相继被书坊私下刊印。南宋淳熙四年（1177），朱熹在建阳编的《周易本义》十三卷、《论孟集注》十卷、《孟子集注》十四卷这些书，就属于这种情况，导致他十分被动、苦恼却无法杜绝。

还有些书商在印制珍本、孤本图书时，印刷粗糙，讹误较多。不得已，朱熹才成立自己的书坊，希望自己刻印正版、提高图书质量，能够扭转这种恶劣局面。

确实，这时的朱熹著作较丰。他正值年富力强、精力旺盛的中年，仅在寒泉精舍期间，完成的著作就有：《家礼》五卷、《西铭解义》一卷、《论孟精义》三十四卷、《资治通鉴纲目》五十九卷、《八朝名臣言

---

① 见《朱文公续集》卷7《与陈同文》。

行录》二十四卷、《太极图解》一卷、《伊洛渊源录》一十六卷、《程民外书》十二卷、《古今家祭礼》二十卷、《婺源茶院朱氏世谱》一卷，并与吕祖谦合编《近思录》十四卷。

仅淳熙四年（1177）一年，他就完成《论语集注》十卷、《孟子集注》十四卷、《诗集传》八卷、《周易本义》十二卷、《论语或问》二十卷、《孟子或问》十卷、《大学或问》两卷、《中庸或问》三卷。这几部书，都是早前就开始编著，集中成书于这一年。没想到刚刚成书，即被盗版，好不苦恼。

二是弥补俸禄不足。

《宋史·朱熹传》记载："家故贫，少依父友刘子羽，寓建之崇安，后徙建阳之考亭，箪瓢屡空，晏如也。诸生之自远而至者，豆饭蔡羹，率与之共。往往称贷于人以给用，而非其道义则一介不取也。"[①]朱熹由于长期侍祠，仅领一半的俸禄，所以生活十分窘迫。还有证据，张栻在《致朱元晦》中曾说："比闻刊小书板以自助得来谕，乃敢信，想是用度大段逼迫。"[②]从这些方面可以知道，朋友也不信朱熹竟然如此困顿，可得知其刊印弥补不足才相信了。朱熹在《与林择之书》中说："又此数时，艰窘不可言。向来府中之馈，自正月以来辞之矣。百事节省，尚无以给旦暮，欲致薄礼，比亦出手不得。已与其弟说：'择之处有文字钱，可就彼兑钱一千。'"[③]他说的"文字钱"，就是刻本售出后所回笼的资金。

三是为整理和出版前辈著作。如理学家周敦颐、张载、程颢、程颐等人的著作，传播理学思想。

朱熹毕生致力于理学研究和开门讲学，刻书作为教材，传播和推广

---

① 见《宋史》卷四二九。

② 见《南轩集》。

③ 见《朱文公文集》。

理学思想、研究成果，是重要途径之一。

但是，朱熹的刻书销售，完全是被动的，无论是抵制盗版、弥补俸禄不足，包括主动刻书传播理学思想，也是被动的。如果有物美价廉的图书，他自然就不必做这些。

由于朱熹与图书、与建阳有如此关系，他在寒泉精舍讲学期间，认识了刘守业。

刘守业和朱熹之间，既是师徒，又是同行，还是合作关系。

虽然刘守业才二十出头，由于他把流芳斋生意做得风生水起，很让朱熹好奇，就和他探讨"生意经"。

刘守业性格耿直，说话快言快语："先生是当世大儒，可你却不是个成功的书商。"

朱熹听闻，颇为诧异："鹏飞，你倒仔细说说。"内心想：你一个年纪轻轻的书商，倒来说道我？

谈起生意，刘守业也不管朱熹是先生，只管谈他的生意经，所以出语惊人："先生之失，在于五处！"

朱熹闻听，大为惊诧："你是说，我有五个'必败'之处？"

刘守业颇感骄矜地点点头。

"说来听听。"朱熹虽然为人和蔼，可被一位后生当面指出"必败"，脸上也有点挂不住。

刘守业可不管这些，认真地扳着指头数起来，耿直地说："其一，先生刊书，以私刻为主。私刻往往不考虑成本，要么是为挽救古籍，要么是弘扬先贤学问，要么是纠正讹误。可只图出精品，这投入的人力物力巨大。其二，先生刊书，校勘'锱铢必较'，只图学术价值，亦是人工投入过巨。这两项成本大于收入，所以会入不敷出。"

朱熹听闻，缄默不语，听着似乎有几分道理，点头示意他继续说。

"其三，先生多仗义，自己刊印书籍，赠书较多，所以'血本无归'！"

刘守业说完，拱手作揖，觉得自己说"血本无归"太过于唐突。

朱熹越听越觉得有几番道理，拱拱手说："再请教。"

刘守业回礼说："不敢。其四，先生太正，做书坊却不以牟利为本，此商人大忌。其五，先生不愿改变。经商必得审时度势，随时做出调整，可先生一成不变，所以依我之见，先生经商，不会成功！"

这几句话说完，朱熹先是佩服地点头，而后又坚定地摇头，微微笑着说："鹏飞有意思，所言振聋发聩，确为经商之道。"停顿一下，捋了捋胡须，缓缓说道："在我看来，也未必。"

刘守业一听，顿时明白朱熹的心思，尊敬地作揖施礼："先生高洁，守业胡言乱语，莫怪莫怪。"

朱熹扶着书案站起身来，仰头望一望茅草屋顶，说："你说的固然不错，可是，为人之道，总是要守正为先。"

刘守业也是极为通透的人，知道此时该接什么话："所以，先生还是专心做学问，刻书盈利这些俗人之事，交给守业正好。"

朱熹哈哈一笑："你倒会做生意，劝我停了自己书坊，专心把生意给你，难怪你流芳斋越做越大！"

刘守业毫无愧色地说："先生有经世之才，不该浪费在琐碎事上。比如你不肯随波逐流，用官刻为自己刻书，不肯降低校勘标准，非汝道义则一介不取，皆是伟岸大丈夫必修之课。说到赠书，更是豪放之举，学生钦佩之至！"

不想朱熹却低下头来，亲切地问："我交给你刻印，莫非你要靠降低标准取利？"

"自然不会！"刘守业也站起身，斩钉截铁地答。

"那为何你刻印就不会投入多于收入？"

刘守业腼腆地一笑，答："先生，我是书商，有自己的刻工。一是他技术熟练，二是他要吃饭我也要吃饭，自然就要给他定数量，他做的活儿自然要比你找的私刻划算。"

朱熹听完，豪迈地朝着众人说："大家听一听，鹏飞的生意经可堪推广！"

刘守业谦逊地说："先生是不屑于牟利为主，这是一身傲骨，值得我辈敬仰！我挣了银子，也要补寒泉精舍的。"

"那感情好。你可赠书？"朱熹又问。

"送！"

"你送就不赔钱？"

"我印量大，送几套不至于赔。"

朱熹笑着说："三人行必有吾师。看看我们的鹏飞，又会说话又会做事。都说好商人长在嘴上，我看一点不假！好，以后，我的书，就多给流芳斋印。话说好，万一我的书坊做得好、不关门，你可准备赔酒宴宴请大家。"

刘守业高高兴兴地举起抱着的拳头绕着众人转一圈，大大方方地说："到时，我作揖磕头，给先生和大家赔罪！"

寒泉精舍里飘扬起爽朗的笑声。屋外树梢上的喜鹊听到，叽叽喳喳地也凑起了热闹。

就这样，刘守业师从朱熹二十余年，不仅学有所成，还与朱熹成为合作伙伴。

关系特殊，又有生意交往，所以，当朱熹祭奠完儿子，一听说流芳斋老店发生火灾，就急急赶到了麻沙。

往日生机勃勃的流芳斋，现在已是一片废墟：烧焦的壁板，破碎的家具，散落一地的瓦片，空气中弥漫着浓烈的焦糊味。

一眼看到火灾惨状，朱熹忍不住眼窝热辣。

"夫子……"刘守业看着疾首蹙额的朱熹，沉重地说，"守业没能照看好祖宗基业，实在是愧对先人！"

"这哪里能怪得了你。若是天灾，我们无力回天，只好徐图重建；若是人祸，就要交付官府，朗朗青天，还有王法在！"

刘守业将起火之前曾看到王恒泽的可疑迹象说给朱熹。朱熹听后，略作沉吟，说："报官吧。知县李涛大人，为人正直俭朴，相信他能明察秋毫秉公处理。只是这王恒泽，看上去并非大奸大恶之辈，在我的印象里，他甚至还很有些胆小怕事，怎么就突然干出这种勾当？守业，你哪里得罪过他吗？"

"我跟王恒泽并无交往。我家小娘子章氏跟王恒泽的娘子陈氏偶有走动，但也只是见了面打个招呼笑一笑而已。要说得罪，着实没有任何迹象。倒是王恒泽的儿子王文涛，一直偷偷喜欢我们家心棠。王陈氏前阵子也在章氏面前提起过想要来刘家提亲，被章氏以大娘子想要把心棠许给蔡家的话给搪塞了过去，难不成是因为这事忌恨在心？"

朱熹瞥了一眼刘守业："这王恒泽虽然生性孤僻，但也不至于睚眦必报，再说他们不是还没来刘家提亲嘛，何恨之有？"

"刘能倒是说过，王恒泽最近在崇化坊入股了一家书坊。可他开他的书坊，刘王两家向来都是井水不犯河水，不至于因妒忌而放火啊！"

"他一个开纸坊的，怎么也染指刻印业？"朱熹疑惑地盯着刘能问。

"小的也是道听途说。据说王恒泽是幕后东家，但出面打理经营的却是他老婆陈氏的远房亲戚。"刘能答道。

"陈氏的娘家亲戚？姓甚名谁？"朱熹问。

"小的也是前几天才听说此事，还不曾打听真切。"刘能说。

"这还不好知道？崇化坊就那么大的一块地方，最近都有哪些新开的书坊，不是一目了然？"刘守业着急地出言责备。

"东家，小的已经让刘敬去打听了。"刘能赶紧回话。

朱熹拍了拍刘守业的肩膀："莫急，这些消息很快就能知道。不管是不是王恒泽放的火，咱们事事要做到心中有数。"他抬眼望着残垣断壁，问："库里的雕版就没有剩下的？"

"有倒是有，不过夫子的《周易本义》，弟子只找到了半块烧得面目全非的雕版。"

"人没事就好。流芳斋的招牌还在，还怕找不出好雕匠再刻一遍。"

正说着，马夫刘敬回来了。他给朱熹请了安，向刘守业禀报："东家，小人打探到了，王恒泽在崇化坊入伙的是邱氏的崇文堂，已经开张一年多。"

刘守业不听则已，一听之下脸色大变："崇文堂？"

"正是。崇文堂的店主邱文彪，是王恒泽的老婆陈氏的三妹婆婆文氏的表侄，算是拐了好几道弯的亲戚。"

刘能愤怒地提高了声音，颤抖着说："东家，这下都对上了，看来这把火就是王恒泽放的！"

"怎么回事？"朱熹不无疑惑地问，"为什么这么笃定是他？"

"夫子有所不知，您回武夷精舍讲学这段日子，这邱文彪经营的崇文堂，竟偷偷地盗印了夫子的《孟子集注》。他盗印也就罢了，却是讹误百出，这岂不是在毁夫子的清誉？前些日子我去崇化坊时，便好心提醒他不要再印，哪曾想他非但不肯收敛，反而变本加厉，又盗印了夫子的《论语集注》。我一时气不过，就把他告到了衙门，要让他好好长一长记性。这官司还没开审，流芳斋倒先失了火！"刘守业拍打着双手，懊悔地说，"都怪我，只道是邱文彪盗印了夫子的书，却不知道王恒泽才是崇文堂背后的东家。"

朱熹脸色凝重，说："这帮盗印的书商着实可恶！这些年我一直深受盗印之苦，自己手头上的书还没修改完，市面上倒先出了盗印版，屡禁屡犯，害人不浅。我原以为他们不过是唯利是图之辈，却没想，他们居然敢纵火报复！鹏飞，这件事，我们要追查到底。"

事不宜迟，刘守业当即写了状纸，吩咐刘能去把几个街坊邻居的证人找来，商议一番后，坐上马车一起奔赴建阳县衙而去。

知县李涛疾恶如仇，接到状子，便命皂隶把王恒泽、邱文彪等人提到县衙问审，但王恒泽却竭力喊冤。

李涛见王恒泽抵死不认，惊堂木一拍，大声斥问："王恒泽，你可曾因刘守业状告崇文堂盗印朱夫子的《孟子集注》《论语集注》而怀恨在心，放火烧了流芳斋？"

"大人，小的虽然只是个经营纸坊的生意人，但也自幼熟读圣贤书，参加过多次院试，又怎么会做出如此狼心狗肺之事？"跪在堂下的王恒泽竭力替自己辩解道，"小的跟邱文彪只是远房亲戚，跟崇文堂更是八竿子也打不着边，大人岂能因为三两句一面之词，就认定小的便是崇文堂的幕后东家？退一万步说，就算小的是崇文堂真正的东家，又岂会行此不悖之事？故意纵火，按大宋律，那可是杀头的死罪，小的就是有一万个胆，也断然不敢出此下策，还望大人明鉴，还小的一个清白啊！"

"本官再问，你替儿子王文涛去刘家提亲又是怎么回事？"

"文涛和刘家的女儿两小无猜、青梅竹马，拙荆想要跟刘家攀亲，不算什么过错吧？"

"邀媒说合，本不是什么过错。"李涛目光犀利地扫了王恒泽一眼说，"偏生你老婆在刘家的小娘子章氏那里吃了个闭门羹，你一时气恼不过，认为刘家不识抬举也确有其事吧？"

"大人，公堂之上，凡事都讲个证据。您要是这么问案，小的着实不服！别说拙荆只是在章氏那里吃了个闭门羹，就算王家正式邀媒前去刘家提亲被拒，小的也断然不会因为这样的小事衔恨在心啊！"

"有还是没有，你自己不比我们清楚吗？"李涛正色盯着王恒泽说，"本官再给你一次机会，我且问你，流芳斋的火到底是不是你放的？"

"不是！"王恒泽断然回答。

"本官再问你，邱文彪的崇文堂到底跟你有没有关系？"

"没有！"王恒泽斩钉截铁地说，"大人就是问上一百遍，没有的事也断然不会变成有！"

李涛一拍惊堂木，转头向跪在堂下的邱文彪厉声问道："刘守业告你盗印朱夫子的《孟子集注》《论语集注》，你认是不认？"

邱文彪到底年轻，被李涛一声喝问，早吓得浑身颤抖，答："小的一时鬼迷心窍，还望大人念在小的是初犯，从轻发落。"

"从轻发落不是不可以，只是你要老实交代清楚，这崇文堂跟王恒泽到底有什么关系？"

"这……"邱文彪面露难色地瞟了一眼李涛，又掉转过头瞥了下王恒泽，支支吾吾地说，"大人，我……"

"你只需要回答有还是没有就可以了！"

"大人，我……"

"大人，小的已经说过了，跟崇文堂没有任何关系。您这么问案，实有诱供之嫌！"王恒泽突然抬起头来，睁大眼睛看着堂上的李涛插嘴。

"本官没有问你话，休得扰乱公堂！"李涛威而不怒地逼视着王恒泽，又望向邱文彪大声问道，"邱文彪，崇文堂跟王恒泽到底有没有关系？"

"没……没有……"邱文彪结巴着说，"不过……"

"从实招来！"

"小的在开店之初，的确跟王恒泽借过五十两银子，但也只是借的，若因此就断定王恒泽是崇文堂背后的东家，纯属牵强附会。崇文堂着实跟王恒泽没有半点关系。"

"有没有关系，本官自会查证清楚。来人哪，现在就去麻沙王家纸坊和崇化坊崇文堂搜查。如果证实崇文堂与王恒泽无关，盗印的事则由邱文彪一人承担。如果证实王恒泽才是崇文堂背后真正的东家，那一干相关人等便都罪加一等！"

"大人，小的不服！仅凭道听途说、牵强附会，就要搜查民宅，小的一万个不服！"王恒泽听闻李涛下令要前往王家纸坊搜查，终于忍不住当堂声嘶力竭喊道，"早就听说李大人和朱夫子交情深厚，难不成这是要挟私报复，坐实小的莫须有的罪名吗？"

"公堂之上，岂容你胡乱咆哮攀扯？"李涛望着王恒泽厉声斥道，"纵火案事关重大，为慎重起见，也为还你一个清白，本官不得不彻查到底！如果你不是崇文堂幕后真正的东家，又何惧之有？难不成你是怕本官顺藤摸瓜，找出你故意纵火的动机吗？"

王恒泽还要分辨，李涛已命人将一干嫌犯带下去收监，等找到证据再行开堂。

皂隶们立刻分头朝麻沙和崇化书坊的方向而去。李涛也将朱熹、刘守业请到了后堂，仔细地询问流芳斋着火前后的情况。

"依我之见，这火多半就是王恒泽挟私报复所致。只是，就算证实他是崇文堂背后真正的东家，也不能证实这火是他所放，毕竟人证物证都不具备，咱们也不能屈打成招啊！"李涛长吁了一口气望着朱熹说，"为今之计，如果能找到引火的证物，证实与王恒泽有关，这案子也就有眉目了。"

"引火的证物？"朱熹回头望了一眼紧紧侍立在身后的刘守业问，"鹏飞，在现场有没有发现什么可疑之物？"

"除了残垣断壁，还有烧焦的雕版器物，倒是没有发现什么。"

"再仔细找找，这么一场大火，如果没有物件用来引火，是不可能突然就烧起来的。"李涛抬头盯着刘守业说，"趁现在天色还早，本官就陪你们到麻沙走上一遭，去现场勘验一番，也好做到心中有数。"

一行人乘着马车赶回了麻沙。火灾现场，皂隶们仔细勘验，却发现火源居然来自流芳斋隔壁的慕文堂书坊，这下所有人都惊得目瞪口呆。莫非是慕文堂的东家黄百鸣放的火不成？可黄百鸣与刘家向来交好，他又怎会无缘无故放火烧流芳斋呢？还有，街坊邻居们都说着火前看到王恒泽鬼鬼祟祟出现在流芳斋门前，难道是黄百鸣故意要嫁祸王恒泽，才收买左邻右舍把怀疑的矛头往王恒泽身上引吗？

"不可能，绝对不可能！"刘守业深信不疑地说，"我跟百鸣打小一块长大，比亲兄弟还要好，他不会干这种事。"

"古话说得好，知人知面不知心，怎见得黄百鸣就没有对你心生嫉妒？"李涛望着烧成一片废墟的流芳斋叹了口气说，"是不是，把黄百鸣拘过来一问，不就清楚了吗？"

不一会，皂隶们就把黄百鸣从家中带了过来。可面对李涛的询问和现场勘验的结果，黄百鸣的情绪显得特别激动，除了大叫"冤枉"，便沉默着，不回答任何询问。就在僵持之际，正在仔细搜寻的刘安平，忽然从烧焦的废墟中发现了一只已被烧得斑驳的木头床脚，几步跳跃着拿到刘守业面前说："爹，这只床脚好像不是家里的物件，您看看。"

刘安平的话引起了朱熹的注意。他从安平手里接过木头床脚看了看，皱着眉头望向李涛说："李大人，看来这就是您所说的引火证物了。"

李涛接过床脚，翻来覆去仔细察看，叮嘱刘守业："你瞧好了，这只床脚到底是不是流芳斋的物件？"

"不是，绝对不是！"刘守业认真端瞧了又端瞧，肯定地答道，"回大人，刘家从来都没有过这种款式的床脚。"

"那就好。来人哪，赶紧拿着这只床脚，到黄家和王家仔细比对去！"李涛吩咐道。

过了半晌，皂隶来报，在王恒泽家的柴房找到破损散架的床，里面有一模一样的床脚。与此同时，先前派出的皂隶也分别在王家纸坊和崇化书坊崇文堂找到了签约文书，上书王恒泽就是崇文堂的东家。

李涛连夜回县衙，提审王恒泽、邱文彪等一干人犯。

"是刘守业逼我的！"王恒泽梗着脖子狡辩，"谁不知道刘守业靠着刻印兜售朱夫子的书发了迹，凭什么只许他刻印就不许小的刻印？刘守业已经赚得钵满盆满了，为什么就不肯给小的一条活路？小的印了几本朱夫子的书，朱夫子都没有发话，他刘守业凭什么把小的告上官府？他不给小的活路，小的又为什么要给他活路？"

"混账！"李涛一拍惊堂木，大声喝道，"你私自盗印朱夫子的书倒还有理了！本官问你，刘守业在告官之前，有没有提醒过你？他好意劝你，你却不听，这是什么道理？"

"他好意劝我？那是好意劝我吗？他那是见不得我好，怕崇文堂抢了他的生意才对。"

"王恒泽，故意纵火可是死罪，想你也是饱读诗书之人，怎么如此糊涂和恶毒。到这时还不知悔改，颠倒是非，猖狂至极！"李涛怒喝。

王恒泽狞笑着吼叫道："要说猖狂，小的又怎么比得过刘守业？想我王家，祖宗八代好歹也都是身家清白的麻沙本地人，他们刘家又算得了什么？被一个来历不明的林姓人李代桃僵顶替了而已。我儿文涛能看得上刘家的女儿，算是他们刘家的造化。可他们家一个小小的侧室，居然也不把王家放在眼里，他才是猖狂至极。"

李涛冷笑一声："王恒泽，你心胸狭隘，挟私报怨，故意纵火，烧毁流芳斋数十间屋舍，更企图栽赃陷害他人，还有什么可说的？"

"小的无话可说！"王恒泽倒是嘴硬。

"既然无话可说，那本官就按照大宋律例判你斩刑，等路监司、帅司、刑部复核之后，再交由官家圣裁。"

王恒泽还在做最后的挣扎："是刘守业断小人活路在先，小人是迫于无奈，大人不可偏袒啊！"

"来人，速将王恒泽带下去收监，将王家所有财产编造在册，除以三倍的价值赔偿刘家损失，其余通通充公！"李涛一边说，一边冷冷地朝向早已吓得瘫软在地的邱文彪："邱文彪，你还有什么话？"

邱文彪不住地打颤，哆嗦着答："请大人明鉴，王恒泽纵火烧毁流芳斋的事，跟小的一点关系也没有啊！小的也是现在才知道是王恒泽放的火。"

"谅你也没这个胆！本官念你是初犯，故从轻发落，从现在起，禁止崇文堂继续刻印朱夫子的所有书籍文章，先前刻印所得利润以五倍偿于朱夫子，还没来得及出售的书籍文章一律销毁不得继续售卖。如有再犯，取消崇文堂的刻印资格，听清楚没？"

"小的谨遵大人之命。"邱文彪慌忙应道。

李涛这才温和地问堂下的朱熹："夫子，你看……"

朱熹作了一揖，说："近来建阳各书肆书坊盗印晦庵的书籍文章，有很多是我没有修订完稿的，非但讹误百出，还有诸多缺损，传播出去难免误导学子。晦庵请大人发布一道禁令，建阳境内所有书商在未得到鄙人授权之前，不许随意刻印。"

"夫子所言极是。本官这就发布禁令。"案情到此已审理清楚。李涛看了看刘守业，问："刘守业，流芳斋纵火案已经查明，你可还有什么补充？"

"大人明察秋毫，守业感激不尽。只是而今王恒泽下狱，他家中还有妻儿老小要养活，罚他三倍补偿流芳斋损失，会给王家造成灭顶之灾。守业斗胆请求大人，待统计完流芳斋损失后，让王恒泽照价赔偿就是。"

李涛朗声说道："果然宅心仁厚，朱夫子真没看错你这个弟子。好，冤家宜解不宜结，就依你。"

在众人期盼的目光中，刘守业在麻沙寻了一处空置的房子，将一大家子安顿好后，开始了全力重建流芳斋。

这次流芳斋火灾，看似双方均有损失，却给麻沙、崇化建本同业中人上了一堂惊心动魄的课。道义与邪恶的较量让人们再次认识到，走大道、走正道，才是人生最重要的必修课！

朱熹归来建阳，成为理学光大、建本腾飞的一个重要转折点！

第七章　补偏救弊

重建流芳斋的闲暇时，刘守业就赶到考亭，协同匠人们修整朱熹的住所。没钱了就自己垫上，当然，这些都不告诉朱熹，担心他拒绝。

绍熙三年（1192）初春，刘守业又来到考亭，见朱熹正在和匠人们商量最后的工程。他左看右看，总觉得缺少些什么，思来忖去，仔细勘察后，看到东北方向有一块空地，便指着说："夫子，如今你来考亭了，寒泉精舍距离远，先辈和学子们来，总要有个合适的地方讲学。我想着，在这个地方建个书院，也好供您讲学。"

朱熹听后，略显踌躇地说："确实应该有个地方，我这住所，狭促了些。可……"

刘守业明白他的心思，当即表态："夫子不必为银两发愁，这书院的钱，我来出。"

朱熹摇摇头，为难地说："流芳斋也在重建，怎么好意思再让你破费。"

"夫子这就见外了，弟子自从跟随您以来，学识增进不少。再说这是建书院，为大家办事。编纂典籍我总感觉有些吃力，这省心的活儿，交给我再合适不过。"

可朱熹还是不断摇头。

"这样，您的书稿交给流芳斋刊印，就当我提前预付了酬劳。夫子

大宋风华

莫要再推辞，若是连这个机会也不肯给我，怕是真要撵我走，不让我来考亭求学了。"刘守业性格直爽，此时也不拐弯，斩钉截铁地表明态度。

这样一来，朱熹觉得，若是再推却，真就有些忸怩了，只好顺水推舟："鹏飞呀，你这话赶话，我若再不答应，怕就小家子气了。"

刘守业见状，心情大好，豪迈地说："夫子放心，书院要建得大而气派！"

朱熹立刻打断："听我的，前堂后室即可。"

"夫子……"

朱熹坚定说："这一定要听我的，不然真就不让你建了。你如今正是花费大钱的时候，万不能做寅吃卯粮的事情。"

刘守业听闻，甚为感动，便说："好，就依您。不过，书堂前，总是要有大的天井。"

"堂前，还要设立祭祀庙，孔圣人的香火少不得。"

二人说着说着，已经勾勒出一所书院的轮廓。

说话间，天空飘起了雪花。可两人谈论起书院的前景来，越说越兴奋，丝毫不觉得冷。

"你见过树抱佛吗？"朱熹突然饶有兴致地问刘守业。

"树抱佛？"刘守业茫然地望着朱熹，摇了摇头，"学生还是第一次听说。"

"这村子东边，有一株几百年的老樟树，树干上有个人脸大小的树洞口，里面放着一樽一米多高的佛像。你说古怪不古怪？"

"人脸大的树洞？怎么放得下一米高的佛像？"

"我也很是纳闷，怪的是，那个树洞也看不出人工砍凿的痕迹。我猜，兴许是前朝，那株樟树因为某种树害裂开了一道缝，附近的百姓就把佛像从裂缝中放了进去。天长日久，那道裂缝又自然愈合了，就只留下人脸大小的树洞口。"

朱熹的话引起刘守业的兴趣："这世间还有如此奇迹？"

"一会等你见了就明白了。"

朱熹领着刘守业到了"树抱佛"前。但见好大一棵老樟树，枝丫遒劲，要三四个人才能合围。而那樽不知何年何月被放进树干里的佛像，就那么静静地透过人脸大小的树洞慈祥地凝视着他们。刘守业不得不感慨大自然的鬼斧神工。

刘守业躬身在树洞前拜了三拜，回过头望着朱熹说："要不是夫子领我来瞧，守业枉在麻沙多年，也没想考亭村竟有如此胜景。"

"此处村民视之为圣物，不肯张扬。你一心只在印书上，不晓得，也情有可原。"说罢，朱熹关心地问："流芳斋在麻沙重建得怎样了？"

"托夫子的福，诸事进展顺利，再过些时日，应该就能重新开张了。"

朱熹慨叹一声："如此便好。只可惜那王恒泽，不走正道，到头来落个身首异处。想他也读过几天诗书，即便一再受挫，始终没有放弃过科考，倒也不是个庸碌之辈，如果能把这心思花在正路上该多好！也罢，若此人入了仕途，祸害的恐怕就不止鹏飞你一家了！"

刘守业遗憾地说："听说只等皇上御批到了，他便要问斩。唉，他也是一时想不开钻牛尖角里去了，可这大宋的律法又岂是儿戏可以等闲视之？要是当初我不把邱文彪告到官府，王恒泽或许就不会怀恨在心，更不会放火烧了流芳斋。每每想到此事，守业这心里还是有些堵得慌。"

朱熹正色看着刘守业说："这桩事你也不要太过自责，如果心里过不去，那就时时帮衬着王家妻儿老小。无论别人怎么做，咱们的所做所为无愧于天地，对得起自己的良心就好。"

正说着，朱熹的小厮急匆匆地跑过来禀报说："夫子，有位辛先生来访。小的让他先进屋里等着，他却非要在院外候着。我担心天寒地冻的，让客人冻坏了，这就赶紧跑过来。"

朱熹脸上浮起一丝不易察觉的表情："辛先生？没说叫什么名字？"

"没有！"小厮把头摇得跟拨浪鼓一样。

"客人多大年岁？"

"约莫五十岁上下。"

"幼安来了。"朱熹笃定地说，"我听说他刚被朝廷起用为福建提点刑狱，从临安到福州，正好要经过建阳，准是这老小儿特地来考亭看我了！"

"您是说辛弃疾大人？"

"正是！除了幼安，还能是哪个辛先生？"朱熹伸手捋了捋花白的胡须说。

"既然是辛大人来了，咱们快往回走吧。"

"无妨。"朱熹吩咐小厮，"你先回去童游桥头的房子，把水烧开，我们随后就到，正好陪辛大人吃茶。"

小厮得了吩咐，立马转身向童游桥头租住的房屋跑去。刘守业不解地盯着朱熹问道："夫子，让辛大人在屋外久等，不太好吧？"

"是他自己非要在雪地里等，与我何干？"朱熹呵呵一乐，"所谓不惊不扰，各得其乐！"

话虽如此，朱熹还是与刘守业转身返回考亭未修整好的房舍。雪越下越密，四野里白雾腾腾。待他们赶回时，静立院外的辛弃疾已然披了一个雪"斗篷"，俨然变成了雪人，可依然一动不动地站在院子前。

"幼安啊幼安，我听小厮一说，就知道是你来了。"朱熹望着满身是雪的辛弃疾，老远就哈哈笑着说，"怎么来之前也不写封书信，不声不响就出现在考亭？"

"要是写信告诉你，还能有这番雪中景致？"辛弃疾也跟着哈哈一笑，"前有杨时、游酢到洛阳拜访程颐先生，见程颐打坐，二人不忍心惊扰先生，便在雪中候着，直到程颐打坐完，才发现他俩，这才留下了'程门立雪'的典故。而今幼安雪中等候朱夫子，不知可否留下'朱门立雪'的美名呢？"

"朱门立雪？幼安可是当今天下不二出的大才子，晦庵怎么做得你的夫子？"朱熹一边说，一边笑着将辛弃疾迎进屋内，"你看你看，这房子还没修好，你倒成了第一个来自远方的客人。坐又无处坐，冷得很。走走走，还是到我住处吧。"说完一把拉住辛弃疾，刘守业跟随其后。三人踏着雪中的小径，一路有说有笑，赶到童游桥头的家中。

刚一进屋落座，小厮便把砌好的白茶端了上来。

"晦安兄近来可好？"辛弃疾呷着茶，忙不迭问道。

"好，一切都好，只是诸事缠身，无暇分身。"

"还在修订《四书》皇皇巨著？"

"知我者莫过于幼安。晦庵不想误人子弟，总觉得这部《四书》还可以修订得更臻完美，所以一而再、再而三，没完没了。"

"晦庵总是要把事情做到尽善尽美，可这世上事，哪能都完美。叫我说呀，凡事做到八分好便可，何必自寻烦恼，让自己不得安生。"

"话是没错，可育人事大。"朱熹看了辛弃疾一眼继续说，"你来得正好，有些问题我拿不定主张，不知是该增补还是删减，你帮我拿个主意。"

"让我作诗填词倒有几分心得，勘定书稿，愧不敢当。"辛弃疾连忙摆了摆手。

"莫要谦虚。这《孟子集注》里，还有好些个颇费踌躇的地方。"朱熹扭头吩咐一旁的刘守业，"把刚修纂的《孟子集注》给先生拿来。"

刘守业毕恭毕敬地从书案上捧出《孟子集注》，放到辛弃疾面前。看着这两位举世闻名的大文豪聚在一起编修《四书》，刘守业心里涌起了无边的敬畏和温暖、感动。大宋朝有朱夫子这样兢兢业业、精益求精做学问的大儒，有辛弃疾先生这才华横溢、满腹经纶的才子，何愁不能激励天下学子，光复被金人侵占的中原故土？

早在宋孝宗淳熙九年（1182），朱熹已将《礼记》中的《大学》《中庸》独立成书，今又与《论语》《孟子》合为《四书》，汇集成一套经书刊刻问世。由于朱熹追求严谨的治学态度，极力推崇完美，《四书》在传播过程中久未定稿，这套书始终处于修订补缺中，抽空得闲，他便重新勘验校对、增缺补漏、删繁就简。

刘守业笑吟吟地把刚刚磨好的墨递到朱熹手边，由衷赞叹："《五经》一去不复返了。夫子编纂修订《四书》，功同再造，后世定会铭记住夫子的丰功伟绩！"

朱熹自嘲地说："倘能帮到莘莘学子，晦庵鞠躬尽瘁，死而后已。"

"这数十年来，夫子除了在朝为官外，所有时间都花在了著书立说、教书育人上，上可以比之孔孟，下可以比之二程，实在是大宋朝功在社稷的治世良臣啊！"辛弃疾赞道。

"幼安，你看，这鹏飞吹捧起我来，一套一套的。"朱熹翻看着手头的《四书》，慨叹着说，"光阴似箭催人老，我要再不多编纂几本书，虚度时光啊。"

三人围炉畅谈，不亦乐乎。辛弃疾逗留了几日，终因皇命难违，才恋恋不舍地离开了考亭。

一转眼，六月，考亭住所修建成，朱熹乔迁新居，亲撰一副对联：

　　爱君希道泰

　　忧国愿年丰

朱熹自己安居了，遂将长子朱塾葬于营口大同山北麓（今社洲村边），终于了却心愿，心这才安定，便开始开门授徒。

每日里，门徒们将新居围得水泄不通。刘守业也加快了建设书院的步伐。

辛弃疾听闻新居建成，再次来到考亭，与朱熹彻夜长谈，倾吐了在官场难有作为的憋屈，备感惬意。

又是冬天，书院也建好了。

朱熹看着宽敞的大堂，起名"明伦堂"，又将明伦堂前的祭拜之处，定为"燕居庙"，上挂一匾，书"中和"二字。燕居庙奉祀先圣孔子，配祀颜回、曾参、孔伋、孟轲四贤及周敦颐、程颢、程颐、张载、邵雍、司马光、李侗七子。

看着冬日里依旧蓬勃葱郁的青竹，朱熹给书院起名"竹林精舍"。

朱熹带着弟子们，在燕居庙举行"释菜"①礼，奉告精舍建成。之后，每日早晨，弟子们穿戴完毕先到燕居庙击板，等候朱熹出来。厅堂里摆放供品，初一供酒、果，十五献茶。朱熹开门至庙后，领着众弟子依顺序上香祭拜，再拜而退。之后，朱熹回明伦堂端坐，受弟子拜揖。喝茶汤，稍歇片刻，弟子开始一天的请教，解答后，各自回书堂。

竹林精舍建成后，书法家赵昌父撰一对联：

> 教存君子乐
>
> 朋自远方来

朱熹授徒日久，觉得这个对联"帽子"有些大，为示谦逊，遂将其改为：

> 道迷前圣统
>
> 朋误远方来

弟子、朋友们看到，愈加敬重朱熹的高尚情操。

不久，朱熹觉得竹林精舍这个名字略为俗气，因该片土地名为"沧洲"，遂将书院改名为"沧洲精舍"。恰好，沧洲亦有"隐居地"之意，符合朱熹本意。

---

① 古代初入学时，用芹藻之类的植物礼敬先师，称"释菜"。见《礼记·月令》："（仲春之月）上丁，命乐正习舞，释菜。"郑玄注："将舞，必释菜于先师以礼之。"

这些书院，多以精舍、草堂、精庐等命名，是士人藏书、刻书、讲学授徒、著书立说、崇祀先贤的主要场所，原非建阳所有。

建阳是闽北的交通枢纽，更是中原入闽的必经之路。尤其是五胡乱华后，遭受战乱之苦的中原士族不得不南下避难，入住建阳无疑是上佳选择——向前以便入闽，扭头也便于折返中原。

中原文化要在建阳生根、交流传播，书院无疑是最好的载体。

朱熹等大儒入住建阳前后，建阳兴起了一股书院热，之前本已有的旧书院也得以重现光彩。其时，建阳的书院较为知名的有好几所：建于唐末的鳌峰书院，游酢创建的廌山书院，宋咸创建的霄峰书院，朱熹创立的寒泉精舍、云谷晦庵草堂、同文书院、沧洲精舍，朱熹门人弟子黄榦创建的莒潭书院和环峰书院，蔡元定创建的西山精舍，蔡沈创建的庐峰书院，刘爚创建的云庄书院，叶味道创建的溪山书院，刘应李创建的化龙书院，张载后人所创的横渠书院……建阳境内，"书院林立，讲帷相望""家有弦诵之声，人有青云之志"，麻溪河畔终日书声朗朗。

刘守业师承朱熹，自然知道读书的重要，待儿子刘安平、刘安泰和女儿刘心棠到了读书年龄，就送到刘氏族人刘中创建的瑞樟书院。虽是刘氏私学，却打破了家族化私塾的界线，不仅向本族子弟传道授业，也招收外姓学子，无论是否交得起学费，均一视同仁。

这座书院颇有些来头。

麻沙本是"三刘"之一、唐代彭城郡开国公刘翱后人繁衍聚居之地。"唐时有开国公刘姓者卜居镇南，手植樟木大数十围。裔孙浔州太守刘中创樟塘书院，与刘子翚讲道其中，而朱熹亦从子翚讲学于此。其后，右史刘崇之又从朱熹讲学于此……"相传樟树的枯荣预示着刘氏的兴衰，遂为樟树起名"瑞樟"，书院也由"樟塘书院"易名"瑞樟书院"。

曾筑室屏山、专事讲学的大儒刘子翚，本是书院创始人刘中的族兄，因此时常受邀前来书院讲学。朱熹借居五夫刘子羽家时，也就十几岁，也常被带到麻沙，和当地的学子一起听讲受教。

刘家的三个孩子中，长子刘安平长相最像曾祖父林书明，面孔白皙，身材高挑瘦长，性格也极为相似。他说话文绉绉的，和父亲刘守业魁梧身材、耿直豪爽的性格，形成反差。

刘安平十分勤奋好学，博闻强识、聪慧过人。朱熹十分看重这个孩子，一再叮嘱刘守业要好好培养他，让他参加科举，进入仕途。在瑞樟书院中，刘安平属于佼佼者，假以时日，中个秀才并非难事。叵耐流芳斋被王恒泽放火烧个精光，刘守业便有了另外的心思，想让长子刘安平放弃学业，帮着他打理生意。

他把这个想法告诉发妻蔡氏。她却竭力反对，总觉得丈夫要自毁孩子前程。夫妻几番争论，总也没个结果。

按照蔡氏的看法，生意终归是生意，当个商人总觉得低人一等。刘家和蔡家均为朱熹的弟子，刘家比之蔡家，无论名望还是地位，差好大一截。挣银子虽然是养家之道，但毕竟挣不回足够的脸面和名望。

蔡氏说的不错。蔡氏一族自唐朝末年为避战乱，从光州固始县迁居到建阳，世代传承孔孟之学，习文练武，名人辈出，是当地有名的簪缨世族，其中尤为著名的就是蔡氏的族兄蔡元定。比朱熹小了五岁的蔡元定，人称"西山先生"，幼从其父学习经史子集，长大后是朱熹门下的大弟子，博览群书，探究义理，终生不涉仕途，不求利禄，潜心于著书立说。他在天文、地理、乐律、历数、兵阵之说颇有心得，著有《律吕新书》《西山公集》等作品，是远近闻名的理学家、律吕学家、堪舆学家，更是朱熹理学的主要创建者之一，被誉为"朱门领袖""闽学干城"。

受族兄蔡元定的影响，蔡氏自幼读书，因此不愿让大有前途的儿子放弃学业和仕途，接续刘守业的经商之道。

"娘子此话差矣，难不成人生在世，便只有科考才是正途？你莫要忘了，即便是你的族兄西山先生，不也一直没有奔赴仕途之路吗？行行出状元，怎见得安平跟着我学做生意就是没出息？"

"你倒会拿西山先生举例子。先生是潜心研究学问、著书立说，他做的是大学问，珍惜的是宝贵的光阴。哪像你，一门心思想着挣钱。说一千，道一万，我还是不同意安平现在跟着你学做生意。"

"秀娥，我要跟你说，这就是我跟安平商量后的结果呢？"这几天，刘守业内里有燥火，脸上生出一个毒疙瘩，他抠着这个疙瘩看着妻子说。

蔡氏不依不饶："你不定耍什么心眼呢。他还是个孩子，懂什么。即便是他自愿，定少不了你的撺掇。"

"要不我这会就把安平叫来，当着你的面问问他？"刘守业粗着嗓子气鼓鼓地说，"听你一说，我倒是把孩子往火坑里推。"

蔡氏见拗不过丈夫，只好先退让一步，暂且答应，让安平先到店里学上一年，熟悉熟悉，待一年期满，再让安平回书院继续念书。

"就依你，流芳斋已建好，我就用一年的时间，好好调教调教他。"刘守业颇有深意地说，"安平这孩子自幼聪明伶俐，敏而好学，却缺乏果断杀伐的胆识和经验。待过了这几日，让他跟我历练历练，将大有裨益。"

事情本来定下了，不想却又生了变化。

就在这夜，麻沙下起一场暴雨。整夜里，风狂雨骤，电闪雷鸣，搅扰得刘守业没有睡安生。

刘守业平日里基本都住在麻沙镇，去建阳县城少。流芳斋内所有人中，清晨总是他第一个起床。多年如一日保持着这种良好的习惯，秉持着天下商人"唯勤最贵"的观念，因此，不等下人们醒来，他总是第一个开门，然后沿着街道溜达溜达，走到河边伸伸胳膊、踢踢腿。

这天起床后，他见雨虽然小了，却还滴滴答答下个不停，就撑起一把油伞，推开门，想要外出看看。

"吱呀"一声推开偏门，忽然，吓了一跳：门楼下，蜷缩着一个十来岁的小男孩。小男孩听到开门声，猛地站起身来，窜进雨地里，瞪着忽闪闪的大眼睛，惊恐地盯着刘守业。

"莫怕，快来躲躲。"刘守业虽然人高马大，但一见到流浪的人，特别是孩子，总是轻声慢语、和颜悦色，生怕吓住他们。

小男孩迟疑着，慢慢往回移到门楼下，低着头，不敢看刘守业。

刘守业见小男孩浑身穿得单薄，破破烂烂，心疼地问："你就在这儿睡了一夜？"

"嗯。"

"家是哪里的？家里还有什么人？"

小男孩看起来虽然十多岁，估计是长期流浪的孩子，胆子倒也不小，见刘守业不是恶人，壮着胆子说："家里人逃荒，父母都死了。我是从黄河边一路过来的。"

刘守业听祖父讲过东京逃难的悲惨往事，听闻他是个孤儿，愈加心软，心里忽然闪过一个念头，便蹲下来和蔼地问："若是就在我家吃住下，做些杂活，你可愿意？"

小男孩十分机灵，一听当即跪下，"咚咚咚"磕了三个响头："感谢善人爷爷，我愿意当牛做马。"

刘守业一把拉起他，笑吟吟地说："走，回家，我带你认个人。"

走过前院，来到东院最后边的院子，一推门开了，他叫起来："菊姐，起来没有？"

这院子里，住着菊丫。听到喊叫，她急忙答应："东家，早起来了，这雨天，你也不歇一歇。"说话间她从屋里走出来，顾不上撑伞，迈过门槛，两手遮住头皮就要往门口走。

刘守业急忙远远拦住，说："快看看，我给你捡到个宝。"

已经五十七岁的菊丫这才看清楚，伞下有个小男孩，遂奇怪地问："这是……"

"我不是早答应，给菊姐认个干儿子嘛。你看，老天这就送来一个！"说话间，将小男孩一把拉过来，让菊丫好好看看。

菊丫双手摩挲着小男孩的脸蛋，越看越喜欢，忍不住就问起他的老家情况，又转个圈，左摸摸、右看看，检查孩子可有毛病。小男孩耳聪目明，洗过脸后，白白净净的，十分讨人喜欢。

菊丫这才缓过劲儿来，问询起刘守业，这孩子的来龙去脉。

原来，菊丫自小就照顾刘守业，她比他大十五岁。等到刘守业祖父林书明去世，父亲刘昌义被土匪杀害，母亲徐桂云忧思成疾撒手而去，菊丫就打定了主意，终身不嫁，誓要服侍刘守业一辈子，不让他孤零零地无一亲人。她对刘守业来说，无形中扮演着母亲的角色。有了什么委屈或者憋闷的事情，刘守业总会毫无顾忌地说给菊丫听。菊丫静静地听着，像母亲一样耐心安抚刘守业的灵魂。

可刘守业心里，总觉得亏欠了菊丫，平日里就称呼她"菊姐"，并且定下家族铁规，所有人不得把菊丫当成下人看待，必须当成刘家的至亲。

等刘安平、刘安泰、刘心棠几个孩子诞生后，刘守业就让他们称她为"菊姑"，彻底把她当成自家人。可刘守业一直担心，她老了后该怎么办，于是就留心要给她找一个干儿子，将来为她养老送终。

今天正好有这么个小男孩送上门来，两人都觉得是上天恩赐。但是，他们也不免有些担心。

"谁知道他说的是真是假，万一哪天人家父母找上门来，可咋办？"菊丫提醒道。

"这兵荒马乱的，走散也是有可能的。这样，为防万一，总要看看这孩子的品性。我这两天和秀娥商量过了，叫安平来店里帮我照看生意，先叫这孩子跟着安平，当个随身的伙计，观察一段时间再说认亲的事。菊姐，你看呢？"刘守业抻着长衫的袖子，来回拽拽。

不想，菊丫一听，登时叫道："你说什么？叫安平少爷跟着你做生意？不行不行！东家，你这胡闹呢！"她把手在面前来回挥舞摆动着，激动得直跺脚，坐立不安，来回走动。

"我们都商量过了！"

"不行，安平才多大！做生意吃苦受罪，你当我不知道。你天天劳累成啥了，这又来祸害安平，不行！我瞧谁敢！"菊丫动了肝火，吓得在里屋的小男孩不敢声张，以为两个人在争吵他的事情。

也难怪菊丫对安平如此上心。

刘安平出生时，刘守业才二十四岁，自从十八岁上被迫接管流芳斋，才过了六年。为了忙碌生意，刘守业经常忙得焦头烂额，顾不上家里。

菊丫目睹刘守业的辛苦，知道他在世上已经没有亲人，就格外心疼。虽然娶了妻子蔡秀娥，可毕竟见他年纪轻轻就常常累得腰酸背疼，心里刀剜肉一样。

安平出生后，刘家总算有了后代。可刘家往上数，都是单传，所以菊丫甚至有些霸道，主动承担起"婆婆"的角色，有时候安平有个头疼脑热，她连蔡秀娥也不让碰。

她是担心，一万个担心。一旦安平有个三长两短，她对不起林书明，对不起死去的昌义，对不起刘家对她的恩情。

建阳人很多都是从中原移民过来，有些中原的习俗还保留着。古时，孩子成活率低，有的父母怕孩子早夭，就想到一个办法，避讳称呼父母爹、娘，而改称为叔叔、婶婶。这样，相当于为孩子制造了一个替身、一个"影子"，通过修改称呼，好像父母并没有生育儿女，子女成了父母的侄子、侄女，从而"迷惑"神灵，希望能避开灾祸。这个中原习俗移植到建阳后，当地人结合闽地习俗，进行了改良，不再称呼父母为叔叔、婶婶，而改为更符合当地人的习俗，称呼父亲为"阿哥"，称母亲为"阿姐"。

菊丫爱护安平心切，生怕他有一丁点闪失，因此想让安平称呼刘守业"阿哥"，可又考虑到刘守业要接待四方客商，万一公开称呼，引起不必要的误会，反而有损东家名声，所以没有让安平称呼父亲"阿哥"，却态度强硬地让安平称呼母亲蔡秀娥为"阿姐"。当然，这种称呼，仅限于一家人在场时。刘家毕竟是大户生意人家，总要照顾江湖上的习惯，免得惹人笑话。

这是骤然听到要让才十八岁的小伙儿安平吃苦受罪、涉险江湖，学做生意，菊丫自然是坚决反对。

蔡秀娥也知道菊丫在丈夫心中的地位，从不敢轻易违拗她。对刘守业来说，菊丫就是个精神上的母亲，如果是亲生母亲，他还敢违拗，可对于菊丫，他生怕一句话说不对，伤了她的心，所以菊丫不同意，这件事就搁了下来。他只好让捡到的这个小男孩在店里当个学徒工，特意交代老管家刘能多留心，若是人品好，还是计划给菊丫当养老儿子。

安平只好按部就班，每天照例跟安泰、心棠一起到瑞樟书院念书学习。尽管先生很器重他，盛赞他将来或能在学问上继承朱熹、蔡元定衣钵，但安平却从来没有沾沾自喜，依旧兢兢业业埋头苦读。

打出生以来，因生母章氏的娇惯溺爱，安泰对读书做文章愣是没什么兴趣，成天就知道上树掏鸟下河摸鱼，要不就是背着先生搞些小恶作剧。先生一看到他就头痛不已。

这天，先生踱步往学堂走去，老远就听见刘安泰卖着关子的声音："诶诶，各位，你们知道这'建阳头，崇安脚；麻沙饼，崇化糕'是什么意思吗？"

有同窗起哄："刘安泰，你这念叨半天了，就别吊大家胃口，快给好好讲讲吧！"

"讲讲？"刘安泰一下来了兴致，"这建阳头嘛，就是我们建阳县的女子发式梳得漂亮；崇安脚，就是隔壁崇安县的女子都裹着一双小脚，三寸金莲，饶是好看，再加上一双做工精细的绣花鞋，更是好看到天上去了！"

"那麻沙饼、崇化糕呢？"

"麻沙饼就是蔡氏肉饼，又名'猪腰子饼'，用猪肉配上白糖、芝麻、新鲜板油，咬一口，又酥又脆又爽口，一连吃上三五个都嫌不够。每逢书市，从全国各地赶来的书商，都会买上好些麻沙饼用来充饥，走的时候更会把它当作馈赠亲友的特产买回去送人，真正是麻沙第一等美味呢！至于崇化糕，说的则是崇化坊的米糕，松软香甜，入口即化，每次去崇化，我们家心棠都会央求大娘子给她买上许多解馋呢！"

"刘安泰，可真有你的，除了吃，你倒是还会点别的什么没有？"

"当然有啊！除了会吃，我还会玩呢！"刘安泰不无得意地讲，"不跟你们吹牛，别的地方就甭提了，光说说我们麻沙，兴许三天三夜都讲不完！麻沙好地方啊，四面青山一道水，镇子不大，但五脏俱全，不光建有接待往来官员、传递公文的驿站，周边还有让人流连忘返的著名八景，诸如岱峰夕照、烟村春雨、云岩山色、祇园溪声、松岗夜涛、莲湖晓风、武陵桥月、象岩晴雪，哪一样也不比杭州的西湖景致差。我记得西山先生就曾作过一首《松岗夜涛》的诗来称颂夜风吹过松岗时的美，叫'万顷云涛轰怒雷，更深好梦遽惊回'。还有，还有……"他挠了挠头，偏偏想不起来。

"还有什么？"同学们接着起哄，"刘安泰，还有什么，说不上来了吧？"

"还有……"刘安泰抓耳挠腮地瞅着端坐在座位上的刘安平，支支吾吾地说，"还有……老松……老松本……"

刘安平抬起头来，瞅了一眼安泰，清了清嗓子大声念诵着："老松本是无声物，恰值风从天上来。"

"好，好！"先生步入书堂，打量着刘安平，不无夸赞地说，"若众人都能如刘安平一样，老夫也就死而无憾了。"

先生边说边严厉地直视着刘安泰："刘安泰，你若有安平一两分的努力也好。"

刘安泰嬉皮笑脸地说："安平是您的心头肉，我却是您的眼中钉！反正我也不喜欢读书，您就当我不存在好了，也就省得天天为我生闷气。"

先生直摇头："唉，刘家咋会有你这子孙！快快回到座位上去。"

"夫子是让我回座位上去吗？今天不赶我出去？"刘安泰混不吝地撇了撇嘴问夫子。

"放肆！胡闹！"先生呵斥着刘安泰，一边瞪着学堂上交头接耳的学子大声说，"肃静，肃静！接下来，老夫要以《周易》出题考考你们，看大家是否有长进。"

先生话音刚落，刚刚还在窃窃私语的学子们迅速安静了下来。刘安泰亦在刘安平的注视下，不情愿地回到了座位上。先生严肃地说："大家听好题，乾为金，坤又为金，这是什么道理？有知道的，可以写在纸上交给我，也可以站起来给大家讲讲。"

"乾为金，坤又为金……"刘安平低声念着试题，轻轻皱了皱眉头，想要说些什么却又欲言又止。

"安平，你是想给大家讲讲你的见解吗？"先生鼓励着刘安平。

"夫子，"刘安平毕恭毕敬地站起身，有些拘谨地说道，"学生并没有什么见解，只是对这道题有些疑惑，所以想要请教。"

"对试题有疑惑？"先生不无讶异地盯着刘安平，严肃地说，"难不成考题的经义还需要解释吗？"

"若是正式考试，学生不敢提出疑问，可现在只是一般的考问，所以学生斗胆请教一下夫子，这道题是否出错了？"刘安平不卑不亢地望着夫子说。

"出错？"先生疑惑地望着刘安平，"你倒是说说，这道题哪里出错了？"

刘安平不慌不忙地掏出一本国子监刻印的《周易》说："监本上写的是'乾为金，坤为釜'，可夫子刚刚问的却是'乾为金，坤又为金'，这是什么道理，莫非是监本上写错了不成？"

刘安平刚刚说完，刘安泰就忍不住笑得前俯后仰，瞪着先生大声道："原来夫子也是字读半边不为错呢，居然把釜字当成了金！这还天天说我不好好念书，这要真跟着您好好地念书，不是要误人子弟嘛！"

"哈哈哈。"一位胖胖的学生也忍不住跟着起哄，"夫子，您这是看了王文涛他爹经营的崇文堂出的盗印版了吧？"

"就是，崇文堂出了好些盗印书，想不到夫子平常看的也是盗印书啊！"一个高高瘦瘦的学生望了望夫子，又斜视着王文涛，"王文涛，你爹可真有本事，出的盗印书都让咱们夫子买着了。如此说来，你爹王恒泽不就是我们的祖师爷了嘛！"

"你胡说！"王文涛狠狠地瞪着嘲笑他的同窗，"崇文堂是邱文彪开的，跟我爹有什么关系？"

"哟，王文涛，你爹都被收监关押这么久，马上就要开刀问斩了，你还在我们面前装蒜。"那同学大声说道。

"你！"王文涛嚯一声站起身来，双手握拳，怒目圆睁地做出要开打的架势，"你有种再说一遍！"

"再说一遍怎么了？你爹王恒泽蓄意纵火，盗印图书，马上就要人头落地。"瘦高个同学鄙视地说，"纵火犯的儿子，你践什么践？有种也学学你爹的样子，放火把瑞樟书院烧了啊！"

"我爹没有纵火，他是被冤枉的！"王文涛一边大声咆哮着，一边举起拳头冲过去砸向瘦高个同学的鼻梁骨，顿时就打得对方满脸是血，整个书院乱成了一锅粥。

打闹了一阵子，先生和学生都看不下去了。

"够了，你们吵够了没有？"一直在一旁观战的刘心棠再也看不下去了，她冲上前拉架。

"心棠……我……你知道的……我……"王文涛心中爱慕心棠，说不出话来。

"肃静，肃静！"先生眼见得自己出了一道题，竟然引发出一场混战，立马把王文涛和几个闹事的学生赶了出去，说："今天的事，纯属老夫学艺不精，老眼昏花看走了眼！"

"这事怎么能怪夫子呢？要怪就怪那些唯利是图、见利忘义，以劣充善、牟取暴利的不法书商。要不是他们刊印出大量流通于市面错漏百出、质量粗劣的书本，夫子又怎么会出错题呢？"刘心棠站起来替先生辩解。

"话虽如此，终归是老夫学艺不精。"先生望着堂下的学生，自嘲地摇摇头，"年岁大了，糊涂啰，明日我就向学监提交辞呈，另请高明来此传业授道吧！"

从书院回到家，刘安平和刘心棠把今天发生的事细细地告诉了爹娘。刘安平因夫子提出要走万分难过，觉得是自己指出了错误，才令他无法在书院继续待下去，整个人蔫蔫的。

刘守业安慰安平说："夫子出错了题，你给他纠正出来，也是出于严谨的求学态度，何错之有？"

刘安平却感到无比难过，觉得是他揭了先生的短处。

刘守业没有再多说话，他想起前一段朱熹要流芳斋校订即将付梓刊刻的《礼书》《论语精义》《近思录》等理学书。今天听到瑞樟书院的事情，他愈加觉得此事迫在眉睫。

第二天一早，刘守业就赶到了沧洲精舍。朱熹听说了瑞樟书院发生的闹剧后，忍不住叹了口气说："这就是我为什么要自己动手勘校书稿，今天闹出这等笑话还是轻的，这些书本卖给读书人看，才是贻祸不浅。"

"夫子说得极是，要不叶梦得叶先生都曾说建本是最低劣的刻印本呢！这也怪不得叶先生，实是我们自己造成的。"

"要扭转口碑，一时也急不来，需徐徐图之。无奈我已年迈，身子骨一日不如一日，只能指望你和其他良心业主了。"朱熹叹了口气，"校勘不精、错漏百出，已是建本的通病。前些日子，我翻看余氏刻印的蔡梦弼《史记集解索隐》，在后记上发现他们将乾道七年误记为乾道七月，你瞧瞧，真是贻笑大方。还有，杨万里的《诚斋集·咏韩信庙》，一句'淮阴未必减文成'，建安黄氏的刻本却将'文成'误写作'宣成'，如此种种，不胜枚举，真正是任重道远啊！"

"除了校勘不精、讹误百出外，最近市面上还出现了很多妄改书名、随意删节的麻沙本。比如李纲一百三十卷的《梁溪集》，麻沙本不仅将之改名为《李忠定集》，更只余四十卷而已；吕祖谦编撰的《东莱博议》，也就是《左氏博议》，到了麻沙，只是加上了些浅陋的注解，就变作了《议忠摘要》；蔡襄之孙蔡传编撰的三十卷《吟窗杂录》，麻沙本却重编为五十卷，更重新题为北宋状元陈应行所编，实则窜易姓名，以眩人目；还有林之奇的《尚书全解》，自《洛诰》以下，均非本来面目；《续宋编年资治通鉴》，更以李焘为作者，而实际上李焘撰写的则是《续资治通鉴长编》，本是风马牛不相及的书，可到了我们麻沙，却愣是张冠李戴、混淆视听。"刘守业接着朱熹的话头痛心地说，"他们这么做，均有意作伪、偷工减料，牟取暴利，却不知贻误了多少勤勉的士子！"

"自朝廷取士场屋，建阳书肆方日辑月刊，时异而岁不同，以冀速售，而四方转致传习，率携以入考场。可这粗制滥造的书本，都是你抄我、我抄你，错了的跟着抄错，没错的也因粗心大意和追求刻印速度而抄出种种错来，而诵习的学子大多读的是这些剽窃腐烂之书，长此以往，贻害无穷。"

"夫子说得没错，这样的书，又有何谈学问可言呢？"刘守业继续说道，"麻沙本中，还有很多无用的序跋，连篇累牍，不是借托状元、榜眼之名，就是假借进士、学士之力，一味攀龙附凤，抬高书籍的身价。还有些书商，总会在书籍前后，题识上几句半通不通的话，文句俗套，在说明印书的原委后，常用'大雅君子，幸无勿之'两句作结。更有甚者，则在题识之后，加以'谨咨'二字，实在是画蛇添足，不得要领。"

朱熹一边拿笔在校稿上仔细圈点着，一边回头望着刘守业："这段日子，我颇感力不从心，如果不赶紧把这些书重新校勘几遍，我着实放心不下。世风日下，大家都蝇营狗苟，唯利是图，市面上已出现与我原意相悖的书本，如果大量刊印，将成终天之恨。这些是我呕心沥血，历经大半生的成果，我可不能让它们毁在那些见利忘义的书商手里。"

"放心吧夫子，守业定会协助您把书稿校勘好，让您这大半生的心血通过我们自己刻印的书籍传播得更广更远，也使天下的学子都心归正源。"

"就是这段时日苦了你。"朱熹略显歉疚，"这次需刻印一批新书，也是出于生计考量。你也知道，这些年我没有攒下什么积蓄，朱塾过世，我更是身无长物，就连买下考亭这块地也没少让你费心，地上筑起的这几间陋屋，你出力最大。唉，都说是巧妇难为无米之炊，想不到，到了我这把年纪，还入不敷出。"

"夫子……"听了朱熹这一番话，刘守业忍不住鼻子一酸，"早就让您搬到麻沙去跟我一起住，可您……"

"守业啊，你的心意我领了，可我有手有脚的，跟你搬到麻沙去算怎么回事？"

"夫子……"

"盗印不止，实在心痛。那些粗制滥造的《四书集注》，我又自己掏钱买下好些雕好的书版，将它们销毁了。可我实在是有心无力，买不完也毁不完啊。鹏飞啊，真叫你说准了。我的书坊眼看就支撑不下去了。"朱熹惭愧地朝刘守业拱拱手，"罢罢罢，我索性不勉为其难了，以后有书，都交给你做，我最放心。"

"弟子资质愚鲁，自知学问一途有限，也只能潜心于生意场。弟子若有夫子一分的智慧，也就不会满足于做一名书商了。"

"好书要传播，还真需要你这样的好书商。好了，咱们抓紧校勘书稿，好好地补偏救弊，不要传歪了经才是。"

"就怕学生智慧不够，校不好夫子的书呢！"刘守业真诚地说。

"智慧不够，勤来补拙。"朱熹哈哈一乐，"我们从哪本开始校勘？"

"夫子让我选吗？还是从《论语精义》开始吧！我记得二十年前，我第一次在武夷山寒泉精舍见到您时，您给学生讲的第一课就是《论语》。"

"《论语精义》？好，好，那就《论语精义》。要是累了，我们再去村子里走走逛逛，看看树抱佛，没准又会等来幼安一样的不速之客！"朱熹欣然应允。

第八章　堕其术中

考亭到麻沙的路上，越来越多的读书人穿梭奔走着，因朱熹的存在而奔走，因建本而奔走。

依山傍水的麻沙，大街上游走的是络绎不绝的书商，码头边川流不息的是搬书工人。麻沙镇，街道上书香氤氲。

饱受战乱之苦的文人雅士集聚在建阳这个暂时的安宁之地。人员的集中，给建本的发展提供了绝佳的机会。麻沙和崇化坊，逐渐和杭州、成都并驾齐驱，成为全国性的三大刻印中心。尤其是靖康之难后，中原大地沦丧于金人铁蹄之下，浙本所在地杭州、蜀本所在地成都，都受到不同程度的重创，唯独建阳因地理之势反而得以保全，建本因此借机异军突起，成为全国刻书最多、销量最大、影响最广的刻印中心。

书市比屋，贩书如织。南宋初年，麻沙享有盛名的书坊堂号已达百余家，尤以刘氏的流芳斋和余氏的保文堂最为知名。百姓们不再以农业种植为主业，绝大部分人都从事着伐木、抄书、造纸、造墨、雕版、印刷、搬运等与刻印相关的生计。

宋光宗绍熙三年（1194），六月的麻沙，酷暑难耐。土地上升腾着一股股热浪，让人喘不过气来。可无论如何炎热，生意人并不肯歇一歇。

重建后的流芳斋，修葺一新，经过两年多的复原，再度焕发生机。

劫后重生的流芳斋老店，不仅加大了刻印量，也加大了刻印书籍的品类，常规的经史子集、朱熹作品外，广泛涉猎到医术、卜书、历书、天文、地理、养生、传奇乃至山水游记、风土人情和各种幼童启蒙书，在誊写匠、雕匠的选择上更是百里挑一。流芳斋再次坐稳建阳刻印业第一把交椅。

每月的初一和初六，是麻沙书市开放的日子，来自五湖四海的书商把整个街市挤得水泄不通。"书市在崇化里书坊，比屋皆鬻书籍，天下客商贩者如织，每月以一、六日集。"①对各家书坊主来说，每月这两个日子，无疑很重要，大家都铆足了劲，拿出自家的绝版书和新刻印的好书，在书市上一较高低。竞争激烈，从纸张、用墨、字体、雕工等方面看印装，从校勘、主题、误差等方面看内容，从装帧、版式、插图等方面看创新，同等品质的还要比较价格。这两天的书市，成了建本的风向标。

每逢书市这两天，刘守业都雷打不动地让安平独自应对。

说起安平到书店学做生意，既不是菊丫同意的，也不是蔡氏和刘守业的意思。在书院读了几年书之后，刘安平主动提出来，要到店内学生意。他有他的道理：读书本为增长见识，修心之道。像朱熹这样的大儒，朝廷尚能随意贬谪，自己即使有幸能够求得一官半职，与其混迹于腐朽的官场，不如追随朱夫子的脚步，一边经营，一边做个潜心学问的士子，又何尝不是一种超脱呢？

刘安平还有一层用意，他是个心善的人，每日里见父亲劳累管理几家店，从早到晚不得安歇，就有心替父亲分担些。

母亲虽然还是坚持让刘安平读书入仕，能够为刘家光宗耀祖。可见安平主意已定，苦劝多次无效，也就不再为难。

刘安平选择读书、经商两不误，主要还是由于他性格恬淡，较为

————————

① 见嘉靖《建宁府志》卷十。

务实。他觉得读书是一辈子的事情，而且，读好书又能反哺生意。如果不读书，就只会陷入低层次的生意中，无法判断书稿质量优劣。如果东家不是读书人，来谈生意的客商就会绕道而行，选择更有学识的人合作。所以，读书他认定了，但还是觉得官场险恶，自己又是长子，理应替父分忧。

其实还有一层原因，他无法说出来。

因为隐隐约约中，他感到庶母章美玉天天在和母亲争斗，为安泰争夺家产。他主动选择来店里，看似是帮父亲，其实是替母亲解忧。这样一来，或许庶母觉得无望，便不再为难母亲。他何尝知道，妾室与正妻之间的争斗，是永不会停歇的，既是面子之争，又是利益之争。

安平原先也想着，如果安泰真肯帮父亲，他就索性做个读书人，让弟弟放手经营流芳斋。可是，安泰天天一幅浪荡公子做派，安平也担心他接管生意后不好好经营，让流芳斋受损失。

刘安平是个特别让人省心的年轻人，凡事都听父母的。这一年，刚刚二十岁，他就听从父母之命，迎娶了万卷堂余仁仲的孙女余氏为妻。其实，他心里早有一个船家姑娘，可他不敢说出口，知道性格刚烈的父亲一定不会同意他娶船家女的。

刘安平接手的是安定生意、平稳生意，只要用心做事，仔细认真，有刘守业坐镇，流芳斋的生意在父子联手经营下，蒸蒸日上，一天比一天更加红火。流芳斋新刻印的书籍第一时间就被一抢而空，而前来购书的不仅有来自建宁府、南剑州、福州等福建本路的书商，更有来自江南东、江南西、两浙东、两浙西、淮南东、淮南西、荆湖南、荆湖北、成都府、重庆府，乃至已归属金国的河南府、京兆府等诸路远道而来的客商。

不管客商来自何地，大宋也好，金国也好，甚至是远在域外的高丽、安南、暹罗、爪哇，刘安平皆一视同仁，本着童叟无欺、诚信经营的理念，引领流芳斋走向更加宽广更加明媚的道路。

绍熙三年（1192）六月初二，吃过晚饭后，一向严肃的刘守业却叫上儿子刘安平："原甫，跟我出去走走。"刘安平，字"原甫"，是成年后父亲为他起的，取自《诗经·尔雅》的"广平曰原"，"甫"则是男子美称，意为让儿子一生平安、视野开阔、无限美好。

平日里，刘守业不苟言笑，父子俩很少交流。刘守业是在父亲横遭罹难后，在祖父林书明帮扶下接管了流芳斋。十八岁骤然接管流芳斋，对刘守业来说，责任重大不说，业务也并非完全熟悉。好在刘守业性格坚韧，又确实有做生意的天赋。有些人的商业禀赋是天生的，刘守业就是这样的人。他不但做事果断，即便是与人交流、磋商，也能"见人说人话"，八面玲珑。他的严肃，常常让家里人和不熟悉的人望而生畏。而他的机巧应对全国商人的路子，又让生意场的朋友感觉温暖如春。

刘守业简直就是为生意而生的。哪怕是十多年前偶尔吃过一次饭，成了一单生意，再次见到此人后，他张口就能叫出对方的名字，这常常让人感到无比亲切。可刘安平却偏偏与父亲相反，有时和对方交往了好几次，他都叫不上人家的名字，虽然他说话轻声慢语，但很难给对方亲切感，总会或多或少地让人觉得——也许流芳斋根本就不在乎我的这桩小生意。

父子两人相伴而行。刘安平忐忑不安地跟在父亲身边，等着父亲开口。可刘守业却好像没事人一样，只管慢悠悠地散步。

这时，天空飘起了头发丝一样的蒙蒙细雨，好在不大。安平有心劝父亲两句，可沉默的气氛，让他压抑得张不开口。

不知不觉，来到了积墨池。这个池里的水，是麻沙镇所有刻印坊的调磨水源。不知从什么时候起，所有作坊印书的废水就都排到这里，水源与废墨汁融为一体，久而久之，不仅水色如墨，更是幽香四溢。最神奇的是，适量增加这个池子里的水调墨，反而有了奇特的效果，印制出来的书，字迹清晰均匀，色泽光亮。尤为难得的是，这个活水池，不知是下面有裂缝，还是什么原因，印刷废水入池，永远不会溢出。而遇到枯水期，池子活水又自动涌出，所以池子长期保持着一定的深度，也成为麻沙书坊的神水池，有了灵性。

两人来到积墨池边修建的长廊。刘守业先坐下来，指了指旁边，和蔼地说："来，坐这儿。"

刘安平尽管已经成婚，但还是十分忌惮父亲，稳稳地坐下来，心里扑腾扑腾，盘算着父亲可能要交谈的事情：生意？家事？他能感觉到，一定有重要事。

"原甫啊，我这两天要去广州送书，走上一段日子。有几句话，需要叮嘱你。"刘守业尽量让语气放得平缓些，以免儿子有压力。

刘安平不声不响地只管听，他太熟悉了，父亲说话时，尽量少插嘴。

长廊屋檐集聚的雨水，不紧不慢地"滴答""滴答"，因为雨量少，滴落得很慢很慢，中间停顿时间很长。刘安平听完这一滴，无形中就在等下一滴，心里压抑得很，尽量压住气息，不让父亲听出紧张来。

刘守业点上烟，深吸一口，这才慢悠悠地说："这生意啊，分作应付、周旋、定盘。"说完，又不说话了，只管抽烟。

刘安平觉得，此时应该有表示，就轻轻地"嗯"了一声。

"你这孩子，稳当是稳当，这点就不如你弟弟。"刘守业忽然吹出一口烟，"要是他，早就搭话了。"

刘安平更加局促了——没想到父亲来这里，是和他谈安泰！莫非我做生意不合父亲心思，要将流芳斋交给安泰？想到这里，他扭头看着黑黢黢、空荡荡的长廊，有些悲凉地说："安泰是比我活泛。"

"不是说这个，你莫要多想。你做得还是不错的。"停顿一下，刘守业扭过头看一眼儿子，深情地说，"你吃苦受累，每天都到誊书坊、刻工坊仔细查对，我是知道的。包括你和外地客户交谈，我也是满意的。"

这样一说，刘安平心里稍微平静了些，但还是不知父亲要说什么。

"但这些都是'应付'。别人说什么，你就应对什么。这第一步你是做到了。可我担心的，是'周旋'。你呢，不会说假话，心眼太实在，若是碰到友善的商户，自然没什么问题，好像一切太平。但你要知道，这生意人，南来的，北往的，狡猾的，奸诈的，豪爽的，小气的，各种各样，你若是都是一副面孔话事^①，只怕要吃亏。"说完这句，又抽一口烟，好像下了很大决心。

"父亲，你是要我……话假事^②？"

"人在世上，谁能不话假事？遇到那些恶人、鬼人，就要话假事对付。他假你也假，他才会看得起你，知道你不好诓骗，不敢小看你。你就是太柔弱，也不怪你，从小你就被菊姑护着周全，我都很少插进去手。可你要记住，要做大生意，男人，非得有狠心，遇人多留个心眼。"

"嗯，我记下了。"

刘守业还是不放心，说："最要紧的一点，平日里，遇到事，有我在店里坐镇，你不必担心。将来，你是要掌管流芳斋的，所以，你要学着大气些，胆气足一些，要学会'定盘'，拿大主意！有些时候，你就是太懦弱，胆子小。做大生意，只要判断准确了，手笔大一点，像你曾祖那样，生意从东京一路做过来！"

"好。我记下了。"刘安平稳稳当当地答。

"唉，你呀……"刘守业猛地站起来，伸一下腰，眼前的屋檐正好滴下雨水，"也是我太急了。回家吧。"

七月初六，又逢麻沙书市。

由于外地客商增多，每逢书市，一些心思活络的百姓开始在街上

① 建阳方言，说话。
② 建阳方言，撒谎。

摆摊。他们也知道这是书市，主流是图书，所以就不占用固定的摊位，多占用路口、桥头等人员流动最多的地方。

做小生意的，有肩挑担子的老男子，也有戴着头簪的少妇，还有半大不小的小伙子，壮年男女更是抓住图书搬运、码头运输这些利润大、生意火的行当。

大米制品最为常见：米粉、米糕、粉干是最普通的。摊位前，有的摆放几个小竹凳子，有的干脆就让客人站着吃；当地人家酿的红酒也成为抢手货，建兰香酒则被大富商整坛整坛买走，去酒肆里享用；豆腐干、笋干、腐乳、熏肉、菜干本是农家干菜，这时也成为外地客商选购的土特产品；卖"水吉扁肉"的阿婆，手指灵活地打着肉，嘴里还念念有词："吃扁肉，真长寿；吃一个，想两个，一钱一个真便宜"；蔡家肉饼的刘老汉也不甘示弱，举起黄金颜色的肉饼，高声呼喊："猪腰饼，猪腰饼，又甜又香还不腻"；不时也有倔强的忙农活儿的百姓穿街而来，担子上挑着的瓦罐七歪八歪，眼看要碰到竹篮子了忽然又晃动过去，不知是挑夫摆弄还是自然使然。骑在马上的客商俯视着热闹的街巷，满足而洋洋自得地吹起口哨……

刘安平一如既往，带着新刻印的各种书籍，摆放在街中间最显眼的黄金地段。刚刚支棱好摊位，就潮水般围过来一群五湖四海的书商。书商们东看看，西翻翻，发出一声声不绝于耳的赞叹，眼神里洋溢着对流芳斋的仰慕。尽管这些书商都操着不同地方的方言，但经过这段时间的历练，刘安平早就对各地的语言略知一二，不仅能听明白，有时还能用对方的方言与他们交流几句。

"流芳斋的书虽比别家的贵了一些，也没有贵到离谱的地步。"一个穿着青色长衫、操着吴地口音的中年书商，刚刚跟刘安平确认好要购买的书单，掉转过头望向另一个穿着月白色小褂的青年书商说，"话说回来，流芳斋贵也贵的有道理。你们看，这纸张，质地多好，明净温润，就像白玉一样无瑕；这字迹，清晰流畅，一点不晕墨，也没有泅墨的迹象；还有这字体，写得多漂亮，誊工和刻工肯定都是花了大价钱请的。这么用心做出来的书，贵上一点，我也能接受。"

穿着月白色小褂的青年书商接着吴地书商的话茬说："那些一眼看上去就品相不好的书，再便宜我也不会心动。品相好的，各方面的成本都要高出许多，如果这个时候还要再压价，做人就不厚道了。"

"听先生口音，是从北方过来的吧？"刘安平一边与吴地书商拱手道别，一边望向月白色小褂书商热情地问道。

"我是从河北路过来的。"

"那，是从真定府来的？"刘安平迅速在脑海中搜索着他所熟知的北方各地方言的口音。

"掌柜的真是好耳力。"

"前一年也有一个从真定府过来的书商，打过几次交道，所以他的口音也一直都记得。"刘安平友善地盯着对方，"真定是个好地方，历史上出过好些名人呢，南越王赵佗、常胜将军赵子龙、名相赵普，还有……"

"只可惜国破山河碎，而今的真定府早就不是大宋的天下了。"着月白色小褂书商脸上露出一丝忧虑之色，深深叹了口气，"不知道王师什么时候才可以北定中原。要是大宋可以光复北方故土，我辈该是何等的欢喜啊！"

"放心吧，一定会等到那一天的！"刘安平回道。

"那我们就一起等着吧。"青年书商一边翻看着朱熹的《周易本义》，一边击掌叹道，"果真大儒都出在江南繁华盛地，朱夫子这本书编纂得确实好！"

"朱夫子编纂的书自然都是好的。"刘安平仔细打量着对方。但见这位来自真定府的书商，身高九尺有余，面容方正，眸子如漆，身材挺拔，一看就是饱读诗书之人，当下便对他心生惺惺相惜的好感，忍不住问："先生是第一次来建阳吧？"

"来建阳是第一次，来麻沙也是第一次，可流芳斋的大名，我可是如雷贯耳。只是没想到，掌柜的还如此年轻。"

两人话语投机，刘安平便邀请他坐到帐篷内，喝茶聊天。相谈中得知，此人是专门奔着麻沙建本而来，刘安平愈加觉得他是个懂行的人。

"其实，大多数建本书商，都是规规矩矩、老老实实的生意人，那些有损麻沙本声誉口碑的书商毕竟只是少数。先生要是想多挑些好书，不妨到双峰堂、萃庆堂、安正堂、慎独斋、忠正堂、清白堂、归仁斋走一走、看一看，这几家书坊刻印的书籍，不仅质量有保障，价格也都很公道。"

"掌柜的这是要把自家的生意推到别人家去吗？"月白色小褂诧异地说，"我看出来了，你是个本分人，就冲你这句话，我也不用去别家，就在流芳斋随便挑一批好了。"

"随便挑一批？"刘安平惊讶地打量着对方，"先生买书都不用挑选的吗？"

"掌柜的看着挑选就好，我相信你的眼光要比我好得多。"

"我来帮你挑？"这样的客商，刘安平还是头一遭遇见，"您真的不需要再到别的书坊看看？由麻沙西去数十里，还有一个叫作崇化里的地方，也和麻沙一样，百姓世代都以刻印为业，有名的书坊有余氏的万卷堂，就连朱熹朱老夫子也曾在那里开设过书库。先生既然千里迢迢地来了，不妨再去崇化里一并看看再做决定。"

"崇化里就不用去了，我已决定，所有的书都从你们流芳斋购买。不过，我有个条件，不知道掌柜的能不能答应我。"

"条件？先生是……"

"我要你在三天之内，把麻沙的风俗民情、山川地理，还有建本的生产过程，事无巨细、无一遗漏地给我讲一遍。"

"什么？"刘安平丈二和尚摸不着头脑，"您要我讲麻沙的山川地理、风俗民情？"

"我是个喜欢游走江湖的人，对每个地方的风土人情都充满了兴趣，既然已经来到麻沙，当然要听听麻沙的典故了。"

"这还不容易？"刘安平呵呵笑了笑说，"别说是讲三天，讲上十天半个月也没问题。只是还不知道先生该怎么称呼呢。"

"我姓仲，名春桂，你要不嫌弃，叫我一声仲兄便好。"

"承蒙仲兄不弃。我姓刘名安平，字原甫。"

仲春桂望着刘安平豪爽地拱拱手，客气地说："我知道，你是流芳斋的少东家，今年刚刚年届弱冠。我比你痴长六岁。从建阳来麻沙的路上，听到的都是你的威名，大家都说掌柜的是少年英才，今日一见，方知名不虚传。"

"春桂兄见笑了。"刘安平忙不迭地自谦，"安平不过是以卖书为生的书商罢了，哪里就敢簪称少年英才？倒是春桂兄，看上去气宇轩昂、风度翩翩，好是人中龙凤。"

"好了好了，我们就不要互相吹捧了。"仲春桂哈哈笑道，"这一路上，大家都在说建阳的茶如何如何好，安平兄就不打算请仲某喝上一杯？"

刘安平忙朝仲春桂作了一揖，说："是安平疏忽了，这就带春桂兄到流芳斋品茶去。"一边说一边吩咐身边的小厮几句，便领着仲春桂沿着数里长街，一路谈笑风生地向流芳斋走去。

整个麻沙街市虽然不大，难与建阳城的规模相媲美，但这个繁华的书市却丝毫不逊色于建阳城里的集市。街长巷深、书商云集的麻沙镇，纵横交错的古老的青石板路的两旁，挂满了各家书坊错落有致的招牌，每块招牌都请书法名家题名，宛如在看一场书法展。双峰堂、慎独斋的门厅内，各地的书商和文人雅士，不是在聚精会神挑选书籍，就是在洽谈购书或出版事宜。除了门前人头攒动的书坊，热闹的大街上饶有特色的食肆和兜售黑釉盏的门店，鳞次栉比。

见仲春桂对建盏店表现出极大的兴趣，刘安平就开始热情地介绍起黑釉盏来。

黑釉盏也叫"建盏"，窑口就在建宁府，大多均在建阳烧造，尤以水吉镇的最为知名。麻沙也有窑。可能很多人光以为，官家爱天青色、有冰裂纹的汝窑瓷器，其实，他更爱的是建阳的黑釉盏。用这个黑色的盏来品茶，正好衬托出茶汤的晶莹剔透。尤其是斗茶，古朴的建盏最显神韵。

仲春桂不解地盯了刘安平一眼："斗茶？"

"斗茶就是……"刘安平边说边回头打量着仲春桂说，"春桂兄出生成长在金国，可能还不太了解大宋的茶文化。这要讲起来可就要费些工夫了，我还是先给您介绍黑釉盏吧！"他一边说，一边将仲春桂领到一家建盏店铺内，指着货架上一个个精美绝伦的黑釉盏继续介绍："按釉面呈现出的不同纹理，建盏可以分为兔毫盏、油滴盏、乌金盏、鹧鸪斑盏、曜变盏、杂色釉盏，等等，不一而足，而尤以兔毫盏和油滴盏最为稀有名贵。"

仲春桂从货架上拿起一只黑釉盏，望向刘安平说："看这个盏的纹理，细密恰似一根根银毫，应该就是你说的兔毫盏吧？"

"没错，春桂兄好眼力。"刘安平点了点头说，"如果不仔细端瞧盏内的纹理，第一眼看上去，这类口大底小、形如漏斗、古朴浑厚的茶盏，确实略微显得粗糙笨拙了些，但要再仔细端瞧，便能慢慢发现它与众不同、不拘一格的美来了。"

"我倒是更喜欢这只有着鹧鸪斑纹理的黑釉盏。瞧瞧，真是越看越像是鹧鸪的羽毛呢，若再凝神多看几眼，没准这手中的茶盏就能变成活的鹧鸪飞出去了呢！"仲春桂把玩着一个带有鹧鸪斑纹理的建盏一边打趣着，一边歪过脑袋问刘安平，"安平兄，你更喜欢哪种纹理的盏？"

"我更喜欢油滴盏。"刘安平脱口而出。

"油滴盏？"

"是的。从颜色来分，油滴盏又可以分为金油滴盏和银油滴盏。这两种盏的釉面，都像极了天幕上布满的星子，煞是好看，一下子就把那些曜变盏、鹧鸪斑盏，乃至兔毫盏，都通通给比下去了。"

"金油滴盏，是这个吗？"仲春桂从货架上摸出一个釉面灿若满天星子的建盏问。

"春桂兄果然好眼力。"刘安平不无夸赞地望着仲春桂笑了笑，"这么一看，是不是建盏跟汝瓷盏相比，并不逊色了？"

"春兰秋菊，各有千秋。难怪道君皇帝会对建盏爱不释手！"仲春桂端详着手上的金油滴盏，抬头望向柜台里面的小二大声说，"小二，这个金油滴盏我要了！"

小二热情地从柜台里面跑了出来，热情地问："客官是要这个盏吗？"

仲春桂点了点头问："多少钱？"

"这个金油滴盏，是我们店卖得最好的一款。看客官远道而来，就一贯钱卖给您吧！"

"一贯钱？"仲春桂盯了小二一眼，吃惊地问。

小二点了点头："平常这种油滴盏，我们都卖两贯钱，看客官真心想要，所以就一贯钱卖给您。"

"五百文吧！"刘安平帮仲春桂还价，"一贯钱也太贵了些，你若不卖，我们就到别的店看去了。"

"一贯钱就一贯钱，谁叫我一眼就喜欢上它了呢！"仲春桂说着，当即伸手到兜里掏钱。

大宋风华

此时，从后堂传出一个女人的嗓音："谁说一贯钱，小二，你瞧仔细了，这是咱家的镇店之宝，没有二十两纹银，断不可卖。"

"二十两纹银？"仲春桂瞪大眼睛，靠近刘安平，正要嘀咕些什么，一个膀大腰圆、手粗脚大的中年妇人，便已从后堂踱到了他们面前。

"二十两纹银还嫌贵？按现在的市值，一两纹银可以换到一千五百文钱，二十两银子不过就是三万文钱，也就是三十贯钱，客官觉得很贵吗？"妇人先是盯了仲春桂一眼，又打量了刘安平一番，"哎哟，我当是谁来了呢，原来是流芳斋的少东家啊。我说今儿个一早怎么喜鹊就一直在窗口叫唤个不停！"

刘安平定睛一看，发现来者竟然是王恒泽的胞妹、王文涛的亲姑妈王春燕，心想这下可真是冤家路窄了，可也只好硬着头皮礼貌地回道："安平还真不知道这家店铺是王家姑妈开的，有什么失礼之处，还请姑妈多多担待。"

"姑妈？"王春燕盯着刘安平咯咯笑道，"我什么时候平白无故多出一个侄子来了？难不成是我大哥被冤杀后，老天爷可怜我，要白送我一个大侄子？"

"王姑妈……"

"谁是你的姑妈？"王春燕忽地收起笑脸，瞋目怒视着刘安平忿忿不平地嚷道，"你爹害死了我亲大哥，害得我嫂嫂一家只剩下孤儿寡母，可怜呀。你倒腆着脸上我这认姑妈来了。拜你们刘家所赐，想我嫁到水吉镇二十多年，老了老了，却还要为了帮扶娘家，不得不回到麻沙开起这间铺子。杀千刀灭天良的刘守业，血口喷人，诬赖我大哥放火，害得我大哥身首异处。老天爷都在看着呢，你们刘家人一个个的，迟早都要遭报应！"

"春桂兄……"刘安平尴尬地看着仲春桂，"这……"

"掌柜的，到底这油滴盏卖不卖？"仲春桂瞟着盛气凌人的王春燕问。

"卖！我们习古堂开门做生意，为什么不卖？"

"刚刚小二还说只要一贯钱，为什么一掉脸就变成二十两纹银了？"仲春桂质问道。

"不是说了嘛，这是我们习古堂的镇店之宝，卖你二十两银子都算便宜的！"王春燕一边说，一边斜睨了刘安平一眼，瞟着仲春桂说，"二十两我还是看在流芳斋少东家的面子上，要不给我一百两纹银，我也不肯卖它！"

"掌柜的，我看你就是故意的。"仲春桂不悦地看着王春燕，"我不管你跟流芳斋有什么恩怨，我只想买这个油滴盏，要是价格公道，我就……"

王春燕挑衅地瞪着仲春桂："对，我就是故意的，只要是流芳斋带来的人，想买我习古堂的黑釉盏，就得加倍！"

"你……你这懂不懂做生意的规矩？"

"我懂不懂做生意的规矩？"王春燕气呼呼地提高了嗓门，"我只知道杀人偿命。流芳斋害了我大哥一条性命，我还能和你们做生意？看我怎么赶你们！"

王春燕一边叫骂着，一边操起鸡毛掸子，把刘安平和仲春桂赶了出去。刘安平无奈，只好领着仲春桂逃也似的离开了习古堂，随即把仲春桂带到了流芳斋的会客厅内。刘安平给仲春桂介绍了流芳斋新近刻印的各种书，又不慌不忙地给仲春桂斟上茶："刚才让春桂兄受委屈了，先喝杯水仙茶压压惊。"

"水仙茶？"仲春桂一边呷了口茶，一边赞不绝口地说，"早就听说建州出好茶，倒是从没听说过这水仙茶，比我在临安喝过的龙井还要香醇些。"

刘安平娓娓道起建州的茶史。建阳的茶，首屈一指的要数出自建宁府的北苑贡茶，从五代闽国时期开始便已名冠天下，更被历代帝王视作珍品。每逢采茶之季，官家都会派人到建宁府监制贡品"龙团凤饼"，久而久之，这北苑贡茶便成了天下文人骚客们竞相追逐的饮品。除了龙凤团茶，建州最名贵的，当属徽宗皇帝在《大观茶论》中提到过的一种白茶。这种茶的母树只是偶然生长在林崖间，采摘极其不易，且世间所有者不过二三株而已。更为稀罕的是，它的品性并不稳定，火候极难掌握，在制茶过程中稍有懈怠，便会功亏一篑，往往一年也只能得三两小饼，所以也只有皇帝才会有此口福品尝。至于水仙茶，发源地就在建阳，虽然没法与稀有的白茶相媲美，也不能和北苑贡茶相提并论，但建阳得天独厚的自然环境，为水仙茶提供了优良的生长条件。这种茶外形紧结肥壮、色泽绿褐油润而带宝色，煎煮后会自然地散发出特有的兰花香气，味道醇厚香浓、清洌甘爽。

仲春桂呷着茶，不无好奇地问："这水仙茶，莫不是在制茶的时候加入了水仙花？"

"非也，春桂兄千万不要被它水仙的名字给欺骗了。"刘安平端着茶碗抹一抹说，"这种茶树，最早在建阳大湖村的祝仙洞里被人们发现。我们建阳当地，'祝'和'水'同音，叫着叫着，便叫成水仙茶了。"

茶过三巡，仲春桂提出要去看看建本的刻印坊。刘安平起身，领着他穿过前厅和依傍着假山流水的长廊，拐了几道弯，径直去了院后的刻印坊。

刻印坊是流芳斋的核心。为赶制各种新书，工人们都埋头忙着手边的活计，眼看着一张张白纸在他们手中神奇地变成一页页散发着油墨香味的书页，刘安平的血液都沸腾了起来。

这是属于刘安平的高光时刻，此时，他觉得平日里的所有付出，都化作一道光，而自己正是手持光源的人。对于像仲春桂这样的"白脖子"客户来说，通过讲述这种建本的荣光，定会收获对方极端崇拜的目光。

刘安平喜欢这样的时刻。他喜欢和生人打交道。因为只有在生人面前，他才能真正做回自己，而不必矜持，戴着面具，努力维系着"流芳斋少东家"的面子。最难能可贵的是，自己和仲春桂又如此投缘，吸引这个风流才子的目光，胜过一百个老客商的青睐。

仲春桂是自己发现的，是他将来的客户，也是真正的年轻力量。刘安平希望，将来这样的、不是靠流芳斋盛名吸引过来的、自己发展的客户越来越多。那样的话，在父亲面前，在麻沙、在图书之府，我，刘安平，必定会成为和曾祖父、祖父、父亲一样的伟大书商！

想到这里，他骄傲地说出自己的判断："春桂兄是刚刚才做起图书买卖吧？"

"原甫好眼光！我确是半道出家，买卖才刚刚做了一年有余。从前家里是开绸缎铺的。"

正说着，一个小厮火急火燎地从工案旁跑过来，差点就撞到刘安平。小厮吓得连忙赔不是。刘安平镇定地问："这般冒冒失失，是赶着要去做什么？"

"少东家，恕罪！老东家启程运书去广州前，嘱咐小的在印这批书时，一定要把徐老先生请到家里来。我刚刚看到有些雕版已经磨损得厉害了，可要抓紧去请徐老先生，若是去迟了，只怕他又要被别家抢先请走了。"

刘安平叮嘱小厮："莫慌莫慌！见到徐老先生，好好说话，不论多少钱，一定要把他请回来才行。"

小厮听了刘安平的话，一溜烟地跑了。看着正不解的仲春桂，刘安平解释说："徐老先生是麻沙乃至建阳县、建宁府最好的雕版匠人，虽已经年逾花甲，但雕刻的手艺却是一等一。各家书坊一得到一部好书，都要争相把徐老先生请到府上来好生侍候着，且不拘多少钱，只要徐老先生开了口，就必须一分不少地给付。"

刘安平好整以暇地讲起了雕版的学问，直说得仲春桂目瞪口呆，钦佩地连连竖起拇指。

几天来，刘安平不仅给仲春桂详细讲解了建本的流程，更是带着他把整个麻沙镇里里外外都逛了一遍。二人大有相见恨晚之意，索性互换了字帖，结拜成了异姓兄弟。仲春桂为人豪爽，给刘安平新婚不久的妻子余氏和妹妹心棠买了许多价值不菲的礼物。

很快，麻沙街面上的人都知道了仲春桂财大气粗、待人豪气。作为他结拜的异姓兄弟，刘安平也觉得脸上有光，隔三岔五地就把他请到流芳斋品茶吃饭。

过了半月有余，这日，用毕早饭，仲春桂便来到流芳斋内喝茶。刘安平斟上茶，喜滋滋地说："春桂兄，家父要从广州回来了，或许今日、最晚明日就到家。他若见到你，定然十分欣喜。"

仲春桂怔了一下，喝了一口茶，极为遗憾地说："那自然再好不过。只是贤弟呀，昨日接到家书，家中老父病重，为兄要赶回真定府见他最后一面。烦贤弟将我带来在码头船上的一百只箱子装满书。"

刘安平将信将疑地问："一百箱？"

如此数目巨大，刘安平心中惊叫一声：好大的买卖！连父亲也没有一次做过这么大的生意！当即就警觉起来。但对方就在面前，他只好顺着问："兄长要选哪些书籍呢？"

仲春桂喘着粗气，大大咧咧地说："选最贵的卖得最好的就行。朱老夫子的《四书集注》《周易本易》等等，一部也别落下，其余的就由贤弟挑拣！"

"我挑拣倒是不成问题，只是……家父刚刚给广州的客商送去一批书籍，流芳斋一时也凑不齐这一百箱书啊！"

他忽然想起父亲临走前说的"周旋"，就开始有意"创造"困难。

"凑不齐的话，可否暂到别家借一批。"仲春桂却帮刘安平出主意，

"隔壁的慕文堂，还有弟妹祖父开设在崇化里的余氏万卷堂，不拘什么书，只要品相好的，都先借来给我装船就是了。我照付银子。"

既然是付银子，那还犹豫什么？刘安平忽然耻笑起自己的谨小慎微来，怪不得父亲一直说自己懦弱，到嘴的肥肉，还这么吞吞吐吐。

这时，刘安平恢复了在刻印坊的自豪。他成了游刃有余、自信十足的掌舵人刘安平！

可他不能露出轻浮来，遂苦笑一下，掩饰住内心的激动："看来也只能用这个办法了。"

"上次你不是说朱老夫子委托流芳斋刻印书本嘛，要是有秘本珍本，也烦装上，价钱我自不会亏待贤弟。"

"朱老夫子倒是有一批要得急的珍本书，已经刻印好，只是……罢了，既然兄长急着要回真定府，就都先给你好了！"

老管家刘能从后堂走出来，把刘安平拉到一旁："少东家，这么大笔生意，还是等老东家回来再做决定吧，也不差这一两天。"

刘安平此时脑子里已经堆满了白花花的银子，又想起父亲说的男人要有狠心、要大气，关键时刻要能拿得起，要学会"定盘"！

对，就是定盘！

刘安平豪气而自信地朝满头白发的刘能管家摆摆手："刘爷，您放心，我心中有数。"

刘能虽说是跟了几任东家的老总管，可毕竟刘安平是少东家，也不想驳了他的面子，就想着多操操心，尽量避开一些风险。

刘安平把仲春桂要的一百箱书，包括几十箱珍本秘本都准备妥当，让店里的伙计陆续运上船，自己和仲春桂坐在厅堂里喝茶、等待。

"不知道春桂兄这一去，猴年马月才会再来麻沙一聚？"刘安平给仲春桂斟着茶，感叹道。

"山水总有归期，风雨自会相逢，贤弟又何必伤感。"仲春桂呷着茶，戏谑地说，"说不定再过个两三年，我就又回来了！"

"家父眼看着这几日就要到家，遗憾春桂兄未能与他见上一面。"

"刘掌柜名声在外，春桂也很想结识他。无奈碍于家父病情，实是耽误不得。"

晌午已过，正说话间，先前被刘安平打发到码头监督工人运书装船的伙计和仲春桂的仲管家、使女丁梅一起走了进来。这二人，先前刘安平也见过，那管家平日沉默寡言，尚没有交谈过。丁梅很有些侠女风范，干脆利落，见了仲春桂，不慌不忙作了一揖："东家，一百箱书都装上船了，流芳斋的伙计跟管家和婢子要钱，我们不知道要用哪家钱庄的银票给付，还需东家回船上定夺才是。"

仲春桂听丁梅这么一说，立马皱了皱眉头，责怪地朝仲管家怨道："我不在船上，你们就什么都不懂。你这个管家，管的什么家？"又转向丁梅，厉声呵斥："不就是些银票嘛，如此惊慌失措，真是妇人之见。"

仲春桂说着话，回过头满面堆笑地望着刘安平："实在是唐突得很，下人不识银票，劳烦安平兄在此稍候，我回船上取好银票到钱庄里兑完银子就来。"他瞪大眼睛，冲着自己的管家说："你留在此处，陪原甫贤弟叙话，待我回转来，再跟我走。"

说完，不容刘安平回话，便起身领着丁梅快步走出流芳斋，上了在门前一直守候着的滑竿，由几个轿夫抬着急急赶往码头。

刘安平本想和仲春桂一道前往，可他生性善良，脸皮薄，怕说出一道去拿银票会伤及仲春桂的面子。又想到这半月多与仲春桂结拜、交往的情形，现下他的管家还在流芳斋，他暗笑自己多心，便安心等待。

那管家，兴许是没办妥事给东家添乱心中不安。刘安平和他交谈，他总是摇了摇头便沉默不语。眼看着太阳西斜，仲春桂仍不见人影，娘子余氏担心地提醒："官人，是不是派人到码头看一眼去？"

"看什么看？小家子气。"刘安平瞪了余氏一眼，镇定自若地说。他要保持着流芳斋少东家的姿态，不能轻易乱了阵脚，心想：怕什么，他的管家还在。若是小气地追着要钱，日后传出去，这流芳斋少东家的脸面往哪儿搁。

暮色降临，仲春桂愣是没有回转。刘安平心里开始犯起嘀咕，问仲管家："你的东家，要这许久，是到哪里去换银票？"管家瞧着他，仍是摇摇头。

刘安平心中起疑，顾不得装大度，坐不住了，叫伙计陪着仲管家，他带着家仆刘敬等人风风火火地赶到麻阳溪码头，傻了眼：哪里还有仲春桂？哪里还有那艘装满了一百箱建本书籍的商船？

跟码头边的人一打听，这才知道，仲春桂和丁梅乘着滑竿回到码头后，就起身登上船，指挥船夫迅速驶离码头，一路沿着麻阳溪顺流而下。

刘安平拖着沉重的步子，在刘敬等人的搀扶下，跌跌撞撞地走回了家。一进门，看到仲管家还在，刘安平略宽了宽心，问，"管家，春桂兄咋把你一人留下来了？"

管家此时说："我在哪里行乞都一样，你这里有好吃的好喝的，我在你家，强过街边乞讨。"

刘安平登时觉得天旋地转，有如晴天霹雳，耳朵里嗡嗡作响："什么？你是要饭的？"安平一把抓住他的衣领，用力来回摇晃着："你们，可把我坑苦了。你们在哪里认识的，快快说来。"

"我也不知他要坑你啊。我原本在福州街头乞讨，一日，他带我到船上洗了澡，换上干净的衣服，每天给我吃好的喝好的，还说给我找个好归宿。只是，他嘱咐我，有他在的时候我不要开口，他不在了我再说话。刘东家，你行行好，收留我吧……"

刘安平的脸渐渐变了颜色，眉毛拧到了一起，眼睛里迸发出一道道刀一般锋利的光，剜着"仲管家"咬牙切齿地说："他这是怕你一开口，我就听出你不是真定府口音，真是处心积虑，好手段！"

尽管是夏天，他却感觉自己像是坠入了冰窟，冒着冷汗。一百箱书不仅价值不菲，还有大量秘本珍本，包括朱熹的《四书集注》《周易本义》《参同契考异》《孝经刊误》《近思录》《伊洛渊源录》，以及大部头的《太平御览》《太平广记》《册府元龟》《文苑英华》等等，损失极其惨重。

刘安平害怕了，不敢告诉母亲，更怕性情刚烈的父亲回来会撕了他。他吓得胆战心惊地躲到了东院最后面的院子，垂头丧气地走到菊丫面前："菊姑，你要不救我，安平真就没命了！"羞愧加恐惧，说完这句话竟然涕泪俱下，抱着菊丫的膝盖不撒手。

菊丫听完，登时气得抬起手，高高举起，忽然又轻轻落下，捶在安平后背上："平儿啊，不是姑姑不帮你，只怕这事大的，比起当年你爷爷进土匪窝还厉害。你这是要流芳斋的命啊。后生人啊，你这是把天戳了大窟窿啊！"

刘安平见菊丫都这样说，哭得更加厉害："我只怕……我，这就赔命去！"

他这样一说，菊丫猛地一把推开他，朝他胸脯捶打了一下："好你个没志气的！你说什么？这点事就把你压垮了？想当年你曾祖，那可是死里逃生，才攒下这流芳斋的家业。你爹爹十八岁就担起重担，多苦多难，都没有听他们说过一个'死'字，你可倒好，没骨气，不像刘家人！"

刘安平也被骂醒了，愣怔地看着她，问："那，我能怎么办？"

"怕什么！不惹事，也不能怕事！你爹回来，就是打死你，你也不带争辩一句！"

刘安平抬起倔强的头，重重地点了点。

回到自己院子里，刘安平一个人静坐在暗夜中，垂头丧气，不住地捶胸顿足：父亲对自己器重有加，才会放心把流芳斋麻沙店交给他打理，可父亲刚刚出门，自己就铸下这滔天大错。一百箱书里，有很多是跟慕文堂、万卷堂等书坊借来的，而今一分钱没赚到，却要先赔出一笔款来，这比王恒泽当初放火烧了流芳斋又能好到哪里去呢？

他再也坐不住了，拎起一桶井水，稀里哗啦地撩起洗了洗脸，快步赶到前院大厅，瞪着血红的眼珠子，扯着嗓子喊："刘敬，速去备快船，我们追仲春桂这丧尽天良的贼人去！就算跑到天涯海角，也要把龟孙揪回来！"

第九章　南棹北辕

夜色笼罩下的麻阳溪畔，只有零星的几个人在岸边乘凉、闲谈，白天喧嚣的码头迎来片刻的安宁。

刘安平一行人心急火燎赶到码头，望着潺潺湲湲的溪面，满是气恼和沮丧。

平静的水面安静如镜，借着朦胧的月光照出刘安平黑黢黢的倒影，倒像专为讽刺他一样。影子一晃一晃，晃得人心烦。

刘安平焦躁地不停在岸边走动，踢起一块小石头，"扑通"的一声就沉入水底。不时有搬运工问是否要装卸货，刘安平不耐烦地摆摆手拒绝，等到实在被问得气恼了，索性说了句："往阎王殿送，去不去？"一句话噎得搬运工悄没声地吐着舌头躲开。几个人凑在黑暗处，叽叽咕咕议论，一向好脾气的流芳斋少东家，咋忽然变了个人。

他一下一下拍打着自己的头，懊悔自己太过于贪心。"与虎谋皮，焉有其利"，《太平御览》这本书，刚读书时就学过，如何今日就被猪油蒙住了心。思来想去，那时候，是自己被虚荣被骄傲遮住了眼，一心只想着争个大生意，也好在父亲面前扬眉吐气一番。

他恨自己瞎了眼，交下仲春桂这狼心狗肺之徒。自己把他当成知心朋友，可这人却是设下圈套诬骗要笑自己。这时想起父亲说的"周旋"，要学会话假事，才明白原来这世界上并非都是安分的生意人，恶人毒辣之人一直都存在。他越想越气，恨不得跳进这麻阳溪中，一把抓住仲春桂，将他生吞活剥。

正沉思着，被派出去找船的刘敬大汗淋漓地跑来："少东家，小的从钟家找了一艘船过来，只是船实在小了些，怕是赶不上仲春桂那艘船！"

刘安平利落地吩咐："不怕，多带船夫。"

刘敬喘着粗气说："哪里还有船夫，这会子天色已晚，船家们都不愿意出港，就是钟家，我也磨了一会嘴皮子呢！"

"不等了！走！对了，你派一个人回去告诉刘能管家，带上那个乞丐速去衙门告官。"

刘安平和刘敬等人，焦急地在码头左顾右盼，等着钟家小船快快驶来。

刘安平呆呆地望向远处，泛着片片月光的溪面上，缓缓流动的水流，不停地拍打着堤岸，将他的思绪搅扰得愈加烦乱。

仲春桂到底是什么人？那口纯正的真定府口音是否也刻意模仿而来？还有他的身份，绸缎商的儿子，仲家的儿子，也都是信口胡诌的吧？来时他必定经过了福州，那个管家就是他从福州捡来的乞丐冒充的。回去呢？仲春桂说要回真定府，那势必要从麻阳溪顺流而下抵达建阳，再由建溪经建宁府过南剑州，沿闽江南下福州，然后改走海路北上，取道杭州湾，最后由京杭大运河直抵河北。可如若他根本就不是回真定府，又该如何？

刘安平焦急地等待着钟家小船，看到溪面上有盏灯火从建阳方向越来越近，心里"咯噔"一下，暗叫一声："不好！"

人在倒霉的时候，往往预感坏事最准！

刘安平最怕这艘船上载着归来的父亲。待船渐渐靠岸，借着船头的火光定睛一瞧，不是别人，正是运书去广州的父亲刘守业！

这一刻，刘安平万念俱灰，不知自己该如何应对。

一身深灰色长袍的刘守业见到儿子出现在码头，以为是来接他，高高兴兴地走下舢板，笑呵呵地说："原甫，你倒掐算得准。"

刘安平脸色煞白，因月色不明，父亲并没有看出来。他慌张地说："爹，一路上辛苦了。"

刘守业抬腿就往家里走，头也不回地说："走，回家好好洗涮洗涮，咱爷俩好好喝一盅！"

刘安平却吞吞吐吐地说："爹先回，我……还要……"

刘守业一听，扭过头，仔细一瞧他的脸色，顿时知道有事，安慰他说："有啥事，明天再说，先回家！"说完又轻轻拍了拍他的肩膀："稳住，没事！"

刘安平心里"扑通扑通"直打鼓，嗫嚅着说："爹，我闯下大祸了！"

刘守业已经料到出了事情，可这时在码头上，不便问话，本想回到家再问，瞧见安平哆哆嗦嗦的样子，忍不住皱着眉头问了一句："是天塌了还是地上戳了窟窿，咋就不能等到明天说，让我歇一歇。"

刘安平已经抱定了决心，此时非要说出来，要不然一晚上会把自己憋死的，于是一改往日里唯唯诺诺的样子，利索地将被骗一百箱书的事情，择要说了。

他的话音刚落，刘守业大叫一声："好你个逆子！"猛然伸出手，一把将刘安平头上的幞头扯下来扔在地上。正要抬脚，他猛然看到远处围观的人和身边自家随从，怒气冲冲地低吼一句："走，跟我回家！"

刘守业在前面大踏步走，刘安平和一帮随从在后面紧紧追赶。

一路走，刘安平已经抱定了必将迎来一阵暴风骤雨的决心，无论父亲如何惩罚，自己都必须咬牙挺着，甚至想，就是打死自己也不亏。流芳斋被骗，丢失的不仅仅是银两，还有脸面，这以后如何在麻沙立足，更何况，还连累了赊欠的别的书肆。

流芳斋院子里，此时已是灯火通明。

刘守业一进院，见蔡氏、章氏领着一帮下人，或坐或站，满屋子挤得满满当当。他顾不上理会，稳稳地坐到厅堂的椅子上，平静而严肃地说："这是干什么？明天不营业了？"说完，环顾四周，丫鬟急忙来给他点上烟。众人见状，陆续都散去了。

菊丫咳嗽几声，来到厅内，捂住胸口说："东家，你……安平毕竟还没经过事。"

刘守业此时已经完全冷静下来，恢复了往日的气度，宽慰地对菊丫说："菊姐，尽管安心去睡。我问问情况，有尺度的。"

章氏这时候心情复杂，暗暗有些幸灾乐祸但必须"满面戚容"。她火上浇油地劝道："老爷，你刚回来，家里真是让你操不够的心。"

蔡氏冷冷地看一眼章氏，知道她盼望着安平能好好挨一顿教训，这样，安泰无形中就被抬高了。可这时自己也着实无能为力，她又爱又恨地看看刘守业，长叹了几声。

刘守业猛吸一口烟，吐出烟雾，用手驱赶着说："你们也都回去，剩下安平、刘伯就行。"

蔡氏和章氏搀扶着菊丫，一块儿离开了厅堂。

刘守业招招手，平声静气地说："安平，来，过来说说。"

一直在远处呆若木鸡的刘安平，此时挪动着僵硬的双腿，来到父亲面前。

刘守业递了个眼色给管家刘能。刘能轻轻地搬来一个椅子，放到刘守业面前，又拉起刘安平，将他"摁"到椅子上。

"你刘伯最清楚，刘家遇到过的凶险事，比这大着呢。怕什么，凡事有爹在，天塌不下来！"刘守业伸开左手，用烟杆敲打着右手心说，"记得我跟你说过的，男人要做大事，遇事就不能慌。人慌失智。越是遇到急事、难事，越要学会冷静。静而后能安、安而后能虑、虑而后才能得。"

刘安平听父亲这样一说，像蓦地找到了一个豁口释放心中的委屈，眼圈顿时就红了。他哽咽着说："爹，你打我吧，打我两下，我心里还好受些。"

"孩子啊，莫怪方才爹发脾气。头上可还疼？"

刘安平挠着头皮说："就没打到头上。"顿时又感觉到心中酥麻，毕竟是父子连心。

"来，你坐近点，我来告诉你，这事怎么办。"

父子俩和白发老管家刘能，三个人凑到桌子前，细致商议着。

刘安平从码头被父亲一把扯掉幞头，到这会儿父子连心，携手议事，短短的时间经历了冰火两重天。此时他望着父亲刚毅的眼神、棱角分明的面庞，被父亲这种能随时掌控情绪的强大素养和"泰山崩于前，我自岿然不动"的转圜能力，彻底征服了。他安静地看着父亲，听着他循循善诱的分析。他知道，这就像老鹰对即将离开巢穴的子女手把手地在传授毕生的"绝技"。这种爱的传递，是博大的、无私的，也只有经过这样言传身教的子女，才能在严酷的环境中生存下来。

刘安平沉醉在父亲的话语里，一次次被一个老练的商人睿智而严密的逻辑思维震撼。

刘守业说，回麻沙的途中，他遇到过这艘船。由于船体庞大，又装了一百箱书，不会跑太快，因此不必惊慌。况且，目前即使追上，既然人家敢来行骗，必然早有准备，只怕要吃大亏。

"有没有可能，是王家人……"刘能推断说。

"对了，我和仲春桂还到王春燕家买过建盏。"刘安平似乎一下找到了突破口，急忙说。

刘守业却摇了摇头："我觉得不像。一个妇人家，心里有怨气是真的，没这胆子。再说，这么大的骗局，她也没这本事。"

刘能说："幸好，咱们已经去报官了。"

刘守业赞许地点点头，夸赞刘安平一句："原甫，这一点你做得对。流芳斋做的是堂堂正正的生意，就要堂堂正正行事。既然已报官，做事就全要阳谋。这样，你去喊刘敬来，我有安排。"

少时，刘敬来到。

"你拿着我的名刺，连夜骑快马赶到建宁府报官，让官府务必拦截下仲春桂的船。"刘守业吩咐刘敬。

刘敬走后，刘安平还是感到不安。父亲这才胸有成竹地对他说："你快回去好好睡一觉，明天你就启程。万一刘敬这边拦不住，你定要赶到仲春桂抵达福州前，去见辛弃疾大人，请他好歹想办法拦住仲春桂的船，绝对不能让他从马尾港到海上去。"

刘安平这才明白，方才三个人在一起商议对策时，父亲早已谋划出这万全之策，不由得敬佩地连连用力点头。

刘守业叮嘱道："辛大人正在福州出任知州兼福建提刑、福建安抚使，只要他肯出面，擒住仲春桂就十拿九稳。因了朱老夫子的关系，爹跟辛大人打过数次交道，此次从广州回来时，我又特地去福州拜访过他，想必他定会看在朱夫子的交情上帮我们一把。对了，临别时，辛大人还嘱咐我帮他选购一批建本书籍。你只管去睡，我和你刘爷帮你都准备好。"

"爹，这种时候，我怎能睡得安生，让我们和你们一块儿找书吧。"

"也好，反正明天你在船上总能睡个饱。"

就在刘安平和刘能指挥着人连夜找书的空隙，刘守业也对这次事件进行了反思。

刘安平之所以会上当受骗，源于他太过善良，也没有经历过生意场上的摸爬滚打，易轻信人，这是明摆着的。可是，另一方面讲，通过这次事件，也给他好好上一课。有了这一课，他才会迅速成熟、老练起来。反过来说，如果自己永远不放手，刘安平就不会栽这个跟头，但做事还是轻飘飘的。

可是，他作为父亲，在这件事上，有没有责任呢？

爱之深，责之切，难免就会操之过急。可能对安平寄予的希望太大，急急告诉他要"定盘"，所以就用力过猛，这才导致儿子急于表现，想证明自己的能力。儿子所有的行动，都为了证明给自己这个父亲看。安平总感觉背后有一双眼睛盯他，怎能不"如芒在背"！回想自己走过的路，这做生意，还真得稳扎稳打，一口吃不成胖子。长辈给自己起名"守业"，自己受命于危难之际，确实也守住了家业。可下一步呢？安平这一辈，他的下一辈呢？也是守业吗？

守来守去，必然是被动的。疏，才可能更有出路！

仔细想想，安平这孩子，出生时家境殷实，自小顺风顺水，当然缺少自己这般的闯劲。可是，他做事稳重、认真、细致，如果能引导、鼓励他朝着这方面多用心、用力，或许能给流芳斋、给建本更好的未来。

一场受骗，给刘守业也上了一课——如何传承事业，"传"的经验，只是借鉴；要真正能"承"得起，还必须靠自身。如果"传"成为包袱、负担，就会压得后辈人直不起腰。而要想"承"下去，就要有创新、拓展，才会有源头活水，生意才会永不枯竭。

刘守业一下联想起朱熹的诗：

> 半亩方塘一鉴开，天光云影共徘徊。

> 问渠那得清如许？为有源头活水来。

朱夫子的领悟确实过人，这虽然是《观书有感》，却可以"观诸物，释通理"，触类旁通，大有裨益。刘守业不由得又念起，这一走一个多月，许久未到考亭去了。在考亭读书，不仅仅是读书，跟随大贤读书，读的是心境，开悟的是人生。

想到这里，看着忙碌的儿子，刘守业语重心长地说："我累了，洗洗就去睡了。明天一早你直接上路不必喊我。原甫，你要记住，要经营好流芳斋，不能用蛮力。你遇事爱琢磨，肯用心，就多朝这方面使使劲儿。流芳斋，总归要交到你们年轻一代手上的。"

刘守业又交代，辛弃疾还专门指明，要万卷堂刻印的《春秋公羊经传解诂》《春秋谷梁经传》《礼记注》《左传》《尚书》《毛诗》，要儿子连夜去拿。

万卷堂是刘安平妻子余氏的爷爷余仁仲开设的，安平去取当然合适。

没想到的是，二人刚说完这句话，余仁仲和朱熹的门人林用中已经走了进来。他们是听说流芳斋这场变故后担心，遂结伴前来。刘守业忙把他们迎入书房上座，命刘安平去取来最好的龙团凤饼给二位斟茶。余仁仲对孙女婿被骗一事甚是上心，一见面便拉着刘安平的手问长问短。

听了刘守业的一番布置和安排，余仁仲这才放下心来，叮嘱刘安平这次前去一定要尽心行事，万不可粗心。刘安平方才见到爷爷还在纠结，如何张口解释仲春桂那一百箱书里借的万卷堂的书无法归还，羞愧地瞧着余仁仲道歉："爷爷，等事情过了，我借您的那些书，一定如数奉还。"

"无妨，无妨。"余仁仲习惯地伸手将了将白胡须，慈爱地看刘安平说，"只要人没事便好，那些书以后再说。既然你明天就要出发，这就快派人去崇化里拿辛大人需要的书。"

刘安平不解，为何麻沙就有万卷堂，非要舍近求远，到崇化里去取。

"这你就不懂了吧？"余仁仲一脸严肃地望着刘安平，"你的丈人，年纪没我大，却比我糊涂。他店里那些书的品相虽好，可崇化里万卷堂所有的书，都是我亲自督工，刻印、选纸、誊写、雕刻，都过了我的眼。说两句夸大的话，崇化万卷堂的书，每一本都连着老夫的精血。

辛大人点名要万卷堂的书，非崇化里万卷堂不可。"

其时，余氏万卷堂在麻沙和崇化里皆设有店铺，但余仁仲年纪大了，便把麻沙的店铺交给儿子打理，自己则退守相对比较安静的崇化里，日日以刻印为乐事。余仁仲年轻的时候，即以出众的才名闻名建阳乡野，不仅中过秀才、举人，还参加礼部试并高中进士，却因生性淡泊，不愿与朝堂上投降派同流合污，遂不求仕进，回麻沙开书坊做书商。因他是名士出身，文才出众，又兼修养极高，万卷堂刻印的书甫经面世，便以品相好、内容精而遐迩闻名，历数十年畅销不衰。万卷堂为建本典范之一，故辛弃疾才会特意委托刘守业帮他选购万卷堂出品的书。

"余老先生的认真和仔细是出了名的。"一旁的林用中不无赞叹地说，"一辈子都这么坚持下来了，实在是难得、难得啊！"

"要说起认真仔细，我哪里比得过敬仲。"余仁仲自谦地说，"和敬仲比起来，老夫就惭愧得很。这二十余年来，你坚定地支持着朱夫子，又出钱又出力，真正无私！"

"余老先生谬赞了，这不都是敬仲应尽的本分嘛。"林用中一边说，一边转向刘安平，"对了，安平，前些日朱夫子嘱咐我，给幼安先生寄一批新刻印的著作。趁着你去福州，一块儿带过去吧！"

然后，他拿出笔墨，列出一个书单：《古易》《周子通书》《叙古千义》《程氏遗书》《韦斋集》《近思录》《四子》《四经》《四书集注》。写完，林用中又说："我现在给幼安先生修书，让驿吏快马送往福州，请他协助抓捕仲春桂。水路终究比不上陆路的速度，这样一来，等你的船抵达福州时，仲春桂说不定早就被幼安先生拿下了！"

"还是敬仲想得更周到！"余仁仲忍不住叹道，"我们在座这些人，恐怕也就敬仲能有这个面子，换成我给幼安先生写信，他能有工夫搭理我吗？"边说边盯一眼刘安平说，"安平啊，你可要记得敬仲这份情啊！"

刘安平无限感激这种无私援助，一个劲儿倒茶谢恩。

余仁仲和林用中虽是两代人，但却因皆不求仕途、志趣相投，结成了忘年之交，听闻刘家出事，二人遂偕同前来。

比刘守业年长的林用中，字择之，又字敬仲，号东屏，又号草堂，士子皆呼为"草堂先生"。他出生于福州古田县，年轻的时候曾师从名儒林光朝，立志求"明德、新民、止于至善"之学，后放弃举业拜朱熹为师求学。朱熹重其"志操"，非常赏识。后，他追随朱熹西游潭州，沿途讲学，会张栻于岳麓书院、城南书院，参与会讲《礼记》《中庸》义理，史称"岳麓会友"。他又曾与朱熹游衡山，得诗149首，编成《南岳酬唱集》传世。朱熹应吕祖谦之邀，前往江西铅山鹅湖，与"心学"创始人陆九渊兄弟辩论道学，林用中随从。"鹅湖之会"是理学盛会，亲自参与后，林用中的学术研究日臻高深。林用中返回家乡古田后，在其年轻时读书处"欣木亭"设馆授徒，倡朱熹理学之风。朱熹出守南康，林用中再次随行，并与朱熹一同讲学于白鹿洞书院。尔后，林用中为更好地传播朱熹理学思想，将古田授徒时的全部收入，倾囊资助朱熹，在崇化里刻印《论孟精义》《小学》《童蒙须知》以及朱熹与吕祖谦合著的《近思录》等重要著作。

朱熹的书肆停业后，善于经营的林用中就在崇化里开起书坊，靠经营所得资助朱熹。晚年的朱熹由于遭到弹劾，失去俸禄，也常得林用中周济。

万事俱备。翌日一早，刘安平就带着刘阿牛等几个小厮，登船启航，直奔福州。

从麻沙前往福州的水路，是建本销往东南沿海的必经之路。由麻阳溪顺流而下七十里抵达建阳县城后，再进入由麻阳溪与崇阳溪交汇的交溪，尔后从交溪与南浦溪汇流而成的建溪，一路经过建宁府、南剑州，再折入闽江，经五至七日，便可直抵福州马尾港。随后，在福州将装箱的书籍搬上更大的海船，于马尾港一路南下，既可沿海路抵达莆田、泉州、漳州、惠州、广州；亦可沿海北上直抵杭州湾，再经京杭大运河直抵中原腹地，进而辐射全国及更北的金国，或于泉州漂洋过海直至远涉高丽、日本、琉球、安南、暹罗、爪哇等国。

在唐代，这条水路便已经成为福建官员晋京的必经之路，进入宋代后，更是为建本的传播提供了便利的交通。

刘安平的船，要抢的时间，就是麻沙到福州的这七八天。

刚开始登船的一两天，刘安平忧心忡忡，直催船夫，恨不得一日到达福州，生擒仲春桂。

三天后，他想通了，他在拼命追，仲春桂也在拼命逃。自己要做的，是调整好心态，指挥若定，才能谋胜。况且陆路还有一班人马，早已提前送信给辛弃疾。父亲叮嘱他做事要沉稳，既然船夫们在追，索性就放松一下心情，要不然全船的人都紧张兮兮，弄不好又会出什么状况。

他吩咐阿牛，去找来朱熹的《孟子集注》读一读。

这阿牛，便是菊丫的干儿子。小伙子乖巧伶俐，在流芳斋人人喜欢，既然选定了给菊丫当干儿子，便被安平留在身边，着重培养。

可今日阿牛听了少东家的话后，却迟迟找不来书。刘安平忍不住了，就高声喊叫起来："阿牛，书是叫你吃了，还是喂了鱼？"

阿牛听到催促，急从船舱里钻出来，尴尬地答："少爷，只找到两本。"递上来，是书的正文、注疏，缺少音释本。

刘安平一见，说："也不怪你后生人，识字少，能找到两本已经不错了。"

不想阿牛忽然问："少爷，你们这些读书人真麻烦，都弄到一块儿不行吗？这找来找去多麻烦。"

"胡说！"刘安平轻轻责怪一句，扭头往船舱处走两步，猛然停住，呆住了，转过身来，一把揪住阿牛的衣领，急速地问，"你方才说啥？

再说一次！"

阿牛吓得一激灵，连忙缩着脖子求饶："少爷，我错了，求你轻轻打！"

"快说，你刚才说的啥？"刘安平这才意识到自己揪住他的衣领，阿牛已动弹不得，忙松了手，喜悦地鼓励，"你是说，都弄到一本去？"

"小人随口叨叨，少爷莫怪！"

"好阿牛！"刘安平蓦地抱起他，哈哈大笑着，转了一圈，大声夸赞道，"你真是我的福将！"

阿牛懵懂地看着有些疯魔的东家，不知所措地挠着头皮。

刘安平这才拉着阿牛坐下来，详细给他解释自己兴奋的原因。

原来，之前的经、史书籍，多是将"正文"刻印数完后，接着刻"注疏"，这样读者遇到不懂的正文，就需要翻到后面的"注疏"处，才能弄懂。对于阅读者来说，极为不方便。后来，建本商人为了方便读者，就又开发了一种"三行本"，即将正文、注疏、音释分别刻在三个单行本上。这样，阅读时，摊开正文本，旁边放注疏本、音释两本书，方便了阅读，但三本书同时摊开，依旧不太方便。缺少一本，反而不如前为正文、后为注疏的书，如果只有一本，携带方便。之前也有人讨论过，可都觉得要实现"一本三便利"，属实困难。

可今日阿牛因为找不到音释本，一下激发了刘安平的潜能，打开了他的思路。他听到阿牛说一本书，就开始琢磨，如果能解决这个大难题，将会给建本带来崭新的巨大商机。

可如何弄呢？

"阿牛，能不能三本减成两本？"安平反问。

"不行！像我，读书少，缺少哪一本也不行。正文是跟夫子学本事，注疏是看不懂时解疑惑，不懂音释，我就会念成白字，闹笑话。"阿牛随口答。

"为何会出现三本？"安平又问。

"不在一个版上，当然就要三个版。"

"能不能把后面注疏移到前面来？"安平又问。

"两个版套在一起，那不成了黑墨块了，还咋看？"阿牛答。

"要是分开呢？"安平说着，将正文和注疏两本书上下叠在一起，慢慢往下移动注疏本，瞪着眼睛死死地看。他又让阿牛压住书，站起身来，左右看看，再转过身倒着看，手托着腮，沉吟着，思索着，反复摇头，不住点头，再摇头……

刘安平琢磨了半天，依旧没有头绪。此时，刘安平已经忘记了仲春桂的事情，沉浸在"三合一书"的困境里，不得解脱。

中午用过饭后，和煦的阳光照射在船上，刘安平躺在船头的藤椅上，微微眯着眼，七彩的阳光摄入瞳仁里，暖暖的，痒痒的……这一刻，他是放松的。在思考问题的前奏，这样惬意地休憩，最为舒心。

可他心里有事，一直在想三合一书的事情。

晒足阳光了，刘安平没有起身，歪斜在藤椅上，呆呆地看着岸边的竹林。微风轻拂，青翠的竹林随风摇晃。倏地，在一片葱绿间，跳跃着一只白色的精灵，是白鹇！

刘安平站起身来，目光追寻着这只白鹇。只见它体态娴雅，快步在竹林间疾走，远远望去，浑身有如批了一件白色的斗篷。"好美的斗篷！好悠闲！"刘安平不禁叫出声来。听着白鹇悦耳的鸣叫，他甚至哼哼起了小曲，眼睛盯着这只白鹇，一直追随它的脚步……

猛然间，脑子里闪过一道光，晃得刘安平血液流速加快，能听到心脏"咚咚"跳动的声响。他如痴如醉地高叫着："有了，有了！"他高兴地跑起来，来回在船头跑动着，手舞足蹈地叫着跳着。阿牛听到喊声，慌张地跑过来，惊恐而急促地问："少爷，这是怎么了？什么惊动您了？"

"阿牛，有了，有办法了！斗篷！"

阿牛呆若木鸡地望着东家，不知他说的什么疯话。

"阿牛，拿纸笔来！快！"

阿牛利落地跑进船舱，拿着宣纸和笔墨来，急急来到少东家身边。

刘安平此时才如泉涌，将宣纸铺开，深吸一口气，在白色的纸上写下一行大字：

尽其心者，知其性也。知其性，则知天矣。"

然后，在这行大字的后面，酣畅淋漓地写下两行小字：

心者，人之神明，所以具众理而应万事者也。性则心之所具之理，而天又理之所从以出者也。人有是心，莫非全体，然不穷理，则有所蔽而无以尽乎此心之量。

写完，他忽然将笔一扔，满面笑容地盯着纸看，再看看阿牛，问："看出来没有？"

阿牛疑惑不解地看看纸，又看看安平，挠着头皮问："什么意思？是考我吗？"

"你呀，真是呆牛一个！"刘安平这才指着纸张的字，解释道，"你看，这行大字后面，排上两行小字。大字像不像白鹇的身子，两行小字像不像白鹇的尾巴、斗篷？"

"是有些像呢！"阿牛点点头，反问，"少东家是想射几只白鹇开开荤？"

"你呀，就想着吃！这样一来，大字是'正文'，小字排'注疏'，是不是就解决'三书一本'的问题了，'正文'和'注疏'在同一个版上，随时可以看孟子原文，随时可以看朱熹夫子的注疏，一举两得！阿牛，怎样？少东家脑子好使不好使？"刘安平兴奋地举起两只拳头，高高扬起。

"哎呀，少东家，你怕成了麻沙第一了！老东家也没想到呢！"阿牛也乐得跳起来，热烈地欢叫着。

刘安平高兴了两天，才慢慢缓过劲来，眼见马上就要到福州了，才重新担心起仲春桂的下落。

在水上行走了八日，刘安平一行终于赶到福州。这一路上，他们紧赶慢赶，却始终未发现仲春桂的商船，不免让刘安平心里有些不踏实。船到马尾港后，附近的百姓看到停泊在码头边的船只是从建阳驶来的书舶，就凑过来要抢购书籍。刘安平不得不向众人解释此乃私家订货，众人才不情愿地散去。

刘安平带着小厮，雇佣马车拉着书籍片刻不停地赶到福建提刑府。辛弃疾虽已五十四岁，浑身仍旧洋溢着武将的英豪气，一见面，亲人一般问候："你是刘守业的大儿子刘安平？你小的时候，我在晦庵先生的武夷精舍见过你一面，没想到才几年的工夫，你都长成大小伙子了。成家了没有？"

"成家了。"刘安平毕恭毕敬地答。

"你爹也真是，你成家了，他也没告诉我一声，难不成还怕我到麻沙讨一杯喜酒喝不成？"辛弃疾呵呵笑着和刘安平开着玩笑。

"大人公务繁忙，想必家父是怕耽误了大人的公事，所以才没有禀报。"刘安平恭敬地答。

"今年多大了？"

"二十。"

"二十好啊，还年轻得很哪！想我在你这个年纪，已参加起义军，带着一帮士兵奔赴沙场跟金人打仗了。那些金人，看上去个个都凶神恶煞一般，其实也是中看不中用的银样镴枪头。知道我当年杀了多少金人吗？虽然不敢说成千上万，那也杀得他们尸横遍野、片甲不留。只可惜，唉……"辛弃疾正色说，"我老了，有些愿望无法实现了，你还年轻，还有为国家建功立业的机会——原甫，一定要把金虏从中原大地上驱逐出去，否则我大宋的子民永远也无法过上安生日子！"

"大人，"刘安平听辛弃疾越讲越激动，浑身的热血也跟着沸腾起来，"大人乃是当世真英雄真豪杰，即便一时壮志未舒，只要您振臂一呼，整个华夏大地也都会地动山摇的。"

"贤侄啊……我的理想并不是在地方为官，而是奔赴沙场杀敌，光复失地。等着吧，我的飞虎军，现正日夜操练，就等着朝廷一声令下。"辛弃疾诉说起家仇国恨，一腔热血却又带着道不出的遗憾。停了一会，他接着说："敬仲的书信我在三天前收到了，你要找的那几个人……"

"大人，怎么？"刘安平焦急地问，"已经跑了？"

"跑？"辛弃疾瞪大眼睛，"跑什么跑？那几个金国的探子，进入我的地盘，还跑得了吗？"

"金国来的探子？"刘安平不解地望着辛弃疾问，"大人是说……"

"没错，骗了你一百箱建本图书的仲春桂，本就不是什么真定府来的书商，而是金国派到大宋来的探子。"

刘安平震惊地望着辛弃疾，感到不可思议，自己竟然莫名其妙地卷入了两国纷争中，遂急问："他到建阳来打探什么？"

"当然是了解当地的风俗民情，顺便画下山川地形图，以图发兵南下。"

"怪不得他一直让我给他讲建阳的各种典故呢！"刘安平恍然大悟，"那？金国是想发兵攻打建阳？"

辛弃疾摇了摇头说："暂时无虞。他们是做长期打算。"

"可这，骗我的书和打探地形有什么关系？"

"安平啊，这金国胃口大得很。建本记录的是我们大宋文化的精华，所谓知己知彼、百战百胜。金人如果连我们的文化都不了解，还怎么能赢得了大宋？他们趁机从你这分文不取地骗到一百箱书，自然更划算。"

刘安平听罢，既惭愧又懊恼，忙问："那仲春桂现在在哪，是被大人关入大牢了吗？"

"他跳江了。我派了一支人马去闽江口截住了他们的去路，他趁人不备，一头跳进江里去了，到现在还没找到踪迹。不过，我抓住了他的婢女丁梅和几个随从。那个丁梅嘴硬得很，问她什么也不肯说。另外几个随从受不住，一顿棍棒加身便一五一十地招了。"

"那我的书……"刘安平心焦地问。

"放心，一百箱书都原封不动地搁在仲春桂的船上。是要运回建阳，还是就地兜售，一切由你做主。不过，我建议你就地出售，以免折腾。"辛弃疾体谅地说，"你们做书商的也不容易，我给你介绍几个主顾，实在卖不出去，就运到湄州、泉州去卖，待变了现，再换些特产回去，岂不是更好？"

刘安平欣然接受了辛弃疾的建议，在福州卖出去一部分书后，便又随船赶赴泉州，将剩余的书都卖给了那些出海经商的书商，然后把卖书所得货款一一换成了银票，又买了些沿途各地的土特产，一番折腾，已是九月出头。一切妥当后，刘安平才带着几个小厮一路沿着闽江、建溪、麻阳溪，安心折返建阳。

就在刘安平一路南下之际，在麻沙家中待得起腻的刘安泰，也征得父亲同意，带着仆人刘敬，沿分水关陆路一路北上而去。

安泰一向懒散，为何不等刘安平回来就派安泰北上呢？原因有二：

其一，时间来不及。刘安平刚启程去福州，林用中便接到了朱熹从京师临安寄来的信笺。其时，六十四岁的朱熹被新登基的皇帝宋宁宗赵扩任命为焕章阁待制并宣之入朝奏事。二十六岁的宋宁宗一心想要做个贤君明主，甫一上位，便急不可缓地在朝廷开设经筵圣地，亲自选定了十名讲官为他授课。两天讲一次，早上在殿上讲，晚上在讲堂讲，并特许讲官们可以轮流赴讲。

官家如此重视，朱熹成为帝师，自然想着要借朝堂强力传播理学思想，雄风再振，而建本图书，无疑成为朱熹首选。

他当即为官家列出待讲书目：《诗》《书》《礼》《易》《孟子》《春秋》《唐书》《三朝宝训》《奏议》《长编节本》《论语精义》《近思录》《南轩集》《永城学记》《资治通鉴纲目》《大学》《中庸》等约五十种。

朱熹急修书给在崇化里经营书坊的林用中，让他速速把这批书快马加鞭送到临安来。

皇帝用书，谁敢怠慢。不巧的是，林用中正在监刻一批新书，分身乏术。得此消息，刘守业主动为朱熹解忧，主动提出由流芳斋负责运送。流芳斋新老两家店面都离不开刘守业，刘安平偏又南下，这给了安泰机会。

其二，安泰母亲积极促成。刘安平被骗一百箱图书，让章氏看到了机会，希望为安泰争取机会。如果此行顺利，便可说明安泰足以独当一面，日后刘守业便不能再找借口不让安泰参与流芳斋的经营了。

她借机提出让安泰北上送书，让刘守业难以拒绝。两个儿子都是亲生，大儿子犯了错反而重用，小儿子没有错却不使用，难免有偏袒嫌疑。而且，刘守业也觉得，这任务并不难，妥善安排后就同意了。

装好数十箱书，临行前，刘守业与安泰约法三章：一、如果此行圆满完成任务，等他从临安回来，便允许他到柜上学做生意；二、即使完成任务，若途中出了任何纰漏，归来后，也必须乖乖到瑞樟书院继续念书；三、途中不得逗留，若是送货迟缓，耽误了朱夫子大事，这辈子永远不得参与经营流芳斋。

安泰信心满满地一口应承。

刘安泰这才带着刘敬，志满意得地押着几十箱建本图书，沿着分水关一路扬长北去。

在北上的路途中，刘安泰抑制不住兴奋的心情，情不自禁唱起了《御苑采茶歌》：

采采东方尚未明，玉芽同护见心诚。

时歌一曲青山里，便是春风陌上声。

他知道，这首歌是起居郎熊克的父亲熊蕃所作，一共有十首，而这只是其中一首。而熊克，是妹妹刘心棠要嫁的熊立贤的祖父，若能攀上了熊家那样的高枝，日后他这个二舅哥尽管吃香的喝辣的！

安泰无比美好地想象着，临安的风花雪月都在西子湖畔等着他呢，他可不能轻易错过这人间天堂的绮丽与浪漫。

第十章　黄粱一梦

浑浊的黄河水无情地拍打着土岸，灌木丛中野鸡鸣叫，召唤着对方。清晨的太阳刚刚升起，天上飞过南归的大雁……一条破旧的渡船摇摇晃晃，越漂越远。

老人面对黄河，仰天长叹："壮观的黄河水，一直奔流不停。我过不了这条河，也是天命吧！"沿着岸边无奈地行走，老人又喊道："逝去的岁月就像这流水一样啊，日夜不肯停歇。"

"夫子！慢些走……"朱熹忽然从梦中惊醒，回忆着方才的情景。孔夫子站在黄河岸边发出的感慨，感染了他的情绪。

已经迈入老年，可胸中难以释怀的救国救民情怀，何时才能完全实现？这心境，和当年的孔夫子何其相似啊！

即使在考亭沧洲精舍讲学期间，朱熹的心中，也一直记挂着朝廷。他记挂的不是高官厚禄，而是如何将自己的思想在全国推广，以使早日国泰民安。

机会还是来了。宋光宗绍熙五年（1194），湖南瑶民蒲来矢聚众起义。朝野震惊。皇帝不知出于何种考虑，任命已退居建阳考亭多年的朱熹调任潭州知州、湖南路安抚使，赐紫章服。

或许，皇帝希望试试朱熹治国理政吏的理论是否有效。

五月，朱熹到潭州赴任时，起义的瑶民早已退至深山老林，被困溪洞。文官负责剿匪，总是以柔克刚。悲天悯人的朱熹使出"善后招抚"的怀柔策略，遣使者降服了蒲来矢。制止了地方暴乱后，朱熹再次大力推广教育，在任短短几个月，便在潭州大刀阔斧地兴学校、广教化、督吏治、敦民风，改建、扩建"岳麓书院"。公务闲暇，朱熹常前往书院为学子们授课，使岳麓书院很快跻身为南宋全国四大书院。

恰逢新皇宋宁宗即位，他因自幼饱读诗书，格外重视教育，亲挑帝师十人名单，其中就包括朱熹。成为帝师，对朱熹来说，意义非凡。他带着老骥伏枥的奋斗情怀，也带着终于等来机会的亢奋激情，知晓这是属于他的春天，必须利用好这次机会，一展平生抱负。

绍熙五年（1194）九月，朱熹于行宫便殿奏事。第一札，要宋宁宗正心诚意；第二札，要宋宁宗读经穷理；第三、四、五札，则论及潭州善后事宜。

这次会面，君臣相处融洽。朱熹看到新君锐意进取，求贤若渴，喜出望外，当即修书给建阳崇化里的林用中，让他按照信中所列书目，速速运送至临安，作为给官家授课的教科书。也正是这样，才给了刘安泰运书北上的机会。

刘守业最终同意安泰去送书，尽管章氏争取、朱熹等着要书是两个原因，可最关键的两个因素是：一、他内心其实是十分喜欢安泰的；二、给安泰安排了最得力的伙计刘敬。

安泰虽然读书不用心，但其说话果断、爱憎分明、敢说敢当，性格很像父亲。刘守业看到安泰，就想起自己年轻时的模样。当然，对安泰不满也是显而易见的。安泰出生在安乐窝里，难免被溺爱。安泰和别的富商家的少爷一样，爱摆弄花鸟虫鱼这些玩物丧志的东西，不像哥哥安平，稳重、正派。

可手心手背都是肉，毕竟都是亲生的，所以刘守业也愿意让安泰出去历练历练。为防止安泰玩心太重，耽误了正事，刘守业就派了最得力的伙计刘敬前往，可保万无一失。

十九岁的刘安泰，一出建阳，像野马驰骋草原一样，心里乐开了花。

刘安泰带着刘敬等人和几十箱朱熹要的珍本，由麻沙出发，先乘船经过麻阳溪抵达建阳县城，再由建阳县城经崇阳溪直抵武夷山脚下的崇安县，抵达分水关，改走陆路，雇了车马，一路往西，直奔江西铅山县而去。

九月初的天，天蓝云白。放眼望去，山坡上，红的是枫树，层林尽染；黄的是连翘，女人簪花一般灵动；绿的是竹林，随风摇曳，一副仕女搔首弄姿样。"呼啦啦"惊起的鸟儿，上下翻飞，追逐在林间，叽叽喳喳，蹬得枝条来回晃动，倒像是击打着大自然的琴弦……

"好美的天地！这是秋天的赞歌！"刘安泰第一次出远门，无比激动。

刘敬不声不响地望着这个年轻人，也被他的情绪感染，愉悦地介绍着沿途的风景。

"敬叔，分水关这条路您总共走过几次？"刘安泰问。

"少说也有三四十次了。"

"三四十次！那您岂不是年年都要走上两三遍？"

说到这个，刘敬自然有资本夸耀："我记得第一次走这条道还不到七岁！那会儿，你曾祖父还健在，光跟着他老人家，这条路我就走了不下三回。"

"我曾祖父？"刘安泰羡慕地追问，"听说他可厉害了！"

刘敬点了点头："没错。要说起来，东家这些生意经，可都是从你曾祖父那里学来的。我听说他早年在东京开书店时，就跟李纲、叶梦得等名士多有往来。大家都说，他来麻沙经营流芳斋，算是屈才了！"

安泰瞪大眼睛缠着刘敬："敬叔，我曾祖父到底是个什么人？我父亲总不和我说，我一问，他就骂我。但是，您可听说了吗，我祖父好像是被我伯祖父杀死的。那个伯祖父据说落草为寇。这些，我悄悄告诉你，可别往外传。"

"兵荒马乱的年代，什么稀奇古怪的事都会发生。"刘敬叹了口气，"你祖父英年早逝，是你爹心里最深的痛，这些话你也就在这里说说，等回了家可千万别在东家面前提起这事。"

刘敬晃一晃马缰绳，两腿夹了夹马肚，马儿加了速度，他就转换了话题："不说这些让人扫兴的话了，要不我爹给你讲讲朱夫子跟分水关的故事吧！"

刘安泰一下子来了劲："好咧。"

刘敬说起这些来如数家珍。分水关位于武夷山脉最高峰黄岗山，处于闽赣两省的交界处，也是崇安县西北面与江西铅山交界处的一道分水岭。关上的水源分为两股，流入东面的为闽水，流入西面的则为赣水。孝宗淳熙二年（1175），吕祖谦为调和朱熹的"理学"和陆九龄的"心学"之间的分歧，让他们的哲学观点会归于一，出面邀请陆九龄、陆九渊和朱熹前往江西沿山鹅湖寺会面，进行学术辩论，这就是著名的"鹅湖之会"。朱熹从鹅湖寺归建阳，途经分水关。立于两省之间的这条迢迢长途上，眼见两水分流，跌宕起伏，涧水交响，心中想起此行，虽然气氛融洽，但终究各自观点还有不同。譬如眼前的分水关，地势作为客观存在，无所谓南北，水流却有西有东。他一时想到了判别彼此分开时的不同之处，也应该知道两者合在一起时的相同之处，深有感悟，便随口吟诵出《题分水关》：

> 地势无南北，水流有西东。
>
> 欲识分时异，应知合处同。

"我听东家说，这首诗不仅写出了分水关壮观的自然景观，更是饱含了朱夫子鲜明的哲学思辨观点，寓意很深啊。"刘敬说。

刘安泰认真地听完，说："朱老夫子写的，自然是好诗。可惜我不爱作诗。"他不愿在不擅长的领域扫了自己的兴，当即就转移话题，"我听爹说，从建阳通往北方的陆路共有三条，咱为何要专走现在这条？"

"小少爷，你听我细细说。"

刘敬说，分水关路是古时闽地最主要的一条出省大道。从崇安县城到江西铅山境内，仅百余里路程，其中分水关到东盘一段长达十里的山路比较崎岖，而西向铅山的道路则一路平坦。汉代和唐代建都长安，福建各地都以杉关为进京官道，到高宗移驾临安后，遂又改以崇安的分水关或浦城的仙霞岭路为进京大道。自此，分水关路便成了控制南北交通咽喉的主要通道，因地处水路和陆路衔接的地点，自然成了闽地和赣地之间最为繁华的一条商路，车马之声，昼夜不息。

"福州的丝绸，漳州的纱绢，泉州的蓝靛，福州、延平的铁，福州、泉州的橘子，福兴的荔枝，泉州、漳州的糖，顺昌的纸，建阳的建本，多是从这条路进入临安和江南一带。"刘敬说起这些，带着一丝兴奋，也带着一丝骄傲。这是他十分熟悉的道路。

杉关，在光泽县北九十里外的杉关岭，左有猪石山，右有黄狗岭，关内为闽地，地势险要高峻，关外为赣境，地势渐低平缓。杉关如同一道屏障屹立在闽赣交界之处，史称"瓯闽西户"，为闽赣两地的交通要道，但这条路岭峻道狭，仅容单骑，是最不好走的一条道。自建阳出发，西经邵武，出光泽杉关，进入江西新城县，然后过建昌，再至临川，便可以通往中原各省。建阳的书商要把建本销往中原地区，大多走的便是这条路。

"那仙霞岭路呢？"

"这仙霞岭路，是由黄巢在唐代乾符五年（878）所开，可以从江山县越过仙霞岭至浦城，一路畅通无阻地抵达建阳和建阳以南的南剑州乃至建宁府。往年，我们建阳书商由闽地往北，必由三关以入。中为大安，崇安县当之，也就是我们现在走的这条分水关路；西为杉关，光泽县当之，除却我们闽地的商人外，江西、四川、两广的客商，也多以这条路为主要北上的途径；东为小关，浦城县当之，也就是仙霞岭路，这条路走起来最为便捷顺畅，只可惜最近路上不太平，我们只好舍近求远，走分水关路。"

"看来这条仙霞岭路倒真是有些故事！"

"高宗绍兴三十一年（1161），金国废帝完颜亮率兵大举南侵，直逼长江。被逼无奈的高宗皇帝，只好准备驾幸闽中，并下旨开闽中路。修到仙霞岭腹地时，高宗退位，新登基的孝宗血气方刚，力主抗战，竭力反对驾幸闽中，下旨停修仙霞岭路。直到乾道八年（1172），孝宗的老师史浩以宰相的身份出知福州后，每年回京觐见官家都要经过此路，多有不便。于是，他的门生和手下便纷纷解囊捐款出资，助其修路，到淳熙二年（1175）才彻底修砌完毕。"

"这么说来，史浩和他的门生倒是做了一桩大好事！"刘安泰说。

"那可不！"刘敬由衷地称赞，"这条路修好，建阳的好东西往外运送就方便了，史大人真正功德无量！"

一行人抵达玉山县西门大码头后，刘安泰看看距离约定赶至临安的时间还绰绰有余，便缠着刘敬在玉山多待上几天，好让他到三清山浏览浏览景致。刘敬仔细盘算了一下，觉得多待这几天不会耽误送书，便答应了。

这三清山是道教名山，晋代著名道士葛洪，在东晋升平年间来到三清山开炉炼丹；唐乾符年间，紫金光禄大夫、信州太守王鉴，亦于暮年之际携家眷退隐于山下的大源坞；宋乾道六年，王鉴的第十代孙王霖，更在山上创建了三清道观，一时香火鼎盛，游人如织，很快就成了周边百姓结伴上香游玩的首选。

三清山最负盛名的，还是星罗棋布的人文古迹：老子宫观、葛仙观、飞仙台、演教殿、三清宫、潘公庙、玉零观、西华塔、风雷塔、步云桥、浮云桥、流霞桥、登仙台，移步换景，一步一景。刘安泰逗留其间，眼忙心乱，早把运书一事忘到九霄云外。

刘安泰悠闲地用了五六日，把三清山的奇松、怪石、云海、日出、晚霞看个透，这才不紧不慢下得山来。

刘安泰脚刚落上西门大码头，就碰上一伙江西本地的船夫在欺负一个小姑娘。血气方刚的他带着小厮冲上去打抱不平，三句话不合，就跟对方打了起来。俗话说"强龙不压地头蛇"，这西门大码头是江西人的地界，本地船夫怎会让他一个外地人占了上风。不一会儿工夫，安泰便被人打翻在地。

"别打了，别打了，再打就要出人命了！"眼见得刘安泰就要吃亏，那个被欺负的姑娘跪倒在地，用哽咽的哭腔求道，"各位大爷，求求你们高抬贵手，别再打了。"

一个满脸横肉的船夫瞪着姑娘嚷嚷道："刚才我们让你唱歌的时候你为什么不唱？你要乖乖唱了，不就什么事都没有。"边说边抬起脚踩在刘安泰的背上。

姑娘苦苦哀求："我唱，我这就唱，求求你放了他。"

"唱？"江西船夫淫邪地盯着姑娘，"现在才唱，晚了！"边说话边在脚上用力。安泰哪里是他的对手，疼得闭上了眼睛。几位小厮也被人拦住，不能上前。有位机灵的小厮，趁乱跑走去找人了。

见不是办法，那姑娘轻启歌喉，呜咽着唱起了一首山歌：

盘古开天到如今，世上人何几样心；
何人心好照直讲，何人心歹佮骗人。

盘古开天到如今，一重山背一重人；
一朝江水一朝鱼，一朝天子一朝臣。

说山便说山乾坤，说水便说水根源；

　　说人便说世上事，三皇五帝定乾坤。

　　大家都被姑娘的歌喉吸引住，那江西船夫也放开了刘安泰。安泰站起身，揉了揉疼痛的胳膊，心想："这不是畲族《高皇歌》吗？这歌只有畲族人会唱，自己曾在建阳听到过。莫非被这些船夫欺负的是一个畲族姑娘不成？"

　　那姑娘接着唱道：

　　盘古置立三皇帝，造天造地造世界；

　　造出黄河九曲水，造出日月转东西。

　　造出田地分人耕，造出大路分人行；

　　造出皇帝管天下，造出人名几样姓。

　　盘古坐天万万年，天皇皇帝先坐天；

　　造出天干十个字，十二地支年年行。

　　天皇过了地皇来，分出日月又分岁；

　　一年又分十二月，闰年闰月算出来。

　　刘安泰只觉得姑娘的嗓音很是熟悉，待仔细一打量，大吃一惊，原来她是麻沙畲族船家女、钟家姑娘钟碧瓯。

　　钟家本住在闽东地区，自钟碧瓯祖父一代，才从建阳东部的樟墩镇迁至麻沙，因熟谙水性，世代都以帮人运送货物为生。之前刘安平急着要走水路追赶仲春桂，刘敬去找的就是钟家的船。钟碧瓯比刘心棠要小一岁，打小就跟着父亲钟民一起四处跑码头。尽管她出身贫寒，却长得眉清目秀，明里暗里示好的大有人在，但她偏偏相中了流芳斋的少东家刘安平，并暗称，这辈子非刘安平不嫁，否则便出家当姑子去。

　　刘安平自然也喜欢钟碧瓯，有事没事就会去找她，听她唱歌，而刘安泰跟着大哥见过几次。偏偏，刘守业无论如何也不同意安平娶个船家女回来，寻个媒婆着急地给安平聘下了余仁仲的孙女余若曦。刘安平对父亲向来言听计从，内心尽管不情意，却不敢反抗，只好娶了余若曦为妻。刘安泰很有些为钟碧瓯鸣不平，也暗暗鄙视过刘安平，觉得他连喜欢的人都要放弃，枉为男子汉。

不过，让刘安泰怎么也没想到，他居然会在此处遇上钟碧瓯，还目睹了她的窘况，心里有着无以名状的滋味。一开始，他没看清对方是谁，只是凭着男儿的血性，站出来要为她讨个公道。当他看清对方是钟碧瓯，心里越发疼痛，一曲还没唱罢，他就抢步走到钟碧瓯面前。

"安泰少爷……"钟碧瓯满腹委屈地盯着他，欲言又止。

"别唱了，一个字也别唱了。"刘安泰难过地盯着满面泪水的钟碧瓯。

"敢不唱？"先前那位船夫狠狠叫嚷道，"看来皮痒，想继续吃我的拳头。"

"地皇过了是人皇，男女成双结妻房；定出君臣百姓位，大细辈分排成行……"钟碧瓯含着泪水继续呜咽着，"当初出朝真苦愁，掌在石洞高山头；有巢皇帝侬人讲，教人起案造门楼……"

"碧瓯！我跟你说了，不要再唱了，不要再唱了，你听到了没有？"刘安泰愤怒地大声吼叫，"他们是一帮什么人，也配你给他们唱歌吗？"

"安泰少爷，我……"钟碧瓯低头瞥了刘安泰一眼，又接着唱道，"占人无食食鸟兽，夹生夹毛血流流；燧人钻木又取火，煮熟食了人清悠。三皇过了又五帝，五个皇帝先后排；伏羲皇帝分道理，神农皇帝做世界。神农就是炎帝皇，作田正何五谷尝；谷米豆麦种来食，百姓何食正定场……"

"别唱了，你听到了没有？"刘安泰几乎是歇斯底里地嚷了起来，"他们让你唱你就唱，我让你不唱你怎么还唱呢？"

"我们让她唱怎么了？她愿意唱，碍着你什么事了？你小子要再多管闲事，我这拳头可不认人！"船夫狠狠地瞪着刘安泰，"他们父女俩抢占了我们的码头，抢了我们的生意，让她唱支山歌算便宜她了！"

"抢占了你们的码头？这码头是官府开的还是你们家开的？"刘安泰不甘示弱地辩论。

"哟嗬，你小子欠打，忘了刚才在大爷脚下求饶？是不是要爷再打你一顿，帮你长长记性？这钟家父女往日在建阳一带跑码头，现在却跑到玉山来抢饭碗。我们叫她老子来摆摆道理，没想到钟民那个王八蛋却当起了缩头乌龟，自己不知道躲哪个角落去了，却让一个丫头来敷衍，这是玩我吗？"

刘安泰想着要帮帮钟碧瓯，说："船家，你说说看，想怎么解决？"

"很简单，今天这事，要不赔偿十两银子，要不就让钟家的妮子一直唱到明天。"

"十两银子？你们还不如去抢劫呢！"

"不给，就继续唱啊！"

钟碧瓯听到船夫无理的条件，张了张口，眼泪又流了下来。

"你别唱！"刘安泰坚定地说，随即吩咐小厮如数给了银子，替钟碧瓯解了围。那些船夫拿到银子后便鸟兽般散去，临走前丢下一句话："钟家的船赶紧离开西门大码头，否则，一日不离开一日给十两银子。"

"安泰少爷，这十两银子，等日后有了钱，再如数奉还。"钟碧瓯感激地说。

"谁要你还了？我就算用来打发狗了。"

"安泰少爷……"钟碧瓯眼神里满是感激之情，"今天若不是你，我……"

"区区小事，何足挂齿。倒是这帮船夫，着实可恨得厉害，你们父女跑码头，凡事要小心。你爹呢？"

"多谢安泰少爷提醒。"钟碧瓯嗫嚅着嘴唇低声说，"我爹买酒去了……"

"这当的哪门子爹。女儿受欺负，他倒好，花天酒地、逍遥快活。"刘安泰气得直想拔拳头。

说话间，刘敬得报赶了过来，把安泰从上到下仔细看了又看，见无大碍，才放下心来，催着赶紧上船前往常山草坪驿。刘安泰却非要等到钟民回来才肯离去。刘敬心下焦急，却也无可奈何，只能陪着等待。这一等，直等到第二天日出三竿，衣衫不整的钟民，才一摇三晃、醉醺醺地出现在码头边。刘敬见钟民回来了，便不由分说把刘安泰拽上船，刘安泰不得已，站在船头跟钟碧瓯说了几句道别的话，才怏怏地回到船舱。

"少爷，出门在外，你就收收心吧。"刘敬责备道，"都耽搁六七天了，要是耽误了朱夫子的大事，你我都吃罪不起！"

"我算过，这六七天，不会耽误。"刘安泰还想着钟家父女的事，望着刘敬淡淡地说，"敬叔，您别这么严肃，咱们又不是出来行军打仗，只要在约定时间前赶到临安就行。"

"万一前面的路再有耽搁，咱们可怎么交差？"

"哪有那么多万一？您就是在杞人忧天。"

"我杞人忧天？我看你不光是玩心重，还这么冒失！刚才得报，没把我吓死，幸好你只是一点皮肉伤。这不是在麻沙，由着你横行，万一有个差池，我可怎么向东家交代。"

"你放心，能有什么事？"刘安泰满不在乎地说。

"少爷，你长点心吧。"刘敬无奈地叹了口气，靠着椅子闭上了眼。

便这样，紧赶慢赶，从麻沙出发将近两个月，绍熙五年（1194）十月二十一日，刘安泰一行终于到达临安城下。而这一天，宋宁宗的"内批"也送到朱熹手里：

> 朕怜卿耆艾，方此隆冬，恐难立讲，已除卿宫观，可知悉。

朱熹本以为此次遇到懂他的新君，能够宏图大展，不想还是难逃失意的宿命，被新君以冠冕堂皇的理由排挤出朝廷，显然是受到他臣谄媚。心灰意冷的朱熹无奈地离开朝堂，寄居在临安城南的灵芝寺。

这晚，刘安泰见到了朱熹。尽管只是半年时间未见，刘安泰眼前的朱熹却苍老憔悴了许多，精神大不比从前，平日温和儒雅的脸上写满了落寞与不甘。刘安泰默默地指挥小厮把几十箱建本图书陆续抬进屋，也不知该如何安慰朱熹。朱熹满含深情地环视了一圈，向刘安泰点头致谢，朝跟随在身边的弟子张宗悦挥手示意，将刘安泰先带去客堂用餐。刘安泰想开口问些什么，被张宗悦不由分说地拉了出去。

"朱夫子这是怎么了？平常他见到我和气极了，今天一句话也不说，是不是怪我来得迟了？"刘安泰忍不住问。

张宗悦摇了摇头，叹息道："今天，夫子接到官家的罢官手谕。"

刘安泰吃惊不小，脱口而出："罢官？夫子不是官家亲自任命的帝师吗，这才几天？怎么就罢了？"

"你有所不知，官家继位后，重用了支持他登位大宝的赵汝愚和韩侂胄两位大臣，任命出身皇族的赵汝愚为宰相、外戚韩侂胄为枢密院都承旨。赵汝愚一心为公，为官家不断收揽天下名士。可韩侂胄却仗着是太皇太后吴氏的姨甥，又是韩皇后的叔祖父，排斥赵汝愚，先后起用了京镗、何澹、刘三杰、刘德秀等心腹，把朝堂搞得乌烟瘴气，杜绝了人才的进阶之路。朱夫子实在看不下去，便和吏部侍郎彭龟年一起上奏章弹劾韩侂胄，引起了韩侂胄的不满和嫉恨。夫子宅心仁厚，哪里是他们的对手，所以……"

"可是，朱老夫子明明是官家下诏请到宫里来的，官家为什么又要听信韩侂胄的谗言呢？"

"朝堂上的事，历来瞬息万变。"张宗悦叹了口气，"十月十四日，夫子奉诏进讲《大学》，反复强调'格物、致知、诚意、正心、修身、齐家、治国、平天下'八目，希望通过匡正君德来限制君权的滥用，引起了官家不满。这正好给韩侂胄可乘之机，说什么夫子迂阔不可用。"

"看来官家也是个没有主见的。"刘安泰抱打不平，"尽让奸佞之徒牵着鼻子走。"

"夫子在朝仅仅四十六日，才给官家讲了七次课，就被官家内批罢去了待制兼侍讲之职，不仅寒了夫子的心，寒了我们这些夫子门生的心，更寒了天下读书人的心啊！"

"听父亲说，赵丞相是朱老夫子的支持者，他怎么不站出来替夫子说话？"

"官家现在最信任的人就是韩侂胄，赵丞相是泥菩萨过河——自身难保！不过，彭龟年大人倒是上奏弹劾韩侂胄'进退大臣，更易言官''窃弄威福，不去必为后患'。可太皇太后和皇后都站在韩侂胄一边，这又有什么用呢？"

"那便毫无办法了吗？"

"那还能怎样？"张宗悦压抑着内心的愤怒，"官家受韩侂胄影响，对夫子讲述的理学说教厌烦了，尤其是夫子提出对君权的限制，更让他恼羞成怒。韩侂胄一发言，正中官家下怀，便迫不及待下旨把夫子逐出朝门，解职回乡，可明面上却又表现出对夫子的体恤，给予奉祠宫观的虚职，其实终不过做个样子罢了。归根结底，还是官家厌弃了夫子。"

用过饭，朱熹让张宗悦把刘安泰叫到房中。望着满脸不平之色的刘安泰，朱熹微微笑着："安泰，坐。"

"安泰已经听张先生讲过了。夫子……"刘安泰抢着想要安慰夫子。

"安泰，不用说了。"朱熹平静而慈爱地说，"不能陪伴官家，我可以回沧洲精舍，给学子们讲课！"

刘安泰忽然感觉想流眼泪，他转过头去，忍着。

"这些书，你协助宗悦，分给临安城中我的诸位老友吧！"朱熹望着一屋子的书箱，不无伤感，"安泰，让宗悦带你在城里逛上一逛，我便跟你们一起回去。"

"夫子要回建阳？"

朱熹呵呵一笑："我离开考亭半年，再不回去，学子们该抱怨了。"

十月二十六日，朱熹打点好行装，与刘安泰、刘敬等人一同归闽。

十一月，朱熹回到了位于建阳考亭的沧洲精舍，写下一阕《水调歌头》，赠予伴他归来的刘安泰：

> 富贵有余乐，贫贱不堪忧。谁知天路幽险，倚伏互相酬。请看东门黄犬，更听华亭清唳，千古恨难收。何似鸱夷子，散发弄扁舟。
>
> 鸱夷子，成霸业，有余谋。收身千乘卿相，归把钓渔钩。春昼五湖烟浪，秋夜一天云月，此外尽悠悠。永弃人间事，吾道付沧洲。

此文表明他要远离官场世俗，论学讲道，用道学来拯救衰世，拯救人心。他为日渐年老体衰的自己取号为"沧州病叟"。

朱熹的自嘲、落寞和忍让，并未让对手停止攻讦。

来年，宋宁宗庆元元年（1195）二月，韩侂胄再度出手，宰相赵汝愚被正式罢相，出知福州，支持赵汝愚的大臣们也陆续遭到贬谪。

听闻此讯息，朱熹也无可奈何，难以释怀还必须装作若无其事，沉浸在教书育人的环境中，传授理学。

政治风云中，获胜的一方绝不会轻易罢手。就在朱熹等人忐忑不安地度过一年后，暴风骤雨还是降临了。

庆元二年（1196）十二月，在韩侂胄集团的策划下，宋宁宗下令禁止道学，定理学为伪学，大张挞伐，开始了"庆元党禁"。

经韩侂胄授意，新上任的监察御史沈继祖以捕风捉影、移花接木、颠倒捏造的手法，奏劾朱熹"六大罪状"。朝廷权贵随即对理学掀起了一场史所罕见的清算，开列了一份五十九人的伪逆党籍，名列党籍者都受到了不同程度的处罚。首当其冲的朱熹被斥之为"伪学魁首"，位列黑名单第五位。有大臣竟提出"斩朱熹以绝伪学"。

十二月十六日，朱熹被落职罢祠，从此彻底断了已然少得可怜的朝廷俸禄。众门人或遭流放，或被下狱，一时风声鹤唳，人人自危。

朱熹的女婿黄榦，对此愤恨不已，怒而写下："科举取士，稍涉经训者，悉见排黜。文章议论，根于理义者，并行除毁。《六经》《语》《孟》，悉为世之大禁。猾胥贱隶，顽钝无耻之徒，往往引用，以至卿相。绳趋尺步，稍以儒名者，无所容其身。从游之士，特立不顾者，屏伏丘壑。倚阿巽儒者，更名他师，过门不入，甚至变易衣冠，狎游市肆，以自别其非党。先生日与诸生讲学竹林精舍，有劝以谢遣生徒者，笑而不答。"

面对各种突如其来的变故与攻讦，朱熹却坦然地对黄榦说："诸人皆为外间浮论攻击，不敢自安而去。其实欲见害者，亦何必实有事迹与之相违，但引笔行墨数十行，便可使过岭矣，此亦何地可避耶！"而在面对即将来临的危险之际，他态度豁然，认为："死生祸福，久已置之度外，不烦过虑久之。"

一代大儒，惨遭如此不公正待遇，却能豁达看穿，蜗居在考亭，静静地和岁月握手言和。

就在此时，一个新生儿的诞生，为阴郁、沉闷的气氛增添了些许慰藉。二十二岁的刘安平喜得一子，深受朱熹教导的刘守业却坚定不移地站在老师身边，为表达老师的理学思想正确，是安邦定国良策，遂有意让子孙名字传承"安邦定国"信念。他给刚出生的孙子起名为"刘邦琪"，遣刘安平去沧洲精舍向朱熹报喜，并带去一批最新刻印的朱熹论著。

看到刘安平带来的新刻建本，获悉刘家添丁进口，六十七岁的朱熹只能赞叹地连声说："好，好，好！"夫子心中的悲苦，难以排遣，聊以这喜讯自愈。

刘安平心疼地望着朱熹日渐憔悴的面庞，深情地劝导："还望夫子保重身子，不用在意外面的风言风语。"

朱熹伸手抚摸着新书："我是真高兴啊！想当年，你爹刚到我门下时，还不满二十，这一眨眼的工夫，安平你也当上爹了！"

"还不是托夫子的福！"刘安平毕恭毕敬回答，"我们刘家和流芳斋，若没有夫子的关心照拂，哪里有今天的光景？夫子不仅教诲了我爹，更教诲了安平、安泰，将来等邦琪长大了，我也要把他送到夫子这里来求学。"

"只怕那时，老夫已经作古了！"朱熹哂笑着说。

"夫子身体康健，何出此言？"刘安平急忙打断，"不仅邦琪长大后要拜在夫子门下，将来邦琪的儿子也还要拜在夫子门下呢！"

"我要能活那么久，不成老妖怪了？"朱熹自嘲地说，"想当年，你爹去寒泉精舍时，我还不到四十。那会，蔡元定、林用中、刘爚、徐宋臣、黄榦、蔡沈、祝穆、廖德明等弟子门人，时常都聚在我身边。我一生中自认为最为重要的著作，诸如《论孟精义》《通鉴纲目》《家礼》《伊洛渊源录》《近思录》《太极图解》《通书解》《八朝名臣言行录》等，也在那时完成。淳熙二年（1175），我又建了云谷书院，也就是晦庵草堂，草堂建成后，刘爚、刘炳、祝穆、叶味道都跟随我从学。云谷西面是你从舅西山先生创建的西山精舍，我们每遇疑难之题，则会在各自的山头揭灯为号，次日再相见探讨。现在回想起来，依然欢欣自在。"

"那时夫子定然是最最快乐的。每每听夫子提及这些往事，都令安平激动不已，真恨不能早生二十年呢！"

这时，刘安平拿出新印刷的书，不仅是为了安抚朱熹苍凉的心，还专门指着改革后的版面，征求朱熹的意见。

朱熹这才将心思转到版面上，一看，大为吃惊："安平啊，这是你的主意？"

安平点点头。

"这样好。"朱熹端详着书的版面，一行原文大字下面，是两行注疏小字，这样就省去了反复翻看后面注疏的缺点。他心情大为愉悦，连连端起茶杯："安平，老夫子今天要敬你几杯茶。你爹的眼光没有错，你这样一改，建本的历史要改写喽！后生人，不了得！"

刘安平听到朱熹这样说，愈加信心大增，就稳稳地请示："我还有个建议，拿不定主意。比如，有些读书人资历尚浅，在读书'断句'时，常常拿捏不准，以至于错误理解了意思。敢问夫子，这建本，你说，能不能在这行字上，画出断句符号？"说完，他指着新刻印的《孟子集注》，眼巴巴地看着朱熹。

"哦？这我倒没有想过。断句确实是个问题。你准备怎么做？"

"你看，在该断句的地方，画一个小圈圈，既不影响全文阅读，又能免除断句之误，行不行？"

朱熹歪过头，捻着胡须，看一眼《孟子集注》，又抬头沉吟片刻，不住点头："安平，我看是可以的。即使对于不需要看断句的人来说，有些多余，可这也不影响阅读啊。可以可以。"

刘安平说："我爹也拿捏不准，说这样会不会让人鄙视建本，觉得咱们是画蛇添足？"

朱熹肯定地说："那不至于！若是真有迂腐之人，你也堵不住他的嘴。这建本，本就是天下人的建本，总要体谅大多数读书人。两下比较，这样确实能减少很多讹误。不过，这'断句本'，一定慌不得，要找断得准、断得对的人来反复校对，不然真就出笑话了。"

刘安平诚恳地说："那是自然的，少不得还要叨扰夫子把关。"

谈话转到建本，转移到读书、授课上，朱熹的情绪缓和了不少。两人这才再次回忆起旧日的美好时光。

他们说起修建武夷精舍的那段日子，热血澎湃。刚开始建设时，蔡元定、游九言、刘爚、黄榦、詹体仁、叶味道等人，不管平日是否做过农活，纷纷荷锄挑担、搬瓦垒石，不长时间就先后建成仁智堂、隐求室、石门坞、止宿寮、观善斋、寒栖馆、晚对亭、铁笛亭、钓矶、茶灶和渔艇等屋舍亭台。

武夷山麓，九曲沿岸，迅速刮起一阵建学堂热潮。师生们择地筑室，读书讲学，朗朗书声，回响穿梭在竹林间。风告诉云，云带动雨，山涧峰巅氤氲着墨香……游九言的水云寮、刘爚的云庄山房、蔡沈的南山书堂、蔡抗的咏归堂、徐几的静可堂、熊禾的洪源书堂，学子云集，传经布道，山石都读懂了理学。朱熹在那里一待就是八年，带出了一大批杰出的弟子，还完成了理学著作《四书集注》。

"现在回想起来，这一切，就是黄粱一梦啊，磨砖成镜。唉，再想回到从前的光景，只怕是永远都不可能了！安平，你看，这沧洲精舍当年栽下的竹子都长得这么壮了。这次从临安再回到建阳，若没有林用中和你爹帮助，这精舍只怕也难保住了。唉，有心无力了！"

"夫子……"刘安平看到朱熹唏嘘，不忍打断，就默默听他唠叨。

朱熹确实老了，又断断续续地说起"鹅湖之会"那场论辩，仿佛是在自我反省。

"我听说吕大人的观点也是倾向于夫子的。"刘安平仰慕地望着朱熹，"他的文章里说，'元晦英迈刚明，而工夫就实入细，殊未可量。子静亦坚实有力，但欠开阔'，这是对夫子最大的褒奖。"

"伯恭是位良师益友，遗憾的是，过世太早。"朱熹忍不住慨叹连连，"他比我还小七岁，鹅湖之会六年后，他才四十五岁，便撒手人寰，着实可惜可恨。也是那年二月，我还在南康见过陆九渊一面，那会我们相谈甚欢，更一起结伴讲学于白鹿洞书院，这样的光景确实让人怀念啊！"

"夫子后来又见过陆九渊先生？"

朱熹点点头："淳熙五年（1178），孝宗皇帝任命我知南康军兼管内劝农事。淳熙六年三月，我到任后，适逢当地遭逢大旱，灾害严重，便着手兴修水利，抗灾救荒，并奏乞蠲免星子县税钱，使灾民得以度过那段艰难的岁月。十月，行视陂塘时，在樵夫的指点下，我找到了建于南唐时期的白鹿洞书院废址。我多方奔走，到淳熙七年三月，白鹿洞书院得到修复。也正是因此，我才能在庐山五老峰南麓有幸再度与九渊先生把酒言欢，畅谈天下大事。"

　　"听父亲说，夫子在南康军任上时，为了重修白鹿洞书院，可谓殚精竭虑，不遗余力，甚至自兼洞主，四处延请名师，自己掏钱购买各种图书充实书库，还恭请官家敕额，赐御书。除此之外，夫子更在书院置办学田，以供养贫穷学子，还亲自订立《白鹿洞书院教规》，对教育目的、训练纲目、学习程序及修己治人的道理，都作了明确的阐述和详细的规定。"刘安平接着朱熹的话茬说，"要是安平早生个几十年，能够在白鹿洞书院聆听夫子的教诲，该是何等的幸福！"

　　"要说起来，沧洲精舍可也不比白鹿洞书院逊色。"朱熹欣慰地说，"有了过去的诸多经验，沧洲书院可以算是最成功的一所书院！"

　　"那等邦琪长大了，安平就把他送来沧洲精舍，到时候夫子可不要推却。"

　　"好，好，只要我能活到那个岁数，就亲自教邦琪读书，只怕他会受不了我这个老夫子呢！"跟刘安平一顿促膝长谈，朱熹脸上的阴霾一扫而光，边说边站起身，拉起安平的手，"走，我们不要坐在这里说话了！"

　　"走？"刘安平不解地，"去哪？夫子是要带我去看树抱佛吗？"

　　"看什么树抱佛？去看你儿子小邦琪了！"朱熹满脸堆着笑，"守业也真是，都抱孙子了，却只打发你来通报，就不兴叫我去麻沙讨一杯喜酒喝吗？"

"去麻沙？"

"不去麻沙还能去哪里？走走走，快些走，我还要看看小邦琪长得俊不俊。怎么，舍不得酒？"

"好，好，去麻沙。"刘安平开心地笑着，一边搀扶着朱熹，小声叮咛，"夫子小心脚下，别被绊着磕着了。"

"放心，我才六十六，又不是七十六！"朱熹说笑间，挽着刘安平的胳膊上了等候在门前的刘家马车。

天空晴朗，阳光明媚，行走在通往麻沙的马车道上，朱熹和刘安平的脸上都绽放着笑容。尽管前方布着荆棘与荒草，但相信，明天一定会比今天更好，所有的坎坷与不幸，都会在欣欣向荣的期待中化作乌有，永不再来。

第十一章　泰山梁木

宋宁宗庆元三年（1197），春节刚过。麻沙的大街上，沿街的店铺门头还悬挂着喜庆的灯笼。

寒冷的街头，已经开始有忙碌的生意人。

流芳斋西院最后头的院子里，此时人人噤声，气氛有些压抑。

屋内，床上，奄奄一息的菊丫躺在床上，气若游丝。

刘守业坐在床边，紧紧握住她的手，宽慰地说："菊姐，你这咳嗽的毛病，眼瞧着一开春就好了，不要担心，只管静养。"

菊丫有气无力地转动着双眼，来回巡睐，轻声地说："我没有可担心的，东家只管去忙。"

刘守业知道她还有事放不下，扭回头一摆手，将阿牛拉到身边，说："菊姐，你放心，流芳斋会好好待阿牛的。"

阿牛顺势跪在床边，一把攥住菊丫的手，说："娘，阿牛日日夜夜伺候您，听东家话……"

菊丫缓缓摇着头，一字一句地说："我半个身体已走过奈何桥，没什么好怕的，叫少东家来。"

刘安平一直守候在外屋，听到召唤，立刻来到床前，柔声叫一句："菊姑。"已经红了眼圈。床边的帷幔微微摆动，菊丫挣扎着坐起身来，举起手，温柔地为安平擦着泪花，惨笑着说："你也是少东家了，瞧瞧，动不动还掉泪。"说完这句，情绪激动，竟然剧烈咳嗽起来，一声连着一声，咳得人人惊心，被褥被揉成一团。众人慌张得手忙脚乱。刘守业眉头紧锁。刘安平不停地为她捶打手背。忽然，菊丫从刘安平怀里挺直身子，双眼炯炯有神，快言快语地说："安平，你爹打你骂你，都是为你好，千万不要和他置气，流芳斋是你爹一手……"一阵撕心裂肺的咳嗽再也没有停止。众人惊恐地听着这发自肺腑、撕裂的咳嗽声，心中泛起不祥。渐渐地，咳嗽声平息了，菊丫安详地闭上了眼睛。阿牛扯着嗓子呼喊着："娘！娘……"

刘守业扭回头，低声而缓慢地说："都去准备吧！"

安葬完菊丫三天，刘守业还一直沉浸在痛苦中。这位似姐如母的亲人就这样撒手而去，让他一时难以接受。自祖父、父母去世后，和他相守时间最长、最呵护他的菊姐去世了，让他感到世事无常。虽然也知道，每个人最后都是这个归宿，可终究一时难以接受。

就在刘守业还没有缓过神来时，又一个令人悲愤的消息传来。韩侂胄等人见朱熹始终不肯主动投靠、屈服，便诬蔑蔡元定为朱熹的羽翼，将其发配至湖南道州编管①。

"这是非要了人命才罢休吗？"刘守业气得在流芳斋内大叫。他的吼叫，并没有任何回声。

六十二岁的蔡元定接到圣旨，不再辩驳，为防止连累他人，悄悄起身前往府治报到。三子蔡沉、门生邱崇和刘砥相随其后。

正在沧洲精舍讲学的朱熹闻讯，悲愤交加，带着百余学生及刘守业、林用中、刘安平、刘安泰等人，前往蔡途经的净安寺送行。

须知，朱熹此时已经被反对者监视，可他全然不顾，依然决然地坚持要为这个知音、大弟子践行，通过这种形式，向污蔑者进行有力反击。

---

① 宋代官吏获罪，谪放远方州郡，编入该地户籍，并由地方官吏加以管束，称"编管"。

蔡元定乘船达到净安寺码头时，朱熹已早早等候在岸边。蔡元定走上岸来，师生携手，进入寺内。坐到方丈室，朱熹并没有过多地与蔡元定寒暄，也不问他心境，张口就把近日读《参同契》的疑点一一叙述，蔡元定谈笑自如，完全不像被贬谪之人。两人越谈越恣意，完全就是平日讲学模样，全无半点悲戚。不久，从人拿来酒菜，朱熹、蔡元定和众人皆酣然而醉。隐约中，老子、庄子笑吟吟地看着他们，为他们这种威武不能屈的行为喝彩。

酣畅到极致，蔡元定赋诗一首：

> 天道固溟漠，世路尤险巇。
>
> 吾生本自浮，与物多瑕疵。
>
> 此去知何事，生死不可期。
>
> 执手笑相别，毋为儿女悲。
>
> 轻醇壮行色，扶摇动征衣。
>
> 断不负所学，此心天可知。

朱熹赞叹道："友朋相爱之情，季通不挫之志，可谓两得矣！"

"季通兄，他们这是诬蔑，是陷害，你不能就这么去道州！"刘守业面色凝重地说。

蔡元定镇定自若地说："朝廷的圣旨，若是违抗，真就让宵小之徒坐实了罪状。"

刘守业很是为他担忧："您已年逾花甲，建阳到道州路途遥远，道州又地处荒偏、瘴疠四起，你这副身子骨如何适应得了？"

"鹏飞！"蔡元定目光如炬，"季通虽老迈，腰杆还挺得直，不至于一击即倒！"

"说得好！老则老矣，硬邦邦的骨头还是要有几两的！"朱熹击掌称妙。

反过来，蔡元定气定神闲地劝说刘守业："有仲默和宗卿、履之随我同去，倒也无妨！只是夫子年事已高，又被朝廷诬为伪学魁首，去职罢祠，你和敬仲替我多敬一份孝心才是。"

朱熹见状，哈哈一乐："季通，莫怕。你不过是伪学帮凶，我才是正主嘛！他们说我六大罪状：不孝敬母亲，给母亲吃霉变食物；说我不服从官家诏命；说你帮着我给孝宗占卜另择墓地；说我与赵汝愚图谋不轨；说我霸占县学；说我作诗图反……你说说，哪一桩有真凭实据！欲加之罪何患无辞！去则去吧，一路莫悲伤。苍天不灭，理学不死！你我问心无悔，此生足矣！"

"季通兄放心，敬仲和鹏飞会照顾好夫子。"林用中难过地看着蔡元定，依依不舍，"此去道州，三千里之遥，路途险峻，不亚于蜀道之难，季通兄一定要保重，敬仲等着你回来斗茶！"

蔡元定的眉梢眼角含着一股释然："道州有上好的竹叶青茶，遗憾未曾品尝，托官家和朝廷的福，这回可有口福了！"

一行人边走边谈，说起蔡元定的轶事：八岁即能作诗，日记数千言，成长后承父教，精研程氏、邵氏、张氏三家学说，幼时便能深涵义理象数之学理。十九岁登西山绝顶，构筑书屋，忍饥吞野，刻意读书，对天文、地理、兵制、礼乐、度数，无所不通，对方枝曲学、异端邪说，亦能悉拔其根，辨其是非。尤其是晦涩难懂的古书奇辞奥句，学者都不能分句的，只要蔡元定一过目，即能梳理剖析，无不畅达。

尤其是他到五夫镇问易时，才二十五岁。那时朱熹也不过刚届而立，两人初次见面，朱熹就觉得他谈吐不凡。

"但凡四方来学者，我必让你考询他们的才识，方决定是否入学。那时起，我就把你看作师友！"朱熹颇为感慨地说。

蔡元定说："夫子看重，学生岂敢偷懒！"

朱熹虽然有心就此别过，可刘守业、林用中、叶味道等人非要多送一程，也就遂了大家心愿。大家一路相随，把蔡元定一行送到了马伏的寒泉精舍。

是夜，朱熹和蔡元定连榻而卧，一夕未眠，秉烛而谈。

"还记得乾道六年（1170），你重上西山设疑难堂讲学，和我在云谷的晦庵草堂遥遥相对，为便宜联络，我俩在两山之间悬灯相望，夜里相约为号，灯暗表明学有难处，翌日则往来解难。你每至我处，我必留你数日，论学之际常通宵达旦。那样的日子，不会重来了。"朱熹缓缓地说。

"岁月如梭，这一晃都快三十年。"蔡元定陷入回忆中，低声说，"那会儿正值壮年，授课、讲学，不知疲累。"

"此番，是晦庵连累你，让季通受这无妄之灾！"

"世事如此，夫子不必自责。"蔡元定担心地说，"倒是您，定要保重。"

"放心吧，有鹏飞、敬仲、贺孙他们陪着呢！"说完仰天一叹，"此生独憾，想我昭昭理学，命运偃塞啊！"

蔡元定也唏嘘不已，两双手紧紧握在一起。少许，两位老者同时破涕而乐。窗外，风呼呼刮，窗纸一张一翕，似乎听懂了两人的对话而做出的呼应。

翌日一早，蔡元定拜别了朱熹等人，一行人乘舟远赴道州而去。

四月初四，麻沙流芳斋的西院内宅，正进行着一场有关婚姻的斗争。

刘心棠的美貌在麻沙出了名，觊觎她的登徒子不在少数，但她就是任谁也不嫁，蹉跎日久，婚事一直拖着。

三年前，刘守业把她许给了建阳城外赤岸熊家的熊立贤。熊家家大业大，在建阳城开了书坊。熊立贤的祖父熊克更是名闻乡野的大儒，还曾做过朝廷的起居郎兼直学士。按说这门婚事是刘家高攀了熊家，但刘心棠始终不同意，甚至跪求母亲蔡秀娥劝说父亲退亲。

蔡氏虽然明白女儿的心思，可她更注重门当户对、父母之命的礼教规矩。嫁人，事关女儿一生的幸福，母亲当然最用心。她用过来人的经验规劝女儿，虽然知道她心里想着王文涛，可那是不可能的。王家是刘家是世仇，王恒泽烧流芳斋的那把火，已经烧断了两家的根！即使刘家肯以德报怨，王家也未必会放过这个"杀父仇人"的女儿。婚姻是两家人的事，女儿年轻、叛逆，迷失于感情，做母亲的也曾年轻过，儿女情长这点事全都懂，自然不会拿女儿的一辈子做赌注。

相较之下，熊家不仅家世渊博，而且门第显赫，与刘家又有生意往来，最合适不过。

"谁说我要嫁给王文涛了？"刘心棠打断母亲的话，哭丧着脸，"我谁也不嫁，女儿就一辈子留在您和爹跟前侍候，不行吗？"

"不行！"母女俩正说着，刘守业不知什么时候踱了进来，冷眼望向刘心棠，语气冰冷地说，"自古婚姻大事，父母之命，媒妁之言，哪里能由着你的性子胡来？"

"爹！"刘心棠抬起头，恼怒地说，"您拆散了大哥的好姻缘，难不成还要把女儿往火坑里送吗？"

"心棠！这怎么是火坑呢？"母亲急忙拦住她。

"叫我说，你就是自私，是为了你的生意，才狠心把女儿嫁给熊家！汉家王朝和亲匈奴，你是和亲你的建本！搞商业联姻！"刘心棠气急败坏地说。

"放肆！安平和钟家的女儿，那是一段孽缘！"刘守业的脸色很难看，激动地说，"熊家这样好的门第，怎么在你眼中就成了火坑？也不知你们兄妹几个中了什么邪，先是安平，再是你，现在连安泰也……你们眼里还有我这个老子吗？告诉你，四月初八，熊家按时来迎亲，只要我不死，这个家还由不得你！"

"爹，您不要逼女儿去死。"

"少吓唬我。你老子不吃这一套！"

"爹，连朱老夫子都在文章中倡导'存天理，灭人欲'，我不嫁人，就是要存天理，灭人欲。朱老夫子的话你都不听？"

刘守业闻言，火冒三丈，厉声说道："这就是你对朱夫子这句话的理解吗？古人说过，'饮食，天理也；山珍海味，人欲也。夫妻，天理也；三妻四妾，人欲也'。朱老夫子倡导'存天理，灭人欲'，不是要灭去人的正常欲望，而是要灭去人们贪得无厌，贪得连天理都难容的过度、过分的欲望！"

"我就不嫁……"刘心棠赌气地扭过脸噘着嘴死扛。

"四月初八，熊家必须来接亲，我瞧瞧流芳斋谁做主！"刘守业边说边瞪了蔡氏一眼，"都是你娇惯，好好劝劝你的宝贝女儿！"说完摔门而出。

蔡氏目送着刘守业出了房门，回过头来苦口婆心地说："你也看到你爹的态度了，难不成要娘给你跪下吗？"

刘心棠闭上眼睛不说话。

"你都已经二十一岁，再耗下去，就嫁不出去了！"蔡氏说着，眼里早已噙了泪花，"你要觉得委屈，就想想我这个当娘的。当初，你爹心里喜欢的人明明是章美玉，想要八抬大轿娶进门的人也是她。我知道后，跟你一样，着实不愿意嫁到刘家，可最后，还是没能拗得过爹娘的意愿嫁了过来。一开始，我跟你爹谁也没中意过谁，可慢慢地，日子过着过着，彼此了解后，不也过得很好？娘知道你不喜欢熊立贤，你是还没有接触过他。等你嫁过去，相处的日子久了，自然就产生感情了，到时候只怕想要拆散你们，你还不情愿呢！"

"娘！"刘心棠扑到蔡氏怀里，哭得梨花带雨，"就不能让女儿一辈子留在家里，守着您和爹吗？"

"我的傻姑娘。"蔡氏伸手抚摸着女儿一头秀发，怜爱地说，"爹和娘终究有一天要先你而去，到那个时候，你怎么办？依靠兄嫂过一辈子吗？兄嫂再好，哪有自己的官人知冷知热？熊家是书香世家，知礼守节，你嫁过去，熊立贤亏待不了你。至于别的，从今往后，把它抛到九霄云外，再不要想了。"

刘心棠不再言语，静心听着、想着，不想让母亲为难，尽管内心一万个不情愿，还是含泪答应了。

刘心棠在家里抵抗无效，王文涛更是心如刀绞。他听说刘心棠要嫁到赤岸熊家后，愁得一筹莫展。他也知道，母亲陈氏和姑母王春燕，绝不会让他把仇家之女娶回来。但是，心棠嫁了，他存了几年的希望也就彻底破灭了。

四月初五，王文涛终于鼓足勇气，把刘心棠约到了麻阳溪畔。

静静的麻阳溪上，书舶一艘连着一艘，偶尔有三两只白鹭悠闲地从日头下翩飞而过。和煦晴朗的阳光洒落在每个角落，整个水湄都透着温润古朴的气息。

"心棠……"王文涛犹豫地叫了一声，满腹的心事想要诉说，一出口却又化成了一句"恭喜"。

刘心棠听到这声"恭喜"，心里凉冰冰的。这一声，听起来极为讽刺。可她知道，里面也包含着王文涛无边的遗憾。她没有搭话，只是低着头，伸出穿着绣花鞋的右脚，不断碾着岸边肆意疯长的水草。

"心棠，我……我打听过了，熊立贤无论人品相貌，还有家世背景，都要远远好于我。你嫁了过去，一定会幸福的。"

刘心棠依然没有说话，把右脚换成左脚，继续碾着水草。绣花鞋上绣着莲花和蝴蝶，一对并蒂莲，一双比翼齐飞的蝴蝶。莲花在阳光下灼灼生辉，蝴蝶在水波的倒影中妖娆生姿，唯有刘心棠那张粉白娇嫩的脸，始终漠无表情，平常那双特别有神采的眼睛，此时了无生气。

"心棠，"王文涛盯着刘心棠那双与水草融为一体的绣花鞋，从怀里掏出一本书递给刘心棠，"我没什么好送你的，这本苏东坡的《眉山集》，是我们王家祖传的珍本，送给你当作纪念吧！"

刘心棠停住脚，缓缓掉头看了王文涛一眼，想要说些什么，终究还是咽下去。

"这本《眉山集》，是我祖上刻印的珍本，至今已有七十多个年头。"王文涛望着溪流，述说着，"我的曾祖父曾是翰林图画院的画师，得到过道君皇帝指点和器重。靖康之难后，徽宗、钦宗和数千后宫宗室，都被金人掳至荒无人烟的北方漠国，曾祖父也在随行之列。后来，他寻得机会从五国城一路逃到建阳，自此隐姓埋名，以刻印为业。这本《眉山集》就是他到建阳不久后刷印的。"

刘心棠不敢相信地追问："你曾祖父？和我曾祖父一样，也是逃难而来？"

王文涛点点头："我曾祖父怕被金人追杀，也为避免卷入朝廷争斗，改了名字，娶的曾祖母亦是小门户的女子。他的真名叫什么，祖籍在哪里，一概没有告诉后人。"

刘心棠边听边认真翻阅手中的图书。的确，不论是从版式还是装帧，这本《眉山集》都堪称建本的佳品，历经七十年，也未变脆开裂，难怪会成为王家珍藏代代相传。

"文涛……"刘心棠的眼睛变得湿润，"你把这么贵重的珍本送给我，不值得。"

"心棠，在我心里，你跟它同样珍贵。这世上也只有你才配得起它，就让它代替我，陪你走完这辈子。"

"文涛，我……"

"你不用说，我明白，我们两家的疙瘩，这辈子不可能解开。你去追寻属于你的幸福吧，别在痛苦中煎熬度日，忍受奚落和白眼了，只要你过得好，我这辈子便没有遗憾。"

"文涛！"刘心棠终于抑制不住地流下伤心的泪，"我……我们……"

"这是命，我们抗争不过命运的安排……"王文涛再也说不下去，难过地看了刘心棠一眼，猛地站起身，急急跑远了。

离开麻阳溪畔，怀揣着王文涛送的《眉山集》，刘心棠没有直接回家，而是让家中最为宠溺她的仆人刘敬，驾着马车，把她送到考亭的沧洲精舍。这是她第一次独自前来拜访朱夫子。她心里有着太多的疑虑和疙瘩，需要听听夫子的建议，也想看看他那张从容而又慈祥的面孔，好让自己平静下来。

走过明伦堂，看到朱熹正在给弟子们授课，她悄悄地寻了个空位子坐下。朱老夫子说的每句话，在刘心棠听来，都甘之若饴、如沐春风。

授课结束，朱熹要往书房走，才发现了刘心棠。两人相偕来到书房。朱熹为她斟了一杯水仙茶，慢条斯理地问："眼看就要做新娘了，还有时间乱窜？"

"夫子……我……"

"怎么，不甘心？"朱熹慈爱地打量着刘心棠，"你是刘家的女儿，是流芳斋的后人，凡事不能率性而为，得先替你爹和家族考虑。"

刘心棠默不作声。

"流芳斋筚路蓝缕，走到今天极为不易，老夫是看着你爹栉风沐雨，一路走过来的。刘家的子女，每一个决定都要替流芳斋着想，嫁到熊家，对你，对你爹，对流芳斋，甚至是熊家，都两全其美。若嫁到王家，就是灾难，你现在年龄小，认识不到后果。将来，它就会像王恒泽放的那把火，不仅会伤害流芳斋，更会伤及周边的人。"

刘心棠瞪大了眼睛，在她看来，夫子这番话未免有些危言耸听。

朱熹循循善诱："你爹是个明白人，他做生意，并没有把利益放在首位，而是把传播知识、教化百姓当作重要的职责。可王恒泽不同，他满脑子都是利益，为此不择手段，盗印出讹误百出的书本，不仅误人子弟，更误了他自己和王家。"

"夫子，王文涛和他爹不一样。"

朱熹语重心长地说："俗话说，近朱者赤，近墨者黑，怎见得他日后就不会成为第二个王恒泽呢？"

"夫子，心棠有些想不通，王恒泽从前为什么要烧了流芳斋？对他到底有什么好处？"

"利欲熏心而已。"朱熹轻轻叹口气，"有人做生意，是为了一份责任，比如你爹；有人做生意，是为了累积财富，比如王恒泽。当你爹堵住了王恒泽的财路，就跟要了他的性命一样，若不是发生了纵火案，他还有可能找你爹拼命。"

"夫子，您说做书是一种责任，不纯粹只是为了赚取利益，那当年您在崇化里经营同文书院，只是出于责任和担当吗？"

"老夫也是一介凡夫俗子，我刻书虽也盈利，这并不是主要的。可叹当今之世，有的书商们，纯粹把老夫写的文章、书当作赚钱的工具，只一味想着拿去卖钱，至于其中的学问多不去仔细研读，通读过全文的没有几人。因此，老夫才在弟子门人的支持下，设了同文书院，刻印售卖建本，让真正的读书人，既能看到我的文章，更能买得起我的书。如此，一来能教化百姓，二则可缓解俸禄减半的窘迫。"

"听爹说过，夫子的同文书院，极是重视校勘，且对门人相当严苛，稍有懈怠，就会遭受夫子的斥责。"刘心棠疑惑地看着眼前这位和蔼可亲的老人问，"夫子也会发怒骂人吗？"

"老夫又不是神仙，怎么不会发怒？"朱熹笑容可掬地说，"有一年，我吩咐门人程宪将我刚刚整理完的《程氏遗书》拿去刻印。我一再叮嘱，要他多找几位学友一起校对。程宪倒好，一只耳朵进、一只耳朵出，只与叶学古校对一遍了事。我得知此事后一时气急，狠狠骂了程宪一顿，更命门人许顺之跟他重新校对过多次无误后，才发话允许把《程氏遗书》刻印出来。"

"夫子真的骂人了？"

"真的。"朱熹点点头，"我们做书，力求没有任何讹误才行，毕竟书是要用育人的，容不得一丝一毫的疏漏。每本书都需要两个人一起校对，一个读、一个听，此乃最佳方式。当年我考订撰写十卷本的《韩文考异》和一卷本的《周易参同契考异》时，光校对就参考了古往今来各种版本。"

"爹说过，夫子在编撰《昌黎先生集考异》时，参考了很多民间小本，也就是建阳普通的坊刻本。他心悦诚服地夸赞夫子这种不拘泥于官本、古本，不轻易否定民间坊刻本的精神呢！爹说，至今建阳各家书坊都还在争相刻印夫子的《韩文考异》，还说夫子不知道要高出那些普通的校勘学家多少倍呢！"

"你爹言过其实了。"朱熹和颜悦色地说，"刻印《古易》《音训》时，因暂时没有得到王日休的注本，我还写信给蔡元定，要他访问考订，孰为得失。你看，我们对做书有着严格的要求。刻印书籍，兜售建本，从表面看上去是在做生意，实际是行仁义事，在经营同文书院时，我坚持以义制利、财自道生、利源义取，只要遵循天理，利益也会寻上门来。但若像王恒泽那样贪婪无止境，利欲熏心，最后必然祸端加身。"

"可是夫子，同文书院为什么还是关张了呢？"刘心棠不解地问。

"问得好。当年我在崇化里，各方面的条件都不错，不仅有朱在、刘学古在旁帮衬，还有林用中等人在经济上支持。你林世伯善于经营，我刻印的书，大多由他发行售卖，倒也赚了点小钱。那会儿我开堂授课，很多弟子门人支持我，比如远在江西的周朴、在宣城的弟子孙自修等人，特意寄钱来，委托我选购或刻印图书。同文书院的生意一度甚为兴隆，刻印出一大批质量上乘的好书，包括刻于乾道八年的三十四卷本《论孟精义》、刊于淳熙十四年的六卷本《小学》，还有《四书集注》《四书或问》《太极通书》《童蒙须知》等。那十余年间，我以刻书为业，重视校勘，一旦发现讹误便即修改。可这样一来，却增加了人力和时间的成本，影响了书坊的运营，甚至需借贷印书，常常为还不上高额的本息苦恼。"

"夫子是说借钱经营书坊？"

朱熹点点头："老夫终究不太懂得经商之道，纵有你爹、朱在、刘学古、林用中帮衬着，同文书院的经营仍入不敷出，每况愈下，资金回笼又慢。最后，书坊陷入束手无策的窘境，老夫也不得不忍痛割爱，彻底放弃。"

"心棠可是听说，不拘是谁，只要向夫子要书，夫子就无偿赠送，这才让同文书院维持不下去。"

"会来要书的都是读书、爱书之人，送几本书理所应当。"朱熹不在乎地笑笑。

"何止几本。我可听爹说了，夫子将吕祖谦《古易》送给龙川先生陈亮，将南康刻本《周子通书》和胡寅的《叙古千文》送给向伯元，将《诗集传》寄赠宰相留正，还有张栻、吕祖谦、陆九渊、陆游、辛弃疾、杨万里、赵汝愚、傅自得、韩元吉、袁枢等等先生们，以及一大批在外居住的门人弟子，哎呀，可真是多到数不胜数！"

"你爹有没有说，也有失望的。我记得一位叫曹元可的学者来信向我索书，因手头无现本，只能表示抱歉，至今想来都觉不安。"

"夫子这么个赠书法，岂不血本无归？"刘心棠替朱熹惋惜。

朱熹自嘲地说："说到底，在经商一途，我比你爹逊色许多啊！"

"我爹他不过就是个满身铜臭味的商人，叫我嫁给熊家，也是为了他的生意！"

"此言差矣，你这么想，有失公允。"朱熹认真解释起流芳斋对建本做出的几项里程碑意义的改革。

字体上的改革：蜀本多颜体、浙本多欧体、建本多柳体，深谙此中要意的刘守业提倡篆体、瘦金体、柳体、颜体、褚体多种字体混用，不仅增添了书本的美观性，更让喜欢书法的学子感觉建本增加了收藏价值。

插图上的首创：之前沿用的各版本，多为上图下文或以图辅文。流芳斋开创了以文释图、图文并茂形式，这样又吸引了大批喜欢绘画的读书人。

修改建本版式：以前的建本版面，多为左右双边、双鱼尾，以半页十行本居多。刘守业独创性地在双鱼尾的边线外左上角或右上角的地方，故意刻印上一个小方格，格内略记书的篇名或小题，称之为"书耳"或"耳子"。有了这个书耳，就便于读者翻检书中内容，达到了快速查阅的目的。

"流芳斋还有这么多故事？"刘心棠惊叹道。

"这是你爹的贡献，你兄长刘安平、曾祖林书明功劳也不小呢。"朱熹说道，还点出他们的创新之处。

多本合一：过去的经书、史书，先是将正文刻完，然后再刻注疏，正文与注疏不在同一个版上；另有"三行本"，即将正文、注解、音释三者分刻于三个单行本上。两种版式，读书人阅读时都极为不便。刘安平聘请名家编撰注疏，将正文与音义、注疏、释文合成一书，用小字双行注疏在每句正文之下，使初学者不用任何工具书，即可了解正文的读音和含义，亦可知悉它们的意义和出处。

反向思维，装帧出新：早先建本装帧，先将印好的书页以版心中缝线对折，字对字相对，集数页为一叠，排好顺序，以版口戳齐，逐页用浆糊粘连，再将上、下、左三边余幅剪齐。这样装帧的书籍，打开来，书页朝左右两边展开，形状很像是张开翅膀的蝴蝶，人称"蝴蝶装"。由于蝴蝶装书本的书页都是单层，打开来总是无字的背面向人，有字的正面却朝里，如果书页纸张较薄，极易造成正面与正面相连，翻阅时稍不留神，便将两个单页同时翻过，而下一页却还是无字的背面。

林书明从东京来到建阳后，和其他同道发明了"包背装"：将书页正折，版心向外，书页左右两边的余幅齐向书脊，正面文字向人，然后集数页为一叠，排好顺序，再以版口一边为准戳齐，在右边栏外余幅的相宜位置打眼，用纸捻穿订，砸平固定，继而将纸钉以外余幅裁齐，使之形成书背；再用一张比书页略宽略厚略硬的整纸，比之书册厚度对折，尔后用浆糊粘连包裹书背，再将天头地脚裁齐，将包背纸在左边版口处的余幅剪齐。这个办法，克服了蝴蝶装的缺点，易于翻阅，现在建阳大部分书坊，都采用这种一目了然的装帧手法。

"这么说来，流芳斋几代人对建本的贡献不小！"心棠瞬间觉得自豪而骄傲。

"确实。古代图书多无标点，《三字经》《百家姓》《千家诗》《蒙求》这样的儿童启蒙课本，本有固定句式，有押韵，读起来朗朗上口，不需要标点。而一般的书籍，因没有圈点，使初学者多感到不便，即使是成人士子，有的也难以断句。还是你的安平兄长，带着流芳斋联合其他书坊，在部分书中加入了句读圈点的编法。至于简化字的发明和运用，则是为了让识字不多的老百姓能够读懂书本上的文章，当然，也为了节省雕版匠雕刻的时间。毕竟，建本的一大特色就是刻印的过程要比浙本、蜀本快了许多，而要抢占潜在的市场，速度自然要讲究。"

听着朱熹对曾祖父、对爹、对兄长、对流芳斋的赞美认同，刘心棠对家族有了重新的认识，对父亲也有了更新的认识。

流芳斋数代人呕心沥血，胸怀责任，摈弃小我私利，擎起建本旗帜，识大体，谋大业，哪个人又是只顾思虑儿女情长？心棠想到这里，不觉脸红起来。如今自己只图随性，岂不让倾尽了几代人心血的流芳斋因她而名誉扫地？

朱熹见她沉思不语，知道她心中已经有了答案，和蔼地问："想通没有？"

"想通了。"刘心棠重重地点了点头，"放心吧夫子，我终究也是刘家儿女，不会拖后腿的。"

回到麻沙，刘心棠打定主意要把王文涛放下，嫁给熊立贤为妻。为表明心迹，刘心棠把王家祖传珍本《眉山集》，毕恭毕敬交到了母亲蔡氏手里。

"姑娘诶，谁个不曾是少女，安心持家是妇道！"蔡氏接过《眉山集》，爱怜地说。

"娘放心，过了熊家门，心棠就是熊家的媳妇，定然相夫教子，决不玷污刘家的门楣。"刘心棠说。

四月初八，熊家前来麻沙迎娶新娘。刘安平、刘安泰兄弟二人，穿着崭新的长袍，满脸笑容地守在门外迎候着从建阳城外赤岸而来的新郎。

流芳斋门口人声鼎沸。男方一个诨号叫作"别赖解"的人，穿过人群挤到门前，清了清嗓子望向刘家客堂的方向大声说："各位亲眷，我是来开小礼的，凡事好商量，先让我们进门喝口水吧！"

女方这边有人大声接腔说："要从此门过，先交买路钱！"讨价还价中，梳妆钱、开箱钱、抬杆钱、倒水钱、撸鞋钱、大橱钱、小橱钱，一一到位。女方收到钱后，将男方一众迎亲的亲眷放进院来。

迎亲的队伍在堂前一一坐定。仆人们早就端上了麻沙特有的各式点心，请男方的亲眷先用。后院里，一大群打扮一新的中年妇人，围在新娘刘心棠身边，替她换上大红的嫁衣。卧室的正梁下摆着一张精致的梳妆台，台上的铜镜映衬出新娘俏丽的面庞。新娘头上的蝴蝶簪子，金光闪闪；步摇一颤一颤，摇曳着幸福。

表舅母江氏，娴熟地举着木梳替新娘子梳秀发，口中念念有词："一梳梳到头，愿我姑娘夫妻到白头；二梳梳到脚，愿我姑娘夫妻同到老；三梳梳四方，愿我姑娘早生贵子做个状元郎。"

梳完头，庶母章氏拿出一根细线给刘心棠绞脸，把新娘子脸上的小汗毛给小心翼翼地绞干净了。左邻右舍中几位多子多孙的妇人，一旁帮着打包被子，你一言，我一语，房间里叽叽喳喳，欢声笑语钻进了崭新的被褥里，沿着嫁妆箱的角角落落到处撒下恩爱的种子。

梳完妆，点上三炷香拜完家神和祖宗，刘心棠在蔡氏和章氏的指点下脱掉鞋子，光着脚踩到摆在地下的筛子上去。刘守业捧出米斗往新娘头上撒。刘心棠不住念叨着蔡氏头一天晚上教的祝祷语："愿我兄弟凶神恶煞出门去，福禄寿喜入门来，子孙兴旺代代接香烟，添福添寿万年长……"

表舅把新娘子抱到大门口。待她换上新鞋，几位娘家女性长辈纷纷把"上轿包"递到她手中。

新娘子在临上轿前要"哭嫁"。刘心棠望望蔡氏，又望望章氏，哭得稀里哗啦。她是真的不想嫁，可为了爹爹，为了流芳斋的声誉，她不得不嫁，这世上有几人能够明白这份心情？

送亲的队伍抬着陪嫁的物品，在震耳欲聋的炮仗声和人们此起彼伏的喧嚷声中，风风光光地出发了。花轿里，刘心棠双手各拎着一袋蔡氏交给她的"五子果"，里面装满了栗子、核桃、糖果、荔枝、龙眼。临上轿前，章氏不厌其烦地再三叮咛，行路中如若遇到水沟、小溪、小桥，便要捏碎一个果子，看到怀孕的妇人，也务必要捏碎一个，否则，新娘会中"煞气"，以后生下的孩子则多病多灾。

孩子？她哪里能想到那么久远的事？爹给她挑的夫婿熊立贤，一表人才、器宇轩昂，可他纵是千好万好，也不是她想要嫁的那个人。

经过人声鼎沸、书肆林立的麻沙街口，刘心棠透过轿窗朦胧的帘子，看到了靠在徐楼门外柱子上的王文涛。他失魂落魄地望着花轿，浑身是说不尽的沮丧和痛楚。她别过脸，不再看他，抬起头，不让泪水流下来，在心底低低地说："别了，文涛，你保重。"

劝导刘心棠出嫁后不久，朝廷再度对理学进一步打压与排挤，朱熹被迫遣散门人以避祸。弟子林用中不怕受牵连，力邀朱熹到自己的家乡古田讲学。朱熹多番思量，携弟子叶味道等人一起离开考亭，前往古田，以杉洋蓝田书院为讲学之所。林用中又兴建了溪山书院等八座附属书院，朱熹、叶味道等人时常在这几座书院中给当地学子授课。

十二月，朱熹得知韩侂胄要加害于他，觉得杉洋非久留之地，便在林用中等古田门人的护送下，经宁德长溪、武夷山，返回建阳，准备着接受任何暴风骤雨。

另一边，由于道州环境恶劣，蔡元定抱病在身，虽多方医治却难愈。危重之际，他却依然想着学问，惦念着解《易》《春秋》未竟，未免留有遗憾。他叮嘱三子蔡沉，定要和兄长蔡渊、蔡沉一起，分别编成书目，郑重交代说："渊宜绍吾易学，沉宜演吾皇极数，而春秋则以属沉。"

宋宁宗庆元四年（1198）八月初九，蔡元定病逝于道州流放之所。道州守臣上奏朝廷，旨许归葬。三子蔡沉扶柩三千里还乡，于十一月初六，将其葬于建阳莒口翠岚山之源。

蔡元定身故的消息传到建阳，朱熹内心无比震惊，好似被重锤敲打着，疼痛难忍，一连三天水米未进。对朱熹来说，蔡元定不仅是门人弟子，更是他最好的师友，知晦庵者莫若季通，知季通者莫若晦庵，而今季通不在了，他形若槁骸，心若死灰。

"夫子，多少吃些吧，身子要紧！"弟子叶味道毕恭毕敬地捧出一碗莲子羹递到朱熹手边，"莲子是敬仲先生特意从建宁府带回来的。"

"我不想吃，端出去吧。"朱熹有气无力地叹了口气，接着问："贺孙，你跟着我求学，至今已有十六个年头了吧？"

叶味道满腹心事地说："那年夫子在松溪湛卢精舍讲学，家父将我和弟弟任道一起送到湛卢山拜夫子为师。为能时常与夫子作伴，聆听夫子教诲，贺孙更决意迁居建阳莒口后山，哪曾想，这一住就十六年呢。"

叶味道的父亲叶适，字正则，号水心居士，二十八岁就高中榜眼，历任平江府观察推官、太学博士、尚书左选郎、国子司业、兵部侍郎等职，曾参与策划绍熙内禅，在朝廷中身居高位。虽然他比朱熹小二十岁，两人却是忘年交。

　　"你和你父亲一样，学识、品德、情操，都是当世一等一的高。你完全可以拥有大好前程，却为了照顾我这个老头子，选择蛰伏在建阳后山。这份情意，可教老夫如何偿还？"朱熹感激地看着叶味道说，"我身边有守业他们照应着，你大可不必再留在建阳，可去谋个功名。"

　　"贺孙还想多侍奉夫子几年！"叶味道望向朱熹说，"至于功名，对贺孙而言，比不上在夫子跟前受教。"

　　朱熹算了算日子，说，"马上就要科考了，你还是出山去博个功名，总守在我这老朽身边算什么话？"

　　"此事，需从长计议。夫子，能再讲讲您和陆放翁的故事吗？"

　　"放翁？说来话长了。"朱熹清了清嗓子，用苍老沙哑的声音说，"我比放翁小五岁，直到淳熙八年，就是吕伯恭去世那年得以相识。那年八月，浙东大饥，我被推荐任职浙东常平茶盐公事，前往救灾。放翁罢职在家，听闻消息，立即写信给我，促请我速到浙东赈灾，是以结识。之后，我和放翁各自在仕途上起起落落，见面虽少，但彼此的那份情却一日甚于一日。后来，放翁进言光宗，请官家广开言路、慎独多思，并劝光宗带头节俭，以尚风化，再加上他和辛弃疾都是不折不扣的主战派，立马被谏议大夫何澹抓住把柄，弹劾他的议论不合时宜，主和派也借机群起而攻之。朝廷最终便以'嘲咏风月'为名，将其削职罢官。放翁回到老家后，便自题住宅为'风月轩'自嘲。"

　　"如此看来，夫子跟放翁倒是神会心契。"叶味道禁不住感叹。

　　"谁说不是呢？"朱熹叹道，"去年冬天从古田回到考亭，我让守业寄了一床纸被给放翁御寒。说起建阳的纸被，可是上好之物，比之建本、建盏、建茶来，毫不逊色。"

"听说放翁先生收到纸被，还写了两首诗致谢！"叶味道情不自禁地念了起来，"'木枕藜床席见经，卧看飘雪入窗棂。布衾纸被元相似，只欠高人为作铭。'看得出，放翁先生对纸被很满意。"

"建阳的纸被，谁不满意？"朱熹引以为豪，"建阳盛产竹子，有着丰富的纸张制作原料，用于刷印建本的纸张'建阳扣'广为人知，却鲜有人知道，用藤制作的纸被、纸帐，也是建阳纸制品中的宝贝，纸被和布被一样暖和。"

"放翁先生的第二首《纸被》诗写得更有味道：'纸被围身度雪天，白于狐腋软于绵。放翁用处君知否？绝胜蒲团夜坐禅。'他说纸被比狐毛还要白，比丝棉还要软，围着它在屋里看着窗外的飘雪，不知要胜过跪在蒲团上坐禅几百倍呢！"

"纸被替我在寒冬为放翁捎去些许温暖。"朱熹意味深长地说，"贺孙，听老夫一句劝，去临安参加礼部会试吧！"

"贺孙虽不才，决不与奸邪之辈同朝共事。"

"你父亲需要你的支持。"朱熹神情凝重地说，"如果朝堂里都是韩侂胄、沈继祖之流，大宋将沦落成什么样子呢？"

"夫子……"

叶味道在朱熹的劝说下，踏上了北上临安的路途。应礼部考试，荐卷为第一，遗憾的是，当时程朱理学被视为"伪学"禁行，他考试对策论时，均依程颐学说，尽管名列首位，还是被主持进士的考官以"伪徒"将其除名。落第后，叶味道回到建阳师事朱熹，终日亲持汤药，情如子侄，无有懈怠。

好景不长，宋宁宗庆元五年（1199），被各种疾病困扰的朱熹，感到自己如风中秉烛，抓紧各种著述的创作与编撰。叶味道、蔡沉、刘守业、林用中等门人弟子日夜守在其侧，尽心尽力照顾他，竭尽全力帮他整理著作。

宋宁宗庆元六年（1200），入春以后，朱熹足疾发作，病情继续恶化。此时的他，生命垂危，左眼已瞎，右眼也几乎失明，但依然加紧整理，希望能将生平所有著述全部完稿。然而，天不遂人愿，三月初九，七十岁的朱熹，带着无尽的遗憾撒手人寰。

考亭的三月，严寒未尽，草木未苏，放眼望去，万木凋萎，一片凄凉。沧洲精舍里，云板三敲，哀乐幽咽。理学大师朱熹静静地躺在灵床上，侍奉在侧的儿子朱垫、朱在和女婿刘学古、黄榦，姻亲范念德，门人林用中、叶味道、蔡沉、刘守业等人，神情肃穆跪倒在灵前，拜送先师英灵升赴天阙。

烛光，摇曳闪烁；香烟，袅袅缭绕。朱熹的灵柩安放在宅居之正厅，儿子、女婿、长孙及门生们轮流为其守灵，所有人脸上都写满了悲切和愤懑。朱熹是饮恨而殁，他毕生所倡导的圣贤之学迄今仍被视为伪学，而他本人更被诬为伪学党魁。众人回忆起师尊在重病中仍不辍著述、因材施教的情景，无不潸然泪下、痛心疾首。

"伪学之冤未辨，先师死不瞑目！"叶味道内心充满了激愤。

"夫子如为伪学之师，我等均为伪徒，不得登第入仕。西山先生客死道州，实在令人慨叹！"刘安平伏地痛哭流涕说。

"当今奸权当道，登第入仕如上祭坛，隐居不仕，何所惜矣！"蔡沉慷慨愤懑地说。

"夫子殡葬之日，我等当大树旗幡，为圣学张目。"刘守业猛然站立，望向众人高声说，"夫子弥留之际，曾交代殡仪礼参用士大夫丧礼的《书仪》和官员丧葬之礼的《礼仪》，足见夫子对伪学之贬心犹耿耿。我等自当谨遵师嘱，多以官府之礼葬之，聊慰先师在天之灵。"

刘守业话音刚落，众人齐声称是。朱熹三子朱在小心翼翼地问："如若县衙出面干涉，尔等又该如何？"

“怕什么？”刘守业愤然说，“这位县官张揆，哪能跟前任李涛大人比？”

刘安泰畅快地说：“这位张县官凶焰可畏，属色厉内荏之辈。朱夫子病重之际，他曾登门送礼探疾。朱夫子却是一点情面都没给他留，当众回绝，羞得他无地自容，就差挖个地洞钻进去了！”

林用中听了，禁不住哂笑说：“那日夫子还告诫他，‘知县若宽一分，百姓则得一分之惠’。眼见得是狼狈不堪，也亏得他，还能人模狗样地打道回府。”

“还有为虎作伥的胡纮和沈继祖之辈，跟这位张知县，就是如出一辙。”范念德揶揄着说，“不肖门徒胡纮，当年求师于武夷山，夫子未将鸡酒待之，以投其饕餮之好，他遂诬告师尊，实在是无耻之极！还有那个沈继祖，更是宵小之辈，日后必遭天谴！”

纷纭之声，很快就传到了建阳县衙，县官张揆恼羞成怒，加油添醋地向在朝的靠山京镗之流禀告。

朱熹逝世的消息不胫而走，信州、潭州、铅山、庐山、松溪、尤溪、崇安、古田等朱熹曾经讲学的地方，学友、弟子、故旧等纷纷聚集一起，商议为其吊丧；豫章书院、岳麓书院、鹅湖书院、白鹿洞书院等士子荟萃之地，更是物议沸腾，慷慨论政之声不绝于耳。

“庆元党禁，根连蔓牵，赵相汝愚名列党魁，晦翁亦名列第五。太学生杨宏中等六人伏阙上书，乞恕赵相，竟遭流放，时人号为‘六君子’。自此，朝野之间便噤若寒蝉。”

“闻说被打入伪学籍者凡五十九人，文人倒也罢了，竟连三个武夫也都名列其中，实在是令人汗颜！”

“赵相客死衡州，晦翁高足西山先生亦客死道州，他日继晦翁、西山先生无辜罹祸而去的命运，更不知会落于谁人之身！”

各种声音传到临安，朝廷的权贵们自是惊恼万分。数日后，建阳知县张揆，接到了宰相京镗密令，下令各路巡检司严行约束过路行人，不得前往建阳祭祀朱熹。一时，崇安、建阳、邵武、松溪、建宁、南剑州等地路口关隘，出现了大量布控严密的兵卒，戒备森严，如临大敌。

"庆元六年夏六月，西溪水骤涨，考亭村溪岸为洪卷去数百尺，农田荡为瘠壤。"①

苍天呜咽，悲愤不已。滔滔的溪水，为一代大儒的不公抗争。人们慢慢流传，这是上苍为朱熹喊冤叫屈，翻滚的洪流就是正义的呼声。

然而，历史总是惊人的相似。在任何政治斗争中，正人君子必败，而小人必占上风。因为正人君子为道义而争，而小人则为权利而争，结果双方必定各得其所：好人去位，坏人得权。

庆元六年的隆冬季节，朔风呼啸，草木凋零，朱熹的殡葬之日定在了十一月二十日，在建阳县唐石里后塘九峰山下的大林谷，将朱熹这位旷世大儒，与其已在二十四年前去世的妻子刘清四同葬一穴。

此时，崇安、建阳等地防范日渐疏松，四方士子学友们闻讯，从各地日夜兼程地赶往建阳考亭。出殡之日，各地道徒们纷纷前来，竟有近千人之多。穿着白缟的送葬队伍，仿佛一条冲破妖雾的白龙，游动在建阳的山谷间。从考亭经后山抵达墓地的沿途，村民们自发设奠路祭，灵幡高举，一片哀声在天地间回响。

朱熹故交辛弃疾，从信州赶来，亲自作文祭悼：

所不朽者，垂万世名。

孰谓公死，凛凛犹生！

陆游因远在浙江山阴，且又年老病弱，无力远行，但亦留下感人肺腑的祭文："某有捐百身起九原之心，有顷长河注东海之泪。路修齿耄，神往形留。公殁不亡，尚其来享！"

① 《建阳县志》，群众出版社，1994 年版，第 108 页。

第十二章　爱恨情仇

南宋嘉泰二年（1202）暮春，刚刚入夜，屋内烛光晕染，窗外小雨"沙沙"。屋顶和院子雾蒙蒙一片混沌。雨水落在瓦片上，顺着瓦垄，沿着屋檐滴下粉丝般的细线，敲打着青石地面，溅起"啪啪"的小水花。

这样的雨夜，像存了片刻的茶，不冷不热。刘心棠披一件青荷色纱衫，端坐在案边全神贯注地誊写着书稿，眉宇间春风荡漾。

她身后的青年男子，身材颀长，面如冠玉，白袍袭身，灰白软脚幞头，爽朗利落，流泻着浓浓的书卷气。这男子目光牢牢锁定刘心棠，像是在欣赏一幅隽永的图卷，又像是在品读一首婉约的新词，炯炯有神的眼眸里，盛满柔情蜜意。

春夜喜雨，静谧安逸，两人独处，最是惬意。

刘心棠抄了两刻钟，伸个懒腰，撂下湖笔，转过头瞥了他一眼，"扑哧"嫣然一笑："痴郎，不是让你先去睡嘛，怎么还在？"

"孤枕难眠，不如看美人抄书。心棠，你的字又精进不少，假以时日，只怕卫夫人在世也难与娘子比肩！"

"官人，你又取笑！"刘心棠仰起脖子歪头看着男子娇嗔着说，"顶多是春蚓秋蛇，羞见几个小姑子，遑论与卫夫人比。"

男子窸窸窣窣地从怀里摸出一枝粉白娇嫩的海棠，轻轻簪到她的发间，左右端详一番："祖父说了，娘子的字既有男子的雄浑气概，又有女子的娟秀灵动，好着哩。"

刘心棠托着腮盯着窗外的雨，佯装生气地说："那是祖父哄我开心，你也话假事，我有几斤几两，心里明镜一样。官人若再取笑，我就……"

男子嘻嘻一笑，无赖地反问："娘子就怎样？是罚我睡厢房，还是罚我再也不许跟你回麻沙吃支婆①做的木槿花煎鸡蛋？"

刘心棠嗔怪地说："我都给你做多少回了，还是一天到晚惦记着庶母做的。"

男子"一本正经"地说："谁让支婆做的比你做的好吃一万倍呢！不过，她也有比不过你的地方，她写的字，蝌蚪似的，哪里比得上娘子。"

刘心棠抬眼望着男子，"咯咯"笑着揶揄道："堂堂赤岸熊家的长孙，却是个馋猫，总惦记着木槿花煎鸡蛋，也不怕传出去叫人笑话！"

男子伸开双臂，转一圈儿，骄傲地说："家有美娇妻，何惧他人笑。别人都说，能娶到你，是我三世修来的福分，我觉得是九世修来的福分才对！"说完，张开双臂，一把将她搂入怀中。

刘心棠小鸟依人地偎在熊立贤怀里，洋溢着满足的笑容："官人，熊家上上下下的人对我这样好，我才是有福气的人。"

"你嫁到熊家，就是熊家的人，对你好，天经地义。"熊立贤轻轻吻了吻刘心棠的耳垂，"家里人都说你好，就连我那三个促狭惯了的妹妹，也都挑不出你的毛病来，一见到你，满肚子的脾气都没了。"

"可是……"刘心棠的脸上浮现出愧疚之色，"我嫁过来五年了，还没能为你生下一男半女……"

熊立贤温柔地抚摩着她一头如瀑的秀发："我们不是说好了，谁也不再提这事的嘛。"

"不孝有三，无后为大。你两个弟弟的孩子都会上街买包粿了。"

① 对父之妾的别称。

刘心棠停顿了一下，认真地问，"要不，给你纳个妾回来？"

熊立贤伸出手捏了捏她的脸，怜爱地说："此生，我只娶你一个，以后切莫再说糊涂话。"

"我知道你对我好，可你越这样，我越觉得愧对你，愧对熊家。"刘心棠喃喃着说，"这些日子，我偷偷观察府中丫鬟的品性，祖父屋里的秋芸就很不错，人长得俏丽清俊，脾气也乖巧，脏活累活抢着干。我琢磨着，祖父的七十寿诞就要到了，等他老人家过完寿，我就请婆母去讨了秋芸来，让你收了房……"

"心棠！不管是秋芸还是春芸、夏芸，我一个也不要，我只要你刘心棠。"

"你是熊家的长孙，如果无后，今后该如何在家中立足？"

"谁说你不能怀上？你才二十五岁。我们都还年轻，有的是时间，不要急。郎中也说了，这事就不能急，也不能一天到晚想着，越急越有影响。"

"官人……"

"好了，别说这个了，我看看娘子今天抄的书。"熊立贤轻轻放开刘心棠，探过脑袋看向书案。

桌上是摊开的《宣和北苑贡茶录》。刘心棠解释说，这是祖父特意交代的，声称过去的雕版朽了，不能再用，等她写好，就要延请雕匠重新雕版，刷印新一版的《宣和北苑贡茶录》。

熊立贤略为吃惊：原来祖父竟然把孙媳妇当成了誊书匠。这对于一向古板、严肃的祖父来说，极为罕见。因这本《宣和北苑贡茶录》是熊立贤的曾祖父编著的，熊家格外看重。

《宣和北苑贡茶录》虽为独卷，却详尽地记载了建茶的采摘、焙制的方法，所载模制器具，亦颇多新意。熊立贤的曾祖父熊蕃，不仅熟知茶事，且博学多才，善作文、工诗赋，分章析句，颇有条理。他因厌恶世俗，遂终身不应科举，十分崇信王安石的学说。后入武夷山，他在八曲建"独善堂"，半隐而居，人称"独善先生"。他还写了一卷本的《北苑别录》和三卷本的《制茶十咏文稿》。尤其是其创作的十首《御苑采茶歌》，为北苑茶院的采茶女传唱不息。

这《御苑采茶歌》是作为附录，附在《宣和北苑贡茶录》篇末的。谈到此曲，熊立贤不禁轻轻哼唱起来：

> 雪腹贡使手亲调，旋放春天采玉条。
>
> 伐鼓危亭惊晓梦，啸呼齐上苑东桥。

"这个调，我也会。"刘心棠高兴地说。顺着熊立贤的调声，夫妇二人轻轻哼唱着：

> 采采东方尚未明，玉芽同护见心诚。
>
> 时歌一曲青山里，便是春风陌上声。
>
> 共抽灵草报天恩，玉芽同护见心诚。
>
> 时歌一曲青山里，便是春风陌上声
>
> ……

小曲唱罢，二人相视一笑，意犹未尽。

熊立贤感慨地说："若不是有了《宣和北苑贡茶录》，除了官家和朝廷官员，老百姓们又哪能见识到'龙团凤饼'的尊贵绝伦，'万春银叶'的秀美、'乙夜供清'的端方、'宜年宝玉'的精雅。"

孝宗淳熙九年（1182）冬天，闽中漕台刊印《茶录》，竟然未将此书收录，不知是出于嫉妒还是疏忽，熊立贤祖父得知后，十分不忿，就筹划将这部带着家族荣耀光环的《宣和北苑贡茶录》进行刊印。熊家刻印的书籍属于家刻，均留传给子孙后代，并非为了兜售营利。书刻印出来后，赠给不少亲朋故旧，大家稀罕，竞相传阅，以得到为荣，故争相刻印，不久即广为流传。熊蕃在这本书里只提到北苑茶名称，未提到形制。其儿子在刻印时，多次亲至北苑茶院勘察，画了三十八幅图附入其中。

熊立贤的祖父名叫熊克，自幼好学，有才藻、擅文词，二十岁即中进士。他熟悉历朝典籍，尤精通高宗一朝的政事典故。其虽精通政事，但主要成就为学问。他任镇江府儒衙时，编纂的《镇江志》一书，以体例完善著称。他任诸暨知县时，因《乐章》写得精妙清新，为文宦王季海赏识。王季海把他写的两篇文章推荐给孝宗。孝宗阅后对王季海说"熊克之文可喜"，欲授以三馆（昭文馆、史馆、集贤兼翰林院）学士的职务，后因资历尚浅，仅被授予提辖文思院。再后，他又被荐为直学士院，累迁起居郎，兼直学士。但终因正直，为庸官俗吏所不容，其所提经国方略，大多遭无视乃至排斥。淳熙十二年（1185），因受谗言诽谤，朝廷命他出知台州。可他早已厌倦仕途，遂请辞归乡，潜心著述。

熊克著作颇丰，撰写的二十卷本《中兴小纪》，不仅记载了高宗一朝的史事，更遵循《资治通鉴》的体例，搜集资料时"宁失于繁，勿失于略"，所征引典籍多达六十余种。此外，他还著有一百六十八卷的《九朝通略》和《诸子精华》《帝王经谱》《京口诗集》《四六类稿》等著作。

两人谈到的贡茶，其制度从中唐时就开始实行，经过五代十国，到了大宋朝，发展达到一个顶峰，尤其是建州的北苑贡茶，广为人称颂。之所以称为"北苑贡茶"，是因南唐中主李璟灭了闽国后，下旨让金陵禁苑北苑使管理建州贡茶，因此称为"北苑贡茶"。

贡茶中，尤以龙团凤饼最为著名。宋之前，进贡给皇室的茶，仅验质量，形制无差别。宋开国后，太宗皇帝为昭示皇室尊贵，立规矩，要北苑茶院贡茶，用特制的龙凤模具压制，称"龙团凤饼"。

仁宗皇帝时，书法和苏东坡齐名的蔡襄，担任福建转运使期间，别出心裁创制出"小龙团"，精致异常。仁宗皇帝极爱，连宰相都不肯轻易赏赐。据说，欧阳修偶然得到过一片，却一直舍不得喝，珍重地收藏着。

神宗皇帝时，福建转运使贾青又制作出了"密云龙"。茶饼之上，云纹细密，工艺精美绝伦，更超小龙团。据说，这茶饼就连皇亲国戚都难得到赏赐，居然要向帝后讨要，搞得宣仁太后不胜其烦。

哲宗皇帝年间，北苑茶院又出了"瑞云翔龙"，精致程度更上层楼；徽宗时，北苑贡茶达到顶峰，新添了"御苑玉芽""万寿龙芽""无比寿芽"等数十个品种。其中最佳的一款，是"龙团胜雪"，也叫"龙园胜雪"。漕臣郑可简为了讨好徽宗皇帝，特意让工人将蒸好后的茶芽，摘去外面的两小叶，只取中间的一缕细芯，再用珍贵的器具盛以清泉水浸渍，称作"银线水芽"，莹洁光亮，仿佛银线一般，极细、极嫩。

熊立贤慨叹道："可如此登峰造极的茶，徽宗皇帝并不喜欢。他喜欢白茶，曾在《大观茶论》里说过，这种茶树全国仅有十株左右，产量非常低。白茶也是一种饼茶，原料取自一种罕见的茶树品种，芽叶玉白莹薄，应该是生长时产生异化变白了。"

皇家的嘴动一动，民间就要饿万人。为了完成朝廷贡茶任务，茶农被层层压榨、盘剥，不堪其苦。高宗南渡后，建州茶贩起义。迫于无奈，高宗才罢免了北苑贡茶。

谈至酣畅，熊立贤忽然神秘地说："你等着，我有好物件给你瞧。"一边说一边飞也似的跑了出去。约莫一炷香的工夫，他闪身进屋，手上端着一方砚台。

刘心棠不解地望着他。

"这叫'凤味砚'，是我刚从祖父那里讨来的。"

刘心棠将信将疑地问："不会是偷来的吧？"

熊立贤不满地说："你官人我仪表堂堂，怎会行偷窃之事？这方砚是祖父心爱之物，我刚才缠了他好半天，听说是你要的，他老人家便让我拿回来了。"

"当真？"刘心棠仔细端详着熊立贤手中的那方砚，忍不住叹道，"这方砚黑不溜秋，看上去跟铁一样，真看不出有什么绝妙。"

"你可别小看了这方凤咮砚，当年苏东坡苏大学士，对他爱不释手呢！"熊立贤便说起这砚的故事。神宗熙宁五年，国子博士王颐来南剑州做官，无意间在黯淡滩边发现了凤咮石，并将开采出来制成砚送给他的好友东坡居士。苏东坡顿时赞叹不已，将它命名为凤咮砚，作诗赞道：

> 帝规武夷作茶囿，山为孤凤翔且嗅。
>
> 下集芝田琢琼玖，玉乳金沙发灵窦。
>
> 残璋断璧泽而黝，治为书砚美无有。
>
> 至珍惊世初莫售，黑眉黄眼争妍陋。
>
> 苏子一见名凤咮，坐令龙尾羞牛后。

最后一句"坐令龙尾羞牛后"，龙尾是指龙尾坑，也就是歙砚的产地坑口。意思是说，凤咮砚虽然是在歙砚之后才出现的，但却比龙尾砚还要好，龙尾砚见到它应该会感到羞愧。

"东坡居士认为凤咮砚比歙砚还好？"刘心棠把凤咮砚拿在手里，左看右看。

"你莫急！我还没说完。"熊立贤继续道，"此诗一出，东坡居士也得罪了歙县人。他再向歙人求取歙砚时，歙人却老大不高兴地嘲讽说：'子自有凤咮，何须龙尾？'东坡居士无奈，只好又作诗以示道歉。"

凤咮砚却因此声名鹊起。徽宗皇帝曾以李廷圭墨、玉管宣毫笔、剡溪绫纹纸和凤咮砚赐给李师师，足见凤咮砚的地位。

其实，东坡居士本人并没到过南剑州，更未到过凤咮砚的产地。据曾至闽地做官的胡仔、杜绾和叶梦得等人实地考察，凤咮砚的原料凤咪石出自南剑州的黯淡滩，由这种石头制成的砚："声如铜，色如铁，性滑坚，滑不拒墨，涩不留笔，善凝墨，细润绵密，水纹淡雅高贵，多有金星点缀，温莹缜密，有玉之德，益墨色。"深受文人墨客喜爱，风靡一时，被誉为"龙尾珍品"，堪与古代四大名砚之歙砚相媲美。

"它为什么要叫作凤咪砚，是因为凤咪石？"

"凤咪即凤的舌头，指该砚石细腻圆润，能磨出上品的墨汁。苏东坡的那方凤咪砚，曾被孝宗皇帝赐予了通议大夫胡铨呢。"

"那这方凤咪砚……"

"这方当然不是东坡居士那方，但与它不相上下。"熊立贤自豪地说，"传说凤咪石出自建宁府北苑茶院所在地北苑凤凰山，其实不然。北苑凤凰山咪潭中的石头，苍黑坚致如玉，但石性厚薄者不及寸，顽燥非砚材，土人皆未以为砚，真正的凤咪砚实为黯淡滩南剑石无疑。"

刘心棠小心翼翼地把凤咪砚放在案上："来，我们试试这珍品。"

"甚好甚好，娘子静候片刻，且让为夫替你研墨！"熊立贤取来一块上好的墨置入凤咪砚中，专心磨起墨来……

次日早饭用毕，二人正有说有笑，准备继续提笔续写书稿。丫鬟香儿疾步走来，见到刘心棠便慌忙说："少夫人，不好了，麻沙那边派了人过来……"

刘心棠心里一慌，手中握着的湖笔"噔"一声掉落到地上，顾不上捡起，急问："怎么不好了？快说！"

"说是亲家公操劳过度，晚膳时分突然昏厥，到现在还没有醒！舅老爷方才派了人过来，让少夫人赶紧回麻沙一趟！"

"是谁来送的信？"

"就是往常来给少夫人送土货特产的刘敬。"

刘心棠心里道了声不好，随即和熊立贤疾步赶到前厅，一见到刘敬，便迫不及待地问："刘敬，我爹怎么了？"

外头的雨还下个不停，刘敬的衣衫已湿漉漉的。他顾不得擦拭，将刘心棠唤至一旁，低声禀报："回大小姐，昨天晚饭前，东家还好好的，可刚一动筷子，又跟二少爷绊起嘴来。东家一时气不过，举起碗筷就朝二少爷身上扔了过去，只是没砸到二少爷，东家自己倒气晕了过去。"

"后来怎么样？为什么昨晚不来报信儿？"

"主母怕你知道后，势必要连夜赶回去，怕路上不安全。"

"娘也真是，我已不是三岁孩童了，还怕这怕那。我爹又为了什么和二哥吵？"

"也不知二少爷中了什么邪，一门心思就要把钟碧瓯讨回来当小。大小姐也知道，二少爷早在四年前，就娶了慕文堂黄家二闺女黄文洁，但是，他隔三岔五地就往钟家那条破船上跑。二少奶奶说也说过，闹也闹过，他一切照旧。"

"二哥真不像话。"刘心棠恨恨地说，"庶母也是，二哥天天往外跑，搞得家无宁日，她却从不说说二哥，这样只会害了二哥！"

刘敬不便谈论主夫人，默然垂手立着。

"最可怜的是钟姑娘，她跟我同岁，因了大哥，到现在还待字闺中。唉……"刘心棠重重叹了口气，随即正色望向刘敬说，"待我收拾两件衣裳，这就回麻沙！"

"心棠，我跟你们回去！"熊立贤不放心刘心棠，执意要护送。

刘心棠回房命丫鬟理好包裹，禀明公公婆婆，便和熊立贤一路赶往麻沙。

麻沙到赤岸，八十里路，马虽是三岁健壮的马，可今日小雨不断，路上泥泞，行走就慢了许多。刘心棠坐在车窗边，心急如焚，却也毫无办法。

不时有飘扬的雨丝进入车厢内，带着丝丝凉意。熊立贤见状，将带着的蓑衣披在刘心棠身上，缄默不语，知道此时她心里定是烦躁，不忍打扰。

刘心棠皱着眉头，默默想着心事。父亲如今已五十出头，不比年轻时。上一次回家时，见他两鬓间已经生出白发。他天天操劳流芳斋三家店铺，本已劳心费力，可三个子女这些年给他添了多少烦心事啊。先是大哥安平，再是她，现在又是二哥安泰，真是操不够的心。

刘心棠知道，尽管大哥刘安平什么也不说，但他心底最在乎的人，依然还是那个畲家女钟碧瓯，现如今二哥也搅和了进来。这场剪不断、理还乱的纠葛，该如何收场呢？大哥、二哥日后又该如何相处？他们喜欢同一个女子，却是父母亲不待见的人，而那女子又非大哥不嫁。哎呀，这关系乱的呀，想想她都头痛得厉害。

傍晚时分，他们才回到麻沙。刘心棠身上的裙裾已有些泛潮，不等熊立贤扶她，她"噌"地从车上跳下来，火急火燎推开院门，不顾饿着肚子，径直往东院奔去。

刚到卧室门口，一眼瞧见廊下站着的刘安平和大嫂，刘心棠不觉眼窝热辣，轻声地叫一句："大哥，爹他……"话未说完，眼泪已经断了线一样顺着面颊流下来。大嫂忙拉住她的手。刘心棠使劲儿握了握大嫂的手，冰凉冰凉。

"不碍事了。别叫爹瞧见了，快擦擦。"刘安平低声叮嘱一句，急忙走过去将院门掩上，怕灌进去的凉风，让父亲受凉。他转过身，招呼熊立贤来到卧室的外屋。

刘心棠捋了捋衣裙，深深吐了口气，双手擦一擦脸上的泪花，故作镇定地挑开帘子进入内屋。母亲、庶母和一个丫鬟围在床前，父亲双眼紧闭。她情绪激动，一把拉住父亲的手，哽咽着叫一声："爹，心棠回来了。"

刘守业睁开眼睛，勉强微微笑了笑，眨眨眼："不哭，爹没事。"眼睛转了转，问："立贤……"在外屋的熊立贤听到叫他，忙走到床前，低声问候一句："爹，您老保重。"刘守业咳嗽了几声，从被窝里伸出手，拉住女婿的手，捏一捏，说："不妨事，歇一歇就好。"说完，他松开熊立贤的手，闭上眼睛，摆摆手，众人就都退到外屋。

熊立贤被刘安平拉到他的院子里客厅喝茶去了，刘心棠也被母亲拉着，来到了书房。

一进屋，蔡秀娥压低声音，神神秘秘地说："我听说，安泰自打娶了黄家闺女后，至今都不曾碰过她一根手指头，也难怪她整日气闷。"

"这是真的吗？"刘心棠不敢相信地问。

蔡秀娥叹了口气，"这不是害人嘛，他娶黄文洁回来后，却三天两头往钟碧瓯贱人那里跑，这算是哪门子事？"

"庶母也不知道吗？"

"看上去是不知道。"蔡秀娥忧心忡忡地说："章美玉比你爹还想抱孙子呢，她要早知道这么回事，恐怕早就闹将起来了。"

"这么说，这事倒不怪庶母了？"

"要怪就怪钟家那个小妖精！瞧瞧她，把安平和安泰都迷得神魂颠倒，就跟吃了迷魂汤一样！"蔡秀娥恼怒地说。

"这事也不能全怪钟碧瓯。您也看见了，为了大哥，她愣是把自己蹉跎成老姑娘了，就冲她这份心，您也不能一直怪怨她。"刘心棠同情地说。

"她自己不嫁，怪得了谁？"蔡秀娥忿忿不平地说，"难不成是我们刘家逼着不让她嫁人的？说起这事我就生气，她钟碧瓯是把自己当成王宝钏了吗？她一天不出嫁，你大哥心里就一天不踏实，别看安平一天到晚的什么都不说，可娘知道，他心里从来都没有忘记钟家那贱人。还有安泰，也不知道是着了什么魔，隔三岔五就往钟家的船上跑，都被钟民泼了几次水，还是不长记性，照去不误。她若当真是个好姑娘，就该找个人嫁了，绝了你大哥和二哥的念想。"

"娘，钟碧瓯不肯嫁人，说明她是个长情的女子。"刘心棠直言，"她一没找上门来缠着大哥，二没勾引二哥，怎么好怨她？"

"你这丫头，胳膊肘怎么还往外拐了呢？"蔡秀娥剜了女儿一眼，"娘也不是那不通情理的人。说实话，我这些年确实对钟家的丫头有些另眼相看，还总让刘敬他们暗中多帮扶着一些。可是，一想到你大哥和安泰都因为她……我这心里就会升腾起一股无名怒火。"

"儿孙自有儿孙福，您又何必总操心这些事呢？"

"怎么能不操心？你大哥是我怀胎十月掉下来的肉，他心里不好受，我也跟着难过。还有安泰，虽然不是我亲生，但也是在我眼皮底下长大的孩子，我打心眼里心疼他。说来说去，这孩子其实也是可怜的。"

刘心棠不再言语，静静地听母亲说。

说着说着，母亲又担心起刘心棠来，怕她也是学安泰，没有与熊立贤同床，要不然也不会五年了，肚子一点动静都没有。

为了让女儿早日怀孕，蔡秀娥还多次派人给刘心棠送中药。今日里逮着女儿了，她反复问询服药情况。

"娘，我每次回来，您都要问个不休，烦不烦？"刘心棠撒娇着把头靠在母亲的肩上，"我都说了不下一万遍了，熊家人没一个对我不好，我也真心实意要跟立贤做夫妻。至于孩子，也不是女儿和姑爷不想要，这就是怀不上，我也没有办法啊！"

"要不过些日子，我去建宁府再给你找个好郎中回来，仔细替你端瞧端瞧。"

"都请了多少回名医了，大家不是都说不用着急嘛！"刘心棠"噗嗤"笑出声来，"您有这时间管我，倒不如想想该怎么了结钟碧瓯的事情。"

"我能有什么好办法？"蔡秀娥摊摊双手，无可奈何地说，"算了算了，我也不想管他们的事了，由他们去了！"

"娘就没想过让大哥把碧瓯纳进门来做妾？"刘心棠试探着说，"我可是听说，大嫂倒是很赞成呢！"

"把她纳进门来？"蔡秀娥把头摇得跟拨浪鼓一样，"亏你想得出，纵是我答应了，你爹那边能同意吗？从前安泰没掺和进来时，你爹就是看不上她，现如今安泰也搅和了进来，你爹能让她进刘家门来吗？"

母女俩面面相觑，各自想着心事，没有再发话。

吃过晚饭后，刘心棠又到床前端汤倒水，服侍着父亲，直忙到深夜。她想让自己多照顾照顾，也算是弥补平日不能尽孝的遗憾。出嫁的女儿回到娘家，总是以多干活来填充内心，延续亲情的纽带，以此表示自己从未远离这个家。

翌日一早，小雨依旧。刘心棠起床后，撑着伞，去麻阳街口为小侄子邦琪买包粿和紫薯糕，不料在街边却邂逅了王文涛。他满面憔悴，胡子拉碴，双手抱着头遮挡着雨，袍子已湿漉漉的，宛如乞丐。她心里虽早无波澜，可乍然相见，四目相对，还是恍如隔世。

"心棠……"

"文涛……"刘心棠望着不修边幅、颓唐消沉的王文涛，心疼地问，"你上哪去？怎么也不打伞？"

"我娘过世了，昨天下葬，今天还有几位亲戚在家帮忙。我买几块豆腐回去煮青菜。"王文涛眼神闪烁、低着头说。

"什么时候的事？"

"七天前。"王文涛叹了口气，"自打我爹走了后，娘的身子就一直不太好，纸坊的生意又一落千丈，她整日里郁郁寡欢。那些从前跟王家有生意往来的人，时常赖账，有些账我们上门要了无数次，他们就是赖着不肯给。王家是入不敷出了。"

"文涛，我……"刘心棠心痛地嗫嚅着嘴唇说，"我不知道王家这样艰难，对不起！"

"你不用说对不起，这都是命，是我们王家的命，也是我王文涛的命。"王文涛神色淡漠，"这些年你过得好吗？"

"好。立贤对我一直都很好。"

"自然，谁娶了你都会对你好的。"

"文涛……纸坊生意不好，你都有什么打算？"

"打算？我能有什么打算？我一个纵火犯的儿子又能有什么出路？"王文涛自嘲地冷笑，"自打流芳斋被烧，我们王家的名声也毁了。本指望姑母帮扶着些，谁曾想，姑母到麻沙开店后，也遭受了无数的白眼，她那个建盏店眼看也快要关门了。"

"文涛……想开些。"

"等过些日子，我就要跟姑母搬到水吉镇去了。那里没几个人认识我爹，又是姑母生活了几十年的地方，说不定，我们的日子就会好起来的。"

王文涛瞧见刘心棠脸上浮现着越来越浓重的担忧。隔着细雨，他分辨不清心棠脸上是泪水还是雨水，心里五味杂陈，痛苦、嫉妒、悔恨……种种情绪交织在心里。他无法再说下去，扭过头，狠狠地撂下一句话："这是我的命。你走吧，去过你的好日子吧。"说完，"扑通扑通"跺着脚，踩着雨水，头也不回地走了。

望着他的背影，刘心棠又陷入深深的自责中。从小青梅竹马的伙伴，如今却落魄到如此境地，甚至这世界上连个心疼他的女人都没有，当初如果自己再坚持坚持，或许就能与他……可是……她忽然猛地打个寒战：我这是怎么了？我如今已经是熊立贤的妻子，好女不侍二夫！我这种想法不仅有违妇道，简直是龌龊、肮脏！她瞬间脸红了起来。

细雨纷飞，刘心棠迈着小脚，来不及看地下的水坑，失魂落魄地买了包粿和紫薯糕，逃跑似的往流芳斋赶，生怕别人看出她不纯洁的心思。

这天深夜，雨还在淅淅沥沥地下着，且越下越大，雨点打在树叶上，发出滴滴答答的声响。刘心棠伺候着刘守业喝过汤药，坐在床边的靠背椅上，望着爹蜡黄的面容，心疼不已。

自打全程参与料理朱熹的后事，刘守业就大病了一场，病愈后总是精神不振，虚弱无力。最近，刘安泰闹着要把钟碧瓯纳进门做妾，气得刘守业急火攻心，晕倒在饭桌前。尽管郎中来瞧过后说并无大碍，但刘守业还是觉得身子不太爽利，连着几天都躺在床上没有下地。

蒙眬中，刘守业半睁开眼，见刘心棠靠在床边假寐，疼爱地说："心棠，你回去歇息吧，姑爷还等着你呢。爹睡一觉，明天就好了。"

刘心棠见刘守业已无大碍，她在此处，反倒影响爹的睡眠，就起身为父亲掖好被角，柔声地说："爹好好安寝，我明日一早再来。"

她吹灭了油灯，走出屋外，反手关上门，撑起伞，回曾经的闺房去了。

此时，躲在暗处的一个人影，悄悄地接近刘守业的房间，轻轻推开门，蹑手蹑脚潜入卧室，窸窸窣窣翻找着什么。

昏昏沉沉、似睡非睡中，刘守业问道："谁？"不见有回应，他挺起虚弱的身子，挣扎着坐起，摸黑点亮了床头案几上的烛火。

烛火的光，一下照在黑影的脸上。刘守业瞪大眼睛，吃惊地朝着在书案边翻寻的人，脱口而出："王文涛，你在这里干什么？"

"没错，是我！"王文涛眼见被发现，也不躲闪，上前一步，逼问道："你把《眉山集》藏哪儿了？"

"什么《眉山集》？"

"就是王家祖辈珍藏，我给刘心棠的《眉山集》。"

刘守业嗤之以鼻："怎么，送给心棠的东西，想着要偷回去不成？"

"废话少说，你告诉我《眉山集》藏哪儿了。"

"我要是不说呢？"

"那就别怪我对你不客气了！"

"不客气要怎样？你莫像你爹一样，打错了主意。"提起王恒泽，尽管过去许多年，刘守业仍气得喘着粗气。

"我爹没有放火，是你们冤枉了他！"辩解中，气愤的王文涛向刘守业床前逼近。

"此事官府早有定论，你我无须争辩。"刘守业上气不接下气地说。

此时，昏暗的灯光下，王文涛看着眼前的这个男人，感觉他面目可憎，简直如同鬼魅：若不是他的阻挡，娶刘心棠的就会是自己；若不是他，自己的爹就不会被斩首；爹如果还在世，娘也不会过早离世，王家的日子也不至于一日不如一日……想到此，看着眼前靠在床沿的刘守业，王文涛心头早已燃起仇恨的怒火。当听到刘守业说"官府早有定论"几个字时，一字一句如钢刀剜肉、烈火炙烤。杀父仇人就在眼前，如今还要在伤口上撒把盐，侮辱自己的父亲，他顿时气得双手颤抖，压抑着嗓音低吼道："刘守业，你不要欺人太甚！你把我们王家害到如今田地，这笔账我迟早要跟你算！今天我不是来找你算账的，我只是来拿回属于王家的东西罢了！"

"要拿回你们王家的东西，也不是这个拿法！"刘守业冷笑一声，鄙夷地说，"你若真想拿回《眉山集》，就需明日一早穿戴整齐，正大光明地到刘家门上来取！要是想趁黑偷回去，没门！"

"你不要逼我！"

"我没有逼你，我只是想给你一个改过自新的机会！"

"改过自新？你冤死了我爹，你改过自新了吗？"

"你爹是利欲熏心、咎由自取！"

"我说过，流芳斋的火不是我爹放的，你不要再诬蔑他了！"王文涛目露凶光，瞪着刘守业恶狠狠地问道，"你究竟给不给？"

"要书的话，需你明天一早，当着心棠的面亲自跟她要。只要心棠没有二话，我立即原样奉还！"

"刘守业，你个恶鬼，不要逼我！"王文涛近乎咆哮地瞪着刘守业，又在卧房里四处翻找了起来。

"你莫要乱翻！"刘守业生气地制止着。

"把书给我，我立刻就走！"

"王文涛，"刘守业厉声道，声音虽然低沉，但坚定而有力，"你现在走还来得及，再不走，我叫人，你就走不脱了。"

"叫人？好，你倒是叫啊！"王文涛停顿了一下，立刻担心起来，如果刘守业真的高声叫人，自己岂不是要被送进牢房，要落到和爹同样的下场。刹那间，恶向胆边生，他来不及多想，突地一个箭步冲上前去，慌乱间捂住刘守业的鼻子和嘴。

刘守业毕竟已经五十多岁，又加上正在病中，哪里是王文涛的对手。刘守业被王文涛捂住，喉头软骨发出"咯吱"声，说不出话来，好像被摁入大河里，不能喘气，胸口越来越憋闷，呼吸越来越困难。他奋力挣扎，拼着命想要推开王文涛健壮的双手，但那双手犹如一把钢钳，牢牢束缚住他，根本无法动弹，全身像被无数双手拖下了无间地狱……刘守业的右手，抠住床头的木头，抓出几道痕，木刺嵌入指甲缝，鲜血染红了枕头；一床被子，踢腾到地下，被王文涛胡乱践踏着；双眼圆睁，面目狰狞……

"刘守业！刘守业！"感觉刘守业不再有动静，慌乱的王文涛使劲推了几把，可对方就那么直挺挺地躺在床上。怎么了这是？王文涛伸出手去试了试刘守业的鼻息，这才发现他没了气息。王文涛一下惊呆、吓傻了，面色惨白，毫无血色。

王文涛并非想杀了刘守业，他只是想要拿回属于他们王家的书，可眼前的刘守业很明显已经气绝身亡了，这可如何是好？望着刘守业慢慢变得僵硬的尸体，门外远远地传来了脚步声，王文涛浑身不住地颤抖，顾不得再找《眉山集》，惊慌失措地逃了出去。

"来人、来人，有贼人进屋了……"在柴房的矮墙边，刘敬高喊道，并与人打斗着……

　　绵密的细雨纷纷扬扬落在瓦背上，如泣如诉，似在弹奏一曲悲怆的哀歌。刘守业就这样匆匆地走了，带着无边的遗憾，去陪伴他的恩师朱熹去了……雨在下，雨一直下，悲凉的雨水洗不去麻沙人的爱恨情仇。

第十三章　薪尽火传

宋宁宗嘉定七年（1214），一转眼，刘守业去世已十二个年头，接替他掌舵流芳斋的刘安平，也已迈入不惑之年。

流芳斋在刘安平的精心操持下，生意依然红红火火。由流芳斋刻印的各种书籍，不仅畅销大宋各地，更远销至金国、高丽、日本、安南、暹罗、爪哇等国。凡是读书人，皆知流芳斋。

市面上流行的建本，经父辈们努力，已经在版面上添加了"名家摘要"，可善于思考的刘安平不单单从经商者角度思考，而是换位从读者角度出发想问题。他觉得，不是每个人都要成为朱熹一样的大家，也不是每个人都要成为史学家，普通人若是大量购买史学书籍，一是价格昂贵买不起，二是没有时间阅读完，能不能找到一种化解办法呢？

苦思冥想，他终于想到一个办法，出版了一种"摘要扩大本"，即将东莱先生吕祖谦等名士撰写的史籍"详节""节要"，单独汇集成册，成为一本简便的"摘抄注释本"。这样一来，原本篇幅浩瀚的史部书籍，厚本变成了薄本，有如有了名医开的药方，阅读名家解读本，可以快速了解每一历史时期重要事件的脉络。这样一来，读史变得容易，通俗易懂，而且短时间获得了最重要的史学要点，深受读书人欢迎。

他把这些书编辑成"流芳斋史书详节"系列丛书，陆续推出了《十七史详节》《史记详节》《诸儒校正唐书详节》《东莱先生晋书详节》

《点校标抹增节备注资治通鉴》《陆状元集百家注资治通鉴详节》《新入诸儒议论杜氏通典详节》等精品本。

虽然此时朱熹的"伪学"帽子并未摘除，但朝廷也未进一步追究。刘安平牢记父亲的教诲，将推广朱熹理学作为流芳斋最大的责任，以朱熹批注的《论语》《孟子》《荀子》为主，加大刊印以朱熹、蔡元定等人为代表的理学著作。这是一种无声的抗议，更是旗帜鲜明的表态，表明了一个儒商的学识和风骨。他还举一反三，亲自批注，将难懂晦涩的理学编得通俗易懂，利于推广。

大宋重文轻武，特别注重科举，文人皆以科举考试为晋身之阶。他们除了需要阅读大量的经史典籍外，还需要独属于他们的书——既要便于查找各种参考书籍，也要分门别类便于查找典故、遗文、旧事、策论文章。刘安平把这类书，定位为"科考类书"。

流芳斋出品的科考类书，内容上，选取了大量的时文。同时，同类书并非全文录入，而是详尽地列出各种版本目录，以供读者参考。如"四书"一项，就列出集注、大全、精义、会解、讲义、说苑、图解、梦关醒意、拙学素言、披云新说、天台御览等多种条目。这类书中，将《通鉴》《纲鉴》《纲目》《选青赋笺》《诸子品粹》《文章轨范》《论学绳尺》等尽量选得全而优。

流芳斋又将辑录古籍原文中的部分或全部资料，按类或按韵编排。诸如《古今事文类聚》《古今合璧事类备要》《山堂考索》《玉海》《精骑集》《春秋权衡》等。当然，诸子百家及释道宗教著作，包括儒家、道家、释家、兵家、法家、农家、医家、术数、艺术、诸录、天文算法、杂家、类书、小说家十四类的作品，亦都是流芳斋的主要刻印类目。

刘安平不仅严格要求自己，对长子刘邦琪的要求更近乎严苛。因朱熹朱老夫子和西山先生蔡元定遭受的不公正待遇，刘安平早就断了科举的念头，也不允许儿子步入仕途，把刘邦琪带在身边，教他做生意，教他辨忠奸，教他各种做人的道理。刘邦琪乖巧伶俐，跟着刘安平跑了几次码头，就对书坊的一应大事小情了然于胸，才十八岁的年纪，已崭露头角。

刘邦琪不仅在待人接物上面面俱到，丝毫不亚于乃父，且是算账的一把好手，凡过目的账，进多少、支多少，成本多少、利润多少，准能清清楚楚、明明白白，甚得刘安平器重。可饶是这样，刘安平时常要把刘邦琪叫到身边问长问短，以随时考察。

"邦琪，流芳斋大量编印类书，你说说利弊。"这天，在店里，刘安平拿着秦观编纂的类书《精骑集》问。

刘邦琪不假思索地接话："尽管现在对类书褒贬不一，儿以为，利大于弊。"

"哦，说说你的见解。"刘安平仔细聆听。

"类书荟群书之萃，既博且精，士子们翻阅参考时，能事半功倍。就拿流芳斋刻印的祝穆的《古今事文类聚》来说，一百七十卷，分前、后、别、续四个集子。这书仿照了欧阳询《艺文类聚》的体例，这就改善了过去的类书，都偏重于类事却不注重采文，且随意摘句、不录片段的缺点。这本书尽力收录古人著作全文，给士子们提供更多便利，并没有改变原文的面貌。这样的好书，读书人谁不追捧？照这样看，类书虽有些许不足，总的来看，利远大于弊。"

刘安平接着儿子的话茬："论说起来，这祝穆该叫朱夫子表叔。他的曾祖父祝确，是朱老夫子的外祖父。祝穆自幼丧父，乾道初年便已与其弟就读于云谷晦庵草堂，受蔡元定、黄榦等教诲，就连冠礼也都是朱老夫子命黄榦为他举行的。他年轻时，就往来吴、越、荆、楚之间，登高探幽、临水揽胜，遍访民情风俗，积累了丰富的素材。就说他编的《古今事文类聚》吧，搜集了许多散佚的古籍资料，极深研几，自刻印以来，广受士子好评。"

这时，白发苍苍的刘能拿着新刻的版走过来，听到安平的话，便说："这祝穆，话不多，可他写的东西是真好。他编的书，总是缺货。"刘能一辈子都在流芳斋，这里就是他的家。十二年前刘守业去世时，他悲痛至极、深深自责，认为是自己的失职导致东家横遭祸端，以身体为由提出辞去管家之职。他闲下来后，一颗心扑在建本上，常在店里转悠转悠。尽管如今他已八十六岁，身子骨还算硬朗。

刘安平接过刘能手里的版，仔细看了看，不解地说："老祖宗，您都七老八十了，可别来回走，有事叫刘敬他们帮忙，万一磕着碰着，谁担待得起。"

"东家，可不敢这么说。老汉我不能白吃饭。你瞧瞧这个版，是不是有点起翘？"

刘安平这才端平木版，眯着眼冲着平面和四个角，像木匠一样看："就是呢。这可不行，刷印出来，有的字体就会浮墨，印不上去。"

刘能坐在靠门口不远的圈椅上慢悠悠地说，方才他到刻版工坊去，看到屋外堆放的枣木大多是新的，有的还湿漉漉，一问是前两天送来的，就担心制版会不会太仓促，进屋里查看才发现问题。

刘能担忧地说："东家啊，流芳斋的生意是越来越好，印得快，书卖得也快，可我总是揪着一颗心，生怕这么快会出问题。以前老东家在时，不论多忙，枣木总要先放一个月，等木料干透了才火烤，这样制出的版，永远平整，不会出问题。古人说'欲速则不达'，现在快则快矣，要是印出来书上着磨不均、有模糊，砸了流芳斋的牌子，可要不得啊。"

刘安平当即让儿子去喊来制版师傅，好整以暇交代清楚，无论生意催得再急，也不能放松一点质量。叮嘱了半天，制版师傅才扶着刘能忙去了。

刘安平看着一声不吭的儿子，知道让他经常见见要严把质量关的场景，对他心里是一种震动，也是言传身教最好的传承方式。见儿子还在沉思，刘安平说："我们接着讨论方才的话题。邦琪啊，我们的生意现在这么忙，其实就得益于类书啊！高宗南渡后，建阳刻书业一日盛于一日，图书覆盖面与读者对象发生了大变化，我们印书自然也要改变。面向普罗大众，类书的需求越来越多。对士大夫们来说，这好像有点不自在，觉得读书是高雅的事，这些普通老百姓读书，有点滥竽充数。可对于老百姓来说，这是他们做梦也没想到过的好事。"

刘邦琪深有同感地说："百姓喜欢的书，就是流芳斋要刻印的书。我们要让更多的人都有书可读，有好书可读！"

流芳斋新近刻印了大部头的类书，包罗万象。

谢维新、虞载编纂的《古今合璧事类备要》，分前、后、续、别、外五集，三百六十六卷，一百一十六门，两千三百一十七子目，内容涉及天文、地理、岁时、气候、典制、职官、姓氏、称谓、城邑、建筑等诸多方面；《山堂考索》，二百一十二卷，分四十六门，所引经史百家之书，都附有辑书人释语；二百卷的《玉海》，分天文、地理、官制、食货共计二十一门，卷末还附有四卷《辞学指南》，还附有辑者所作《诗考》及《诗地理考》等十三个种类。

其他日常参考实用书，诸如农艺杂书《农桑辑要》、日用杂书《居家必备》《酬世大观》《往来翰墨分类》、启蒙读物《千字文》《三字经》等，亦都是流芳斋主要刻印的书籍品类，且印量百倍于经史类图书。尤其是广收博采、分门别类、包罗万象的普及类书，成了老百姓生活中不可或缺的工具书，深受广大中下层民众青睐。

流芳斋注重效益，也不弃深邃。他们专门耗资编印了以解释汉字形体为主兼及音义且销量并不大的《字通》《说文解字》《尔雅》《切韵》《方言》等专著。

说到秦观编纂的类书《精骑集》时，刘邦琪有了疑问："儿子听溪山先生叶味道提到过，朱老夫子当年在写给吕祖谦的《与吕东莱书》中曾说：'近见建阳印一小册，名《精骑》，云亦出贤者之手，不知是否。此书流传，恐误后生辈，读书愈不成片段也。虽是学文，恐亦当就全篇中考其节目关键。又诸家之格辄不同，左右采获，文势反戾，亦恐不能完粹耳。'朱老夫子认为类书只是采录文章的片段，让人难以一窥书本的全貌，所以对类书的编印与流传，颇为担忧。爹，朱老夫子的这种担忧是否合理？"

刘安平赞许地望着儿子说道："朱老夫子这么说，自然有他的考量，不过这世上什么事都没有绝对的好和坏。"

"爹是不认同朱老夫子的话？"

刘安平欣赏地打量着刘邦琪："我们是书商，在商言商，只要大家都喜欢的书，就该编撰刻印，不能纯粹地从学识角度看问题，把书分出三六九等来。譬如朱夫子，是大儒、圣贤自然没得说。可他经营书肆，总是按照自己的喜好来，这就脱离了书商这个角色，最后弄得不得不关门。"

刘邦琪听着父亲分析朱熹，感到十分震惊。从记事起，他听到的所有关于朱熹的事迹和为人，全部是圣人言行，父亲方才的这个分析，一下打破了"朱熹是神"这个印象。他虽然一时难以扭转过来，可却觉得父亲说的确实有几分道理。

这时，刘邦琪有句憋了很久的话，顺势说了出来："爹，您既然这么说，我有个想法，一直想说，怕您说我不懂。您看啊，这书上，印这几行字，是不是显得多余？"他指着《精骑集》上的字：

建阳麻沙镇永忠里流芳斋，近求到《精骑集》五十卷，比之先印行者，增三分之一，不欲私藏，庸馒木以广其传，幸学士详鉴焉。嘉定七年端午识。

本以为父亲会生气，却不料刘安平非但不生气，反而极有兴趣地望着他，问："你说说，怎么就多余了。"

受了鼓励的刘邦琪快言快语："这不是自吹自擂嘛。"

的确，看字的内容，流芳斋说得到了《精骑集》五十卷，比先前别人印刷的更全了，而且还说"不欲私藏"，多少有些"王婆卖瓜"的意味，容易让人觉得流芳斋自卖自夸。

"你有这个见识，很不错！这是'牌记'，是建本独有的特色。"

为了消除儿子的疑虑，刘安平详细讲起牌记这件事来。

牌记，又称"书牌、刊记、墨围、木记"，浙本和蜀本少见，是建本独有的一大特色。刻书者把刻家的姓名、堂号或书坊字号、刻书年月等事项刻于书本中，最开始无固定模式和部位，序言、目录后，正文卷中、卷末均有。

牌记刊印之初，一般为单行，渐渐地，各家书肆感觉意犹未尽，就逐渐发展出双行或多行，甚至字数更多。流芳斋在绍兴四年间刻印的《新校正老泉先生文集》的牌记就分为十行，有多达一百六十余字。

牌记的形式也是各种各样的，不过一般都以四周刻一长方形或亚字形边框，在框内简单地题录相关文字。

刘安平见儿子肯深层次思考图书刷印这专业问题，很是赞赏，手把手地教导他："跟你这么说，流芳斋是店铺名，这牌记，就是这本书的牌子，好像人的名刺，让人一眼就懂这版书的独特之处，好做出选择买哪本更合算！像这本《精骑集》，买家一看，就知道这个版本比通行本内容增加了三分之一，而且，买到这本书后，等于捡到了宝，心理上又会骄傲几分。"

刘邦琪这才恍然大悟："哦？原来是为了推销！我本来还觉得，这本书牌记在扉页，又一本印在序后，字体粗大醒目，花边栏框，有点花里胡哨。如此听爹一说，倒有几分和'女为悦己者容'同理。"

"这做生意，如何推销自己牌子、推销产品，处处是学问。"

这刘邦琪最为伶俐，八面玲珑，当即随手拿起一本《春秋经传集》，翻到牌记：

> 谨依监本，写作大字。附以释文，三复校正印行。如履通衢，了无窒碍，诚可嘉矣。兼列图表于卷首。嘉定六年夏初吉，麻沙刘安平流芳斋刊。

刘邦琪指着牌记说："这样一来，我要是买书人，读了牌记，有三个印象：其一，版本严谨。开头说'谨依监本'，说明它所依据的版本是国子监刻本，权威。其二，认真。'三复校正'，说明书肆认真。其三，记住了流芳斋，店东家名姓。"

听着儿子说出这几句话，刘安平早已看穿他的心思："你呀，就是太聪明，说这么多，还不是巴结老爹！方才还说是自吹自擂！"

刘邦琪吐了吐舌头，做个鬼脸，掩饰被看穿的尴尬。

当一个人心无旁骛、专心致志于喜爱的事业，总会达到一个巅峰期，处于这时期，当事人思维敏捷，锐意创新，触类旁通，会将事业扩充数倍，登顶览胜，得观人生高处的风景。刘安平现在就处于这样的黄金时期。

刘安平将古人的诗文集也进行革新，一改以往全篇刊刻模式，取其精华，将经筛选后的名家名篇辑成集刷印，既节省了读者的阅读时间，又反映出了诗人高超的水平。自刘守业去世后的十多年间，流芳斋即刻印了五百多家注音版的《昌黎、宗元文集》《诗人玉屑》《杜工部草堂诗笺》《草堂诗话》《古文苑》《千家注杜诗》《应氏类编西汉文章》诗文选集。

可刘安平并不满足于此，他仍然在书的内容与形式上进行着各种大胆的尝试与开拓，除刻印《莺莺传》《霍小玉传》《李娃传》等历来深受老百姓喜爱的唐传奇外，更印了大量评话、小说故事等消遣性图书。刻印了诸如《山海经图》《夷坚志》《括异记》《挥麈录》《龙城录》《孙公谈圃》《四朝见闻录》等笔记小说，以及《三国志》《开元天宝遗事》《大宋宣和遗事》《武王伐纣》《乐毅代齐》《前后汉》《五代史》等通俗话本小说。

说着流芳斋的往事，话题不知不觉就转到了刘守业和朱熹身上，刘安平颇为感慨地说："要是你爷爷还健在，也是六十多的人了。他们那一代人，在考亭，真是幸福啊。天天能够聆听朱夫子等大儒的教诲，人人真诚钻研学问，可敬可佩！"

父子二人谈到刘守业，均陷入了片刻的沉默。少顷，刘邦琪忽然问："爷爷最疼爱的，是不是姑姑？"

刘安平未置可否，却不知不觉地说："这本《精骑集》就是你姑姑誊抄的，大字是我们一贯使用的柳体，注释用的小字却是道君皇帝的瘦金体。你瞧瞧，这字写得有多好，难怪你姑父一直说她的字早就超越晋代的卫夫人了呢！"

"姑姑的字果然清新飘逸、柔中带刚！"刘邦琪捧着《精骑集》，由衷地感佩。

"你要真有心，明天就去武夷精舍看看她，把新刻印的这本《精骑集》给她带过去。对了，一会再让你娘多准备些蔡氏肉饼和崇化糕，这是你姑姑最爱吃的。"

刘邦琪满面带笑地说："儿子再给姑姑准备些包粿和紫薯糕去。我小的时候，姑姑每次回来都要给我买。"

"你姑姑平日里最宠的就是你，是该好好孝敬孝敬她。"刘安平慈爱地看着刘邦琪，叹了口气说，"也不知你姑姑怎么想的，自打她逼着你姑父将丫鬟秋芸收了房后，就跑到武夷精舍去教孩子们读书，一晃也有七八个年头了。你姑父千劝万劝，可她就是铁了心，一个劲儿劝你姑父好生对待秋芸。你这次去武夷山，多劝劝她，就算不肯回赤岸熊家，也该回麻沙多走动走动啊！"

"邦琪有几次刚开口，姑姑就说知道了、知道了。"刘邦琪模仿着姑姑"不耐烦"的语气和动作。

刘安平不由得皱起眉头："自打你爷爷去世后，你姑姑就落了心病，十二年过去了，她还是放不下！"

刘邦琪咬一咬牙说："可恨王文涛那贼东西不知究竟逃到哪里去了，活不见人，死不见尸。要是他敢回来，邦琪一定要他好看。"

每次，两人说起当年那血海深仇，均义愤填膺、悲不自胜。事发当晚，下着雨，刘敬提着灯四处巡逻，隐约听到刘守业房中有争执声，急忙赶了过去，却不料一头撞见了王文涛。仓皇之中，刘敬扯落了他的油衣。可王文涛像泥鳅一样滑溜，在夜色中逃之夭夭，迄今杳无踪迹。

"听说王文涛去往了高丽，也不知是真是假。"提起往事，刘安平依然痛苦万分，悲伤地说，"那晚，我们赶到你爷爷屋里时，他已没了气息。你姑姑当即晕厥过去，醒来后，痛哭流涕，悔恨交加，一直责怪自己害了他。自那之后，你姑姑就不怎么回刘家了，上次回来还是两年前你奶奶因病去世。"

"我听娘说起，王文涛有本《眉山集》，价值不菲，藏在流芳斋。那晚，王文涛兴许是要偷回去的。"刘邦琪瞪大眼睛好奇地问，"爹，您知道那本《眉山集》后来去哪了吗？是被您藏起来了，还是被姑姑……"

"你爷爷去世后，我们在你奶奶那曾见过《眉山集》。你姑姑执意要烧了它，可你奶奶不同意。后来，就再也没见着了。"刘安平摇了摇头感慨道，"你爷爷去世后，你二叔也搬去了建宁。这个家，还像个家吗？"说完，长吁短叹不已。

刘邦琪感同身受地说："自打二叔和二婶、庶祖母搬出去后，好多年没有消息了。"

"那年你二叔闹着要分家，你奶奶毕竟心善，和我商议把建宁府的分号给了他，还不是希望他能安生过日子，消停些。"刘安平叹了叹气，"自打你二叔搬到建宁府后，我便没有再见过他了。听说找他刻印、购买书本的书商也不少，看来衣食不愁，就是……"

"婶娘跟着二叔倒受了不少委屈。"刘邦琪同情地说。

"你婶娘……万般皆是命，半点不由人啊。"刘安平摇摇头，长叹了一口气。

第二天一早，刘邦琪从麻沙坐着马车出发，直到夜幕降临，才赶到武夷精舍。刘心棠见大侄子来探望，打心眼里高兴，亲自下厨，做了刘邦琪平常最爱吃的几道菜。刘心棠看着他狼吞虎咽地吃着，关切地问："你爹和你娘都还好吧？"

"好着呢！"刘邦琪边往嘴里塞着菜，边说，"爹让我带个话，让您多回麻沙走走。"

刘心棠怜爱地凝视着刘邦琪："等我忙完这阵子，就去。"

"您总是这么说，可又总是没有忙完的时候。"

"我这不是走不开嘛，这里这么多学子，离不开。"刘心棠扯开话题，"我没记错的话，你今年十八了吧？男子汉了，该让你爹好好给你寻思一门亲事了！"

"姑姑，侄儿不急。"刘邦琪有些不好意思，把脸埋在碗里，闷声闷气地说，"我还想在柜上多学些生意经呢！"

"男大当婚，女大当嫁。"刘心棠拉开刘邦琪紧紧握着碗的手，望着那张年轻俊秀的面庞乐呵呵地说，"成亲了也不妨碍你跟着你爹做生意。姑姑认识崇安一位张家的姑娘，长得眉清目秀，温婉和顺，知书达礼，比你小两岁，姑姑来做个媒好不好？"

"再等等吧。"

"你在姑姑这里多住几天，我明日就带你去看这位姑娘。我跟你说啊，你见到定会喜欢上她的。那孩子不仅长得好，性子也好，跟你倒是般配得很呢！"刘心棠开心地说。

"姑姑！爹还说，您都上山六七个年头了，该回赤岸跟姑父团聚了。"刘邦琪心里燥得慌，赶紧岔开话去。

刘心棠抿了抿嘴："他倒有闲工夫操心我的事。回去跟你爹说，若是真有心，就去水月庵看看。"

刘邦琪丈二和尚摸不着头脑地问："水月庵不是座尼姑庵吗？去那里看什么？"

"你只管把我的话给你爹带到就行。我跟你姑父老夫老妻了，一天到晚在一起也腻，不如一个人在这山里住着，倒是清静。秋芸已给熊家生了两个孩子，是大功臣。没有我，他们就是和睦的一家。"

"那？您不是吃亏了？"

"你还小，好些事不懂，现在这样，对我，对你姑父，还有秋芸来说，是最好的。我要想家了，随时都可以下山回去。再说，我也是真心喜欢武夷精舍这帮学子，看到他们，我就好像看到了小时候跟你爹还有你二叔在瑞樟书院读书的情景。那会儿虽然年少不懂事，可着实快活得很呢！"

刘邦琪就这么静静地听着，不敢插话，生怕打断了姑姑的美好回忆。

刘心棠话锋一转："刚才跟你说什么来着？张家姑娘！她也在武夷精舍念过一段时间的书。她还有两个弟弟，现在都在姑姑这念书。她家在崇安县开了一家伞铺。你爹也真是，天天光知道围着流芳斋打转，儿子的婚事倒是一点也不上心！他自己这个年纪时，你祖父已帮他把你娘给娶回来了。"

"姑姑，我爹提过，是我不想太早成亲。"

"好呀、好呀，不怨你爹，是邦琪自己不想成亲。那是没看到喜欢的女子，看到了自然水到渠成。对了邦琪，除了帮你爹打理好流芳斋，你有没有想要做的事？"

"想要做的事？"刘邦琪认真地想了想，"有啊，还不止一桩呢！"

"让姑姑猜一猜，我们家邦琪想要做些什么？"刘心棠在屋里走了几步，猛然站住，"想开书院教书育人？"

"我哪有那个能耐。"刘邦琪不好意思地说，"邦琪倒是想开一家酒楼，一家比徐楼还要宽敞精致的酒楼！"

"开酒楼？"刘心棠"扑哧"笑出声，"这点倒很像你二叔。"

"若是邦琪开起了酒楼，每天就变着法地给姑姑做各种各样的点心吃，姑姑就能留在麻沙了。"

"你这孩子，说什么傻话，能有这份心，姑姑倒也没有白疼你一场。"刘心棠继续问："还有吗？"

刘邦琪不假思索地说："我还想去沙场上，点兵杀敌，把侵占大宋河山的金虏通通赶回他们的老家！"

"点兵杀敌？当将军去？"刘心棠望着刘邦琪嘘了一声说，"那可不是闹着玩的，是要掉脑袋的大事，不好！"

刘邦琪郑重其事地说："反正，邦琪最大的心愿，就是像岳将军、辛大人他们一样，到沙场上杀敌建功，收复河山，报效大宋！"

说起金国，刘邦琪义愤填膺。但旋即他就觉得，不久前，蒙古大军已经大举进攻金国，形势大好。若大宋与蒙古联手，便可收复失地。

刘心棠劝告他不要高兴得太早，当年，就是宋金联手灭辽，才导致靖康之变："徽钦二帝被掳到五国城，而你太祖父也就在那个时候逃难来到建阳的。"

"您是说蒙古也靠不住？"

"强国岂可靠外邦。"刘心棠深深吁了口气说，"不过真德秀大人奏请停止岁币，倒是深得民心。邦琪，说起这个真大人，倒跟我们刘家颇有些渊源。"

刘心棠口中的真德秀，是闽北浦城人氏，本不姓真，原姓慎，因避孝宗皇帝的名讳，才把慎姓改成了真姓。慎姓和章姓都是浦城的大姓，互为姻亲较多，章美玉与真德秀就是亲戚。那时，真德秀这一支家族破落，受慎氏族人冷落，因此也到麻沙与章美玉走走亲戚叙叙旧。

真德秀儿时的家境不好，他十五岁时父亲离世，其母吴夫人在穷困潦倒中操劳家计，供他学习，好不容易才将他养大成人。后来同郡人杨圭见真德秀学习刻苦，便把他带回家与自己的孩子一起学习，之后更是把女儿嫁给了他，他的日子也才一天天好起来。庆元元年（1195），十八岁的真德秀考中举人。庆元五年，真德秀和岳父杨圭同时进士及第，入仕任南剑州判官。

谈起家国情怀，年轻的刘邦琪热血沸腾，恨不得立刻就骑着战马，驰骋疆场，为国杀敌。

刘心棠本来就不愿意侄子上战场，此时见刘邦琪如此状况，心中暗暗懊悔，觉得自己不该说起国家大事，惹得侄子如此动情，忙转回话题说："我明天就带你去崇安县城看看张家姑娘去！"

"姑姑，不要急，邦琪才刚到。"

"你不急，有急的人。想把张家姑娘娶回家的男子，不说有上百个，也有十几个吧，咱们要不赶紧着些，张家姑娘就要被别人聘走了！"

"婚姻大事，父母之命，媒妁之言，我爹不在跟前，是否着人通传一声？"

"姑姑的话你爹还信不过？他忙得整天抽不开身，都顾不上你的婚姻大事。我帮你寻着一门好姻缘，他不感谢我，还要说我不成？"

"可是，就这么去，是不是太唐突了？"刘邦琪嗫嚅着嘴唇说，"这也太冒失了，若是张家姑娘看不上我，那我可无地自容。"

"你怕她看不中你？"刘心棠笑出声来，"放心，等到了崇安县，姑姑只说是顺道经过，我怎会直截了当说提亲。再说，我们邦琪一表人才、玉树临风，张家姑娘又怎能不喜欢？"

次日一早，刘心棠就雇了车，带着刘邦琪去了崇安县，找个借口直奔张家伞铺。见是教过女儿的先生来了，张家掌柜慌忙放下手中的活计，起身往里屋让座、看茶，一边唤过女儿张姗姗陪着叙话。一时，姗姗将别后的情景絮絮地说了。

刘心棠拉过姗姗的手，笑容可掬，温柔地说："姗姗，这就是我往日唠叨的那个不成气的娘家侄子。你不是喜欢流芳斋刻印的书嘛，以后不拘刷印什么新书，都让邦琪给你挑拣着送过来。"

"这怎么好意思。"张家姑娘看着刘心棠，却偷偷瞟了瞟刘邦琪，"姗姗是喜欢流芳斋出的书，最近还在看祝穆的《古今事文类聚》呢！"

"姑娘也在看《古今事文类聚》？"刘邦琪盯了张姗姗一眼，讶异地问道。

"除了这本，最近也一并在看朱夫子《周易本义》。"

"是吗？"刘邦琪颇感兴趣，"姑娘看过别的书没有？"

"说起来可就太多了。"张姗姗面带羞涩地说，"像《山堂考索》《古今合璧事类备要》，还有《武王伐纣》《莺莺传》……"

"《莺莺传》，"刘邦琪颇为好奇地问，"姑娘家也看这书？"

自知失言，张姗姗脸上顿时腾起一片红云，倒不知该如何接刘邦琪的话茬。

刘心棠连忙打圆场："学问学问，必得博学广识才好，什么书都得瞧一瞧。好了，天色不早了，我们也该回去了。"

"先生这就要回去？"张姗姗依依不舍地望着刘心棠。

"书院里，放不下呀。"刘心棠说着，与刘邦琪告辞而去。张姗姗送他们出门外，直到马车在街上拐了弯儿，她还站在门口远远地张望着。

车里，刘心棠笑眉眼开地说："你瞧，姗姗送我们出来，都舍不得进屋去。看得出，她对你动了心思。"

"也不一定，人家姑娘那是对姑姑的尊重。"

"你就说，对姗姗中意不中意？刚才在伞铺里，你那双眼睛可是盯得人脸皮发烧，我可都看得一清二楚！"

刘邦琪难为情地低下头，嗫嚅着说："我那是，是……"

"是什么？你那点小心思还能瞒得过姑姑？"刘心棠拍打着侄子的肩头，大包大揽地说，"等我忙完这段，就跟张家提提，想必他们也乐意！"

"姑姑不是说，有很多人都想把张家姑娘娶回家吗？"刘邦琪犹疑地望了一眼刘心棠，"怎见得张家会把女儿嫁到刘家来呢？"

刘心棠胸有成竹地说："姑姑是过来人，最懂嫁女儿的心思。这事呀，成了七八分，待我再添把柴，生米就做成熟饭了。"

在武夷精舍住了三天，刘邦琪赶回了麻沙。回到家，到了父亲房间，刘邦琪先将张姗姗的事禀报了刘安平。刘安平说："你这姑姑，从小行止由心，自行其是。别理会她，你若有了成亲的念头，待爹替你张罗一门好亲事。"

刘邦琪显然没料到父亲竟是这样的态度，心中着急，生怕错过张姗姗，忙掩饰地说："姑姑也是好心。那张家，也未尝不可。"

刘安平喜滋滋地说："此前见过几人，你都没有看中的，只见了一回张家姑娘，你就相中了？看来，你姑姑真是替你张罗了一门好姻缘。也好，等你姑姑传过信来，我就着人去提亲。"

"谢谢爹！"

刘安平又追问："我的话，你给姑姑带到了没有？"

"爹让邦琪说的话，我一字不差地跟姑姑说了。"

"她怎么说？"

"她跟姑父都是老夫老妻的了，她的事就不用您管了！"

刘安平收起脸上的笑容，鼻子"哼"了一声说："老夫老妻！都是借口，她搬上山有六七年了。"

"对了，姑姑倒是说，让您去什么水月庵看一看。爹，要去水月庵看什么？"刘邦琪很是好奇。

刘安平没有回答，但一句水月庵，却唤起了心中最深的痛。

十年前，钟民去世后，为了摆脱刘安泰的纠缠，也为了斩断与刘安平的情丝，钟碧瓯毅然决然地剪断一头青丝，去数十里之外的崇泰里水月庵出家当了尼姑，从此青灯木鱼伴天明，再没有回过麻沙。刘安平曾去水月庵找过钟碧瓯，但钟碧瓯要么避而不见，要么就是闭口不言。

为了弥补心中对钟碧瓯的亏欠，刘安平每年都会让人把刻印出的各种经书送去，但钟碧瓯每次都是悄没声息地收下，却不曾给他捎回来只言片语。

此刻，听儿子提到水月庵，刘安平的心立时忐忑不安，便让人准备了几箱经书，第二天一早，乘着马车一路往崇泰里而去。

他已经有四五年没有见过钟碧瓯了。

骤然见面，面前的钟碧瓯，一身灰色朴素锱衣，面如止水，可三十八岁的她，依旧是肤白眸清、温婉动人。

刘安平心中一阵惆怅，慢悠悠地说："碧瓯，这次我给庵里带了好些新刻印的经书，有《般若波罗蜜多心经》《金刚般若波罗蜜经》《大佛顶首楞严经》《妙法莲华经》《大方广佛华严经》《佛说阿弥陀经》，还有《无量寿经》《观无量寿经》《长阿含经》和《地藏菩萨本愿经》。"

"多谢刘施主给水月庵捐赠经书，佛祖一定会保佑你和你们全家人。"钟碧瓯波澜不惊地望着刘安平，双手合十说道。

"碧瓯……"

"不是跟施主说过了嘛，从前的钟碧瓯早就死了，而今坐在你面前的是水月庵的姑子月清师太，施主可切莫搞错了！"

"我这些年忙，碧瓯……"

"刘施主！"钟碧瓯眼底有了一丝恼怒，瞅了刘安平一眼，平静地说，"贫尼再说一次，这里只有月清师太，并没有什么碧瓯花瓯。"

刘安平咬一咬牙，皱着眉头痛苦地说："你还要继续折磨我吗？碧瓯，不，月清师太，而今我娘子也支持我把你接回刘家大宅，你就不能考虑还俗跟我回麻沙？"

"施主是要贫尼背叛佛祖、背叛菩萨吗？"钟碧瓯冷冷地道，"这里是佛门净地，施主要是再出言不逊，贫尼只好下逐客令了！"

"碧瓯！"

"叫我月清师太！"钟碧瓯面若冰霜地说，"该说的贫尼早就都说过了，如果施主还要再来纠缠不清，那以后您捐赠给水月庵的经书，贫尼也都不能要了。"

"月清师太，你，当真，就这么绝情吗？"刘安平随手翻开一本《般若波罗蜜多心经》，一边翻，一边念道："'观自在菩萨，行深般若波罗蜜多时，照见五蕴皆空，度一切苦厄。'佛祖都说要度一切苦厄，你为什么就不能帮我度过这苦厄？碧瓯，你知道这些年我都是怎么过来的吗？"

钟碧瓯没有回答刘安平，只是接着继续念诵着《心经》："舍利子，色不异空，空不异色，色即是空，空即是色，受想行识亦复如是。舍利子，是诸法空相，不生不灭，不垢不净，不增不减。是故空中无色，无受想行识，无眼耳鼻舌身意，无色声香味触法，无眼界乃至无意识界，无无明亦无无明尽，乃至无老死，亦无老死尽，无苦集灭道，无智亦无得……"一滴泪涌出眼眶，顺着脸颊流下，她抬起袖子擦了擦。

刘安平"嚯"一下站起身，情不自禁地拉起钟碧瓯的手说："碧瓯，跟我回麻沙去吧，我会让你过上好日子的。"

"施主……"

"叫我安平。碧瓯，我不是什么施主，我是安平。"

"请施主自重！"钟碧瓯竭力挣脱开刘安平，带着愠怒的眼神瞪着他说，"你若再这样，我就去官府告你调戏姑子了！"

"你上官府告去，让他们把我抓起来关个三年五载好了！"刘安平痛心疾首地道，"你并没有忘记过去，是不是？若全部放得下，为何刚才会掉泪？"

"我只不过被《心经》感动了。"钟碧瓯掉转过头去，不肯回头看一眼，"桌上是武夷山的居士送来的新茶，你若想喝，就留下来多喝几杯，若不想喝，就趁早回麻沙去吧！"

"碧瓯！"

"恕贫尼不能多加奉陪，若没有旁的事，贫尼要回后堂准备晚课。"

钟碧瓯不等刘安平说下去，步履匆匆、头也不回地走了，只剩下刘安平一个人愣神地站在客堂里。他伸手抚摩着带来的经书，本以为会让他冷静下来，哪里知道却是越来越烦躁，心内隐隐作痛。

"观自在菩萨，行深般若波罗蜜多时，照见五蕴皆空，度一切苦厄……"远处，隐隐传来的，是钟碧瓯念诵《心经》的声音。佛祖都已经度了那么多人的苦厄，什么时候才能度他刘安平走出这情的苦厄呢？从前，娘总是劝他以大局为重，以流芳斋为念，可现在，娘和爹都早已不在了，为什么他还是不能跟心爱的女子长相厮守呢？莫非，这就是佛祖对他当初遵从父母之命，选择了余若曦，选择了流芳斋，选择了刘氏家族的前途而放弃了钟碧瓯的惩罚吗？

第十四章　双雄流芳

　　宋宁宗嘉定八年（1215）春，十九岁的刘邦琪终于如愿将张姗姗娶回了家。

　　婚后的刘邦琪与张姗姗，将流芳斋刻印的新书几乎被翻了个遍，终日不是在花前月下吟诗作对，就是躲在房中赌书泼茶，神仙眷侣一般。

　　"官人，淳熙十二年刻印的这本《程氏遗书》八十九页，到底都讲了些什么？"张姗姗举着手里的书，微笑着望向刘邦琪问道。

　　"八十九页？"刘邦琪面带难色、皱着眉头想了一阵，毫无头绪，便耍起无赖说，"娘子，这个问题太难了，能不能换一个。"

　　"换一个。"张姗姗翻着《程氏遗书》，斜睨着嘲笑刘邦琪，"你确定要换一道题？"

　　"我的好娘子，换一个。"

　　"好，遵命——我且问你，第一百〇八页又讲了些什么？"

　　"第一百〇八页？"刘邦琪抓耳挠腮，"娘子，这和先前那道题有什么区别嘛，你就不能换个别的问问？"

　　"那可不成。"张姗姗"咄咄逼人"地追问，"当年李清照和赵明诚赌书泼茶，不也是这么问的。"

　　刘邦琪主动向张姗姗告饶："娘子，你若是问我流芳斋哪本书刻印于哪一年，有多少卷，我一准能回答得上。可你要问我哪一页都写了

大宋风华

什么内容，我还不一定说得上来啊。"

"你还想不想喝我倒的水仙茶了？"

"想啊！"刘邦琪不假思索地回答，"当然想。"

"官人既然答不上来，那这杯茶，妾身只好代你一饮而尽了。"张姗姗说着，笑容可掬地满饮了刚刚倒好的茶。

"娘子！"刘邦琪死乞白赖地央求。

"好了，就依你。这本《太极图说解》刻印于哪一年？"张姗姗顺手又从案几上抽出一本书来。

刘邦琪接过这本书凑到面前，闭上眼睛略微沉思，开口说道："这书啊，是前年印的。"

张姗姗逗他："说错了，明明是去年印的。"

刘邦琪却极为肯定地说："绝不会错。"

张姗姗说："这本朱夫子的书，听父亲说，早在淳熙十五年流芳斋就已刻印。近三十年内，几乎每年都有重印，你为何就能确定是前年而不是去年？"

"我会神机妙算。"刘邦琪得意地摇晃着脑袋，故弄玄虚地说。

"快说快说，要不我不给你泡茶了。"张姗姗急不可耐地想知道答案。

刘邦琪举着书，将书凑到张姗姗鼻子底下，问："你闻闻，什么味？"

张姗姗使劲儿嗅了嗅，一缕淡雅的清香直入鼻腔，惊讶地说："丁香！"

刘邦琪笑嘻嘻地说："娘子，这就是法宝。"

在张姗姗的催逼下，刘邦琪才说起来。

原来，流芳斋对于印刷用墨极为讲究，而且有着独特的秘诀。

麻沙雕版印刷用墨，是用松木烧成的烟怠加入动、植物胶炼制而成的。制墨过程极为复杂考究，一般要经过五道工序。

一、剔除松脂。松脂是松香与松节油的混合物，从松脂道中分泌。松脂虽可入药，但在制墨中，却是废料。若是制造烟怠的松木残留少量松脂，制成的墨就容易滞结。因此，剔除松脂尤为重要。去除松脂的方法很巧妙：先在靠近松树根部处钻一小孔，孔内放点燃的油灯一盏，之后，整棵松树的树脂就会顺着松脂道流向有温度的油灯处，淌出树干外。

二、制作竹篷。这是收集烟怠的关键一步。先用竹篾编成形似船篷的半圆形竹篷，数节连在一起，长约十丈。竹篷用纸粘牢，不使其半点漏烟。这样，在地上建起一座"旱船篷"，末端封闭，开口端用篾席挡口。每隔一段，在竹篷上开出烟小孔。竹篷与地面接触处，以土掩实不令漏烟，竹篷内用砖砌出烟道。

三、燃火烧烟。把剔除松脂后的松树伐倒劈成小块，放置于竹篷开口端，将其点燃。烧烟时需控制火势，不让松树完全燃烧，以利于产生松烟。烧完后停数日，待竹篷冷却，便可入篷收烟。

四、分类收烟。扫烟人入篷后，用鹅毛制成的扫烟器具，将粘在竹篷上的松烟扫落并收集在容器内。这时，要将烟区分类别：靠近竹篷尾部的烟最细，称之为"清烟"，用于制造最上乘的墨；竹篷中部的烟为中等，称之为"混烟"，用于制造一般品质的墨；靠近燃烧松木处的烟最粗，称之为"粗烟"，常研细后制作印刷用墨，或供漆工等使用。

五、调制成墨。"清烟"和"混烟"一般用于书画用磨，需要加胶后千锤百炼放可制成墨锭；"粗烟"制作印刷用墨时，先将粗烟研细，倒入酝墨缸中，加胶、酒制成膏状，放缸内存放、发酵，使臭味尽散。存放越久，墨质越佳。久贮的墨膏，临用时可以加水充分混合后，用马尾制成的筛子过滤再用。若用临时磨成的墨汁印刷，很容易化开，导致字迹模糊。

流芳斋产品销路广，用墨量大，就长期固定了几家质量稳定、品质佳的制墨作坊作为供应商。为保证质量，也为了推出独特品牌，流芳斋订制墨，要求制墨作坊加胶时，再加入冰片、樟脑、薄荷、蓼草、丁香等十二种香料。这些香料，全部都加，但流芳斋给出一个顺序，需要大量添加。比如第一年是冰片、第二年是樟脑，以此类推，十二个加完再次轮回。这样一来，根据那种香料就可以知道是哪一年印刷的书。

当然，这书一般多为两三年以内的收藏样品，平时很少打开，所以仔细闻，还能闻到香料的味道。

"最优质的墨膏，要存放三冬四夏呢。"刘邦琪显摆地说。

"那样的话，岂不是用到的墨，都是几年前的？"张姗姗吃惊地问。

"那倒不至于，刷印的墨膏，一般发酵三个月就足够了。你拿的这本，正是前年丁香墨，我一闻就知道。"

张姗姗给刘邦琪面前的黑釉盏里，倒了满满一杯茶："官人，你不愧是流芳斋的少主人啊，对家族业务这么熟悉。来来，请喝茶，这水仙茶可是熊家姑父遣人送来的，说今年的口感好过往年许多。"

刘邦琪举起黑釉盏，一饮而尽，砸巴着嘴，叫了一声好，继续说："这本《太极图说解》，其实早在乾道九年就已编纂完成，只是一直都未曾示人。后来，因陆九龄、陆九渊兄弟的门人学者们一直对《太极图说》与《西铭》两书之失议论颇多，为正视听，朱老夫子才将此书交给流芳斋刻印。"

说到此，刘邦琪顿了顿，忽而想起一事，便好奇地问道："娘子，在武夷精舍，姑姑都教你们念些什么书？"

"那可就多了。像朱夫子编纂的《论孟精义》《资治通鉴纲目》《八朝名臣言行录》《程氏遗书》《二程文集》《通书解》《西铭解义》《近思录》《上蔡语录》《八朝名臣言行录》《大学》《中庸》《近思录》《古今家祭礼》《易学启蒙》《诗集传》《周易本义》《伊洛渊源录》《周易参同契考异》《四书集注》，周敦颐的《通书》《太极图说》，程颢、程颐的《周易程氏传》《遗书》《易传》《经说》等，不胜枚举。"

"姑姑教了这么多。"刘邦琪惊叹地说，"若让娘子再多念几天书，那岂不是要考女状元了，哈哈。"

张姗姗娇嗔地在刘邦琪背上捶了一拳，说："我不过是有些闲工夫，才去武夷精舍念了几天书，学什么都是一知半解，哪里就做得了女状元？"

"还要继续赌书吗？"张姗姗伸手指向盏里已经快凉掉的茶水问。

"赌，当然要赌！如此美器、美茶、美妻，焉能不赌？"刘邦琪斩钉截铁地回答。

共同的兴趣爱好，加之对图书持之以恒的热爱，都让刘邦琪和张姗姗这对新人的心贴得越来越近，对彼此多了几分欣赏。无数个赌书泼茶的日子，给流芳斋平添了无尽的欢声笑语。

婚后一年有余，他们便生了一个生龙活虎的大胖小子。刘安平高兴得合不拢嘴，按刘守业定下"安邦定国"的字辈顺序，给长孙起名为刘定远，希望这个孩子长大后能如定海神针般，带领流芳斋迈向更远的道路。

也就在这段时间里，刘邦琪结识了比他年长十岁的同乡宋慈，两人很快成为无话不谈的挚友。

宋慈祖籍河北顺德县，后迁至浙江建德县。其高祖宋世卿出任建阳丞后，举家迁至建阳童游里。其父宋巩曾任广州节度推官，在节度使幕府负责掌管刑狱。聪敏好学的宋慈打小便受教于父亲。十岁时，他因仰慕朱熹理学，师从于朱熹高足吴稚，后又旁涉黄榦、蔡渊、蔡沉、李方子等朱氏门人的理学论著，极有见地。

宋宁宗开禧元年（1205），十九岁的宋慈远赴临安，就读于南宋最高学府——太学，拜太学中真德秀为师。在太学求学间，宋慈刻苦用功。以朱熹为宗的真德秀，盛赞他的文章出于"内心性灵""源流出肺腑"，格外赏识。宋慈因受真德秀影响，脑海中已刻上朱熹"格物致知"和"穷究真理"的烙印。

宋宁宗嘉定十年（1217），宋慈高中乙科进士，以第三名及第，补授浙江鄞县县尉，因父亡需丁忧未赴任，留童游里闲居，和小了十岁的刘邦琪朝夕相处，传为美谈。流芳斋也因多了宋慈这个谈笑风生的朋友，添了许多生气。

"邦琪，你可知道，我家祖上也曾在建阳雒田里昌茂村兴建过书院。"流芳斋的客厅里，宋慈呷着刘邦琪泡的武夷茶说。

"愿闻其详。"刘邦琪抱拳请教。

宋慈娓娓道来："先祖宋咸，乃仁宗天圣二年进士，胆识兼备。景佑元年春，他因病退居乡里，次年便在雒田里昌茂村兴建了霄峰精舍，聚徒讲学。江西参议官俞龙，曾写了《霄峰精舍记》以为纪念。"

宋慈提及先祖宋咸在庆历元年再复起用，出任尤溪县知县，任内重建县学，亲自讲授经书，还曾撰成尤溪第一部县志《尤川志》。他的门生林积，更在庆历六年高中进士，成为尤溪县历史上第一位进士。他任官邵武军时，不仅大举增建学舍，还添置了五百亩学田充作教育经费；任官韶州知州时，能够当机立断，诛除图谋不轨者戎喜，所部肃然，不敢违抗；官至都官郎中，终以朝散大夫衔致仕，重新回到建阳讲学著述。

刘邦琪钦佩地夸道："惠父兄祖上，堪比肩朱老夫子，刘家可没有这么深的家世。"

"哪里、哪里！刘家本是唐代迁居闽地望族，尤其是流芳斋百余年来，为天下士子编纂刻印著作佳品，真是功德无量。"

说话间，宋慈提到，近来读流芳斋刻印的朱夫子所著《资治通鉴纲目》，发现几处讹误，他提议要重新再校勘。

"惠父兄是说，流芳斋刻印的版本有讹误？"刘邦琪很诧异，朱熹的书，也会存在错误。

宋慈肯定地说："有讹误也正常，毕竟流芳斋一年要印的书不计其数，哪能做到十全十美、丝毫不差？论起来，《资治通鉴纲目》全书皆以'纲目'为体，纲仿《春秋》，目仿《左传》，虽然创造了一种全新的史书体裁，但并非收集、裁定原始材料，单就史实研究来说，不能迷信，并非想象中那么高。而编撰者特意将史学大家欧阳修、胡安国、范仲淹、杨时等人对具体史实的点评随文附录在后，弥足珍贵。我们也要做些事，重新校勘，修正讹误，这样才不枉是读书人。"

刘邦琪还是很犹豫："这本书，可是朱老夫子携弟子赵师渊，在司马光《资治通鉴》的基础上，参考其他史书编纂而成。这书更正了《资治通鉴》的谬误，补充了缺漏，删繁就简，更将原二百九十四卷的内容，缩编成了五十九卷的精华本。"

宋慈说："没错，老百姓之所以喜欢这本书，关键就在于文字简明扼要、通俗易懂，尤其是总量少了，五十九卷而已，所有知识点都一目了然。正如朱夫子所说：'此书无他法，欲其纲谨严而无脱落，目欲详备而不烦冗耳。'"

"夫子既然如此看重，我们来校勘，合适吗？"刘邦琪虽然为人直率，敢作敢当，可要他"推翻"朱熹，这确实是从来没想过的问题，一下心里扭转不过来这个弯。

宋慈见他迟疑，知道他的顾虑，便说："确实，这件事，需要从长计议。我们人微言轻，需要合适的时机。我的意思并非说朱夫子错了，我们意在查漏补缺，锦上添花。"

这样一说，刘邦琪爽快地答应："若是这样，我也赞同。只是，待我杀敌归来，再做不迟。"

"你还在惦念着要奔赴北方？"

刘邦琪情绪亢奋，站起来挥舞着拳头："身为大宋子民，哪个热血男儿不希望赶赴沙场手刃金贼呢？难道惠父兄就不想吗？"

"我做梦都恨不能将金人赶出中原，光复失地，好替大宋一雪前耻，可惜……"

"为什么叹气？"刘邦琪急问。

"奸佞当道，黑白不分。而今之计，只能静观其变。"宋慈重重叹了口气，"真希望真德秀大人，能够谏言说服官家修实德、施仁政，不要被奸臣巧言迷惑。"

刘邦琪听了，半晌未语。他和宋慈走出院子，定定地望向西北。那里，川陕和荆湖地区的大宋军民，正和金兵进行着殊死搏斗。他做梦也想飞渡云山，奔赴沙场，手刃敌寇，可这一腔报国志，如何实现呀！他只不过是个手无寸铁的书商，空有满腔热情却无尺寸之功，倒不如好好重新校勘朱老夫子的《资治通鉴纲目》，虽不能斩杀金虏，多少也是功德一件。

日子便这样波澜不惊地一天天过去了，刘邦琪和宋慈的友谊，也在共同校勘各种典籍的过程中，日益增进。

两年后，宋宁宗嘉定十二年（1219）正月，金国以仆散安贞为统帅兵分三路，倾全力在西自川陕、东至江淮的广大地域，向大宋发起全面进攻。大宋军民奋起抗击，在大安军①、枣阳②、濠州③相继击败金军，打破了金军全线进攻、向南拓地掠物的企图。

也就在这一年，二十三岁的刘邦琪终于梦圆，在父亲刘安平的全力支持下，从麻沙奔赴枣阳前线，成了一名抗击金兵的士卒。

而这一天，当年被辛弃疾堵在福州马尾港入海口而跳水逃匿的仲春桂，竟然再次出现在了麻沙，来到流芳斋门前。尽管时间已经过去

---

① 今陕西宁强西北。

② 今属湖北襄阳。

③ 今安徽凤阳。

二十五年，仲春桂形销骨立，面有菜色，可刘安平只看了一眼，就立刻认出了他，那张曾令自己无比悔恨的脸，无论变化成什么样子都不会忘记。

刘安平没有当众戳穿仲春桂，而是把他让到了后堂书房，像当年一样，给他斟了一盏水仙茶。

"春桂兄，二十五年不见，别来无恙？"刘安平淡定自若地望着眼前满面憔悴的男人，心中百感交集。

仲春桂低下头，惭愧地说不出话来。

"所谓各为其主，有些事，而今想来，也不能全怪你。"刘安平不疾不徐淡淡说道。

"你都知道了？"仲春桂瞪大眼睛，不安地问。

"辛大人当年就查到了你的底细。"

仲春桂欲言又止："安平，其实我……我真的也不想骗你，可是春梅郡主，郡主拿我全家上下五十余口人的性命相逼，我不得不从……"

"郡主？"

"就是当年跟在我身后的婢女丁梅。她真实的身份是金国的郡主，为在宋国境内行走方便，对外才谎称是我的婢女。实际上我的所有活动都受制于她，她说一，我就不敢有二。"

刘安平心有余悸："幸好她被抓没多久，就病死在福州的牢里。倘若当年把她当作婢女放走，不知又有多少大宋子民要遭受这个妖女的荼毒呢！"

"安平贤弟，这二十五年来，每每想起你当初待我的一片赤诚，我就追悔莫及。"

"往事已矣，春桂兄不必耿耿于怀。"刘安平云淡风轻地说，"如果不是我疏于防范，太轻信于人，又怎会被春桂兄轻易得手？经此一事，安平也算是买了个教训，所谓吃一堑、长一智，从那之后便多了个心眼。"

大宋风华

"羞愧啊。"

"若不是你，只怕我到现在还都识人不明呢！"刘安平边说边觑着仲春桂，"春桂兄这次来麻沙，莫非还是为了帮助金国刺探我大宋的军情？"

"非也非也。"仲春桂连忙摆手，"自打二十五年前任务失败后，我就失却了金人的信任。我此次趁乱从濠州潜入宋境，就是想再来麻沙见一见安平贤弟，以了却我压在心中二十五年的憾事。"

"为了见我？"

仲春桂重重点了点头："我是来向贤弟谢罪的，当年流芳斋险些毁在我手里。人老了，身子骨大不如前，说不定哪天两眼一闭、双脚一蹬就走了，我不想带着这份遗憾进棺材！"

仲春桂边说边站起身，毕恭毕敬地给刘安平鞠了三躬，便要告辞出门。刘安平想留他在流芳斋多待上些日子，仲春桂没有应承。

夕阳西下，逶迤的麻阳溪畔，仲春桂略显单薄的身影，孤孤单单地，从刘安平的眼前慢慢消逝成一个小小的圆点。望着这个故人的背影，刘安平心里五味杂陈，这个年过半百的金国男子，到底是他的朋友还是敌人呢？

如果说从前，在刘安平心底，有着对仲春桂的反感与恨意，但当仲春桂再次出现在他眼前时，他却恨不起来，甚至见到那幅落魄的样子后，还生出了恻隐之心。或许是时间泯灭了仇怨，或许是人老了心肠也跟着变软了，但或许更是岁月磨钝了陈见，包括那些粗粝的尖锐的棱角，既如此，便让这一切都随风消散吧！

转眼间，又是五年过去了。宋宁宗嘉定十七年（1224）六月，金廷在与蒙古作战中损失惨重，两面作战于己不利，遂停止对大宋的进攻，集中兵力抗击蒙军。九月，五十六岁的宋宁宗崩于临安宫中福宁殿，沂王嗣子赵昀被权臣史弥远拥立为帝，是为宋理宗。

同年，在战场上瘸了一条腿的刘邦琪，阔别家乡五年之后，重新回到了麻沙，回到了心心念念的流芳斋。其时，早就丁完父忧的宋慈依然困顿乡中，当得知刘邦琪从前线回来，当即驾车从童游里赶至永忠里相见，二人又开启了一段朝夕相伴、共勘典籍的日子。

在宋慈的引见下，刘邦琪结识了另一位友人——刘克庄。刘克庄初名灼，字潜夫，号后村，莆田人，比宋慈小一岁，比刘邦琪却要年长九岁，是当时最为著名的江湖诗派诗人、豪放派词人，与刘过、刘辰翁并称"三刘"。其爱国豪情与雄放风格和谐统一，词作不受格律局限，散文化句式与议论化倾向使其作品极具艺术表现力。

刘克庄的祖父刘夙、父亲刘弥正，都是进士出身，皆一时之秀。良好的家风影响与潜移默化的言传身教，让自幼便酷爱读书的刘克庄显露出了杰出的文学才华。天资聪颖的他精通历代诗词，写起文章来不费吹灰之力，不用打草稿，提笔即能写就一篇上好的佳作。长大后，他先后师从林成季、林简子、方泽孺、柯梦得等名人学士学习，打下了坚实的基础。

宋宁宗开禧元年（1205），十八岁的刘克庄，在临安以词赋第一的好成绩补国子监生，与宋慈同时拜在真德秀门下。很快，他便成为引人瞩目的文坛新秀，一时声名鹊起，整个临安城的文人士子，即使无缘相识，也没有不曾听说过他的大名。

宋宁宗嘉定二年（1209），刘克庄因其祖父、父亲都在朝中为官而荫补将仕郎。尽管他本人无意科举，只潜心诗词，但还是在朝廷的恩庇下开启了仕途之路。嘉定三年（1210），刘克庄调任靖安簿，因其家学深厚，各路转运司使纷纷颁布檄文欲纳他为幕僚，这让初涉官场的他甫一登场，便已赢得了一片喝彩声。

嘉定六年（1213），七月，其父刘弥正于临安病逝，刘克庄辞官守制，回到阔别四年的家乡。嘉定十年（1217），刘克庄终制，由怀安县尉、福州右司理曹改任真州录事参军。江淮前线的将帅们闻听他的大名后，都争相抢着要将他纳入幕下。淮东安抚使的崔与之见到刘克庄后非常高兴，对他说："我在福建得到了两个名士，一个是你，一个是陈子华。"他将刘克庄与方信孺、陈子华三人称为"闽之三隽"。

嘉定十年（1217），江淮制置使李钰聘刘克庄为沿江制司准遣，负责草拟军事文书的工作。其间，刘克庄建议"抽调驻守边境的军队，用屯兵替代，从而夯实国家的根基"，意见不被采纳。外界的舆论便问责于他。刘克庄不得已，只好辞官请祠宫观。嘉定十四年（1221），胡槻出任广西经略使，选刘克庄充任其幕僚，担任经司准遣一职，相与唱酬，自是另一番欢喜气象。

理宗践祚后，刘克庄奉旨出任建阳知县，始与阔别十余年的同窗宋慈重逢，有缘结识刘邦琪。任职期间，刘克庄戒诗癖，务习吏，恤民情，兴学施教，竭全力督办前任遗留案件，声名远播，以优异政绩闻于朝野。

其时，以宝谟阁待制知潭州兼湖南安抚使的真德秀，因不满权臣史弥远擅权废立、陷害济王赵竑，拒绝接受礼部侍郎兼直学士院、侍读的新任命，非但迟迟不肯赴任，更回到家乡浦城休假，著书立说、开坛讲学，不遗余力传播程朱理学。身在建阳的宋慈、刘克庄听说老师回到浦城后，时常带着刘邦琪一同前往聆听真德秀的教诲。

"世风日下，人心难测，唯有读书好啊！"对朝政已失望透了的真德秀，望着眼前这三个从建阳赶来听他讲课的年轻人叹道，"时下奸佞当道，权相史弥远，比起当初的韩侂胄来，则是有过之而无不及。若是朱老夫子还活在这世上，恐怕也要领教他的狠厉手段。"

"先生打算如何应对？"刘克庄郑重其事地问，"难道就一直不接受诏命，在仙阳西山下开坛授课？"

"是啊先生，您一直不肯接受诏命，正中他们下怀。"宋慈也附和着。

"真某不是不肯接受诏命，而是要利用这段时间，潜心学问，认真思索。众所周知，济王才是先帝认定的唯一继承人，可史弥远居然勾连太后杨氏骤行废立，将沂王的嗣子赵昀立为新君，这简直闻所未闻。希元深受君恩，又怎能看着他们如此胡作非为，做出这等有悖先帝意愿的不道之事？"

"先生想好要怎么做了吗？"刘克庄继续问。

"此事还需从长计议。"真德秀摇了摇头说，"现在朝政都被他们把持，贸然行事只怕会连累到济王，但无论如何，希元定当鞠躬尽力，死而后已。"

"依学生之见，先生不宜与史弥远之流直接硬碰硬，要先保护好自己为上。"宋慈轻轻吁了口气。

"我与史弥远的争执非一朝一夕。嘉定六年二月，外戚杨次山进封郡王，先帝命我起草制诰。我随即上了一道奏札，援引汉代贤戚樊宏、阴兴右故事以警示官家。也就从那时起，我便得罪了皇后杨氏和与她同党的史弥远之流。同年十月，我以金朝将要灭亡上奏，论及蜀地为兵家必争之地，需要格外加强军备。可惜当时的台谏已被史弥远操纵，其党羽薛极、胡榘之流，不仅大肆控制言路，而且杜绝上听。为此我曾多次上书抨击弊政，更与袁燮、柴中行等臣僚互相应和，因而再次激怒了史弥远。不久后我就被差遣去金国充任庆贺新君登位的国信使了。"

"这个学生知道。"刘克庄说，"那年十一月，先生行至盱眙，恰逢金中都大乱，道路不通，不得已，只好暂时滞留在边境，哪曾想，这一耽搁就是两个月。期间，先生遍观两淮山川形势，咨访军民疾苦，大有筹划经营之志，并于次年正月返回临安后即刻向先帝进言，应立即停止向金国继续进贡岁币。先帝虽然接受了先生的进言，但史弥远却以爵禄笼络朝臣士子，把朝廷搅得乌烟瘴气。先生看出他并非真的想要振兴图强，对当初替史弥远出谋划策、促成罢除学禁的刘爚说：'我们必须快点离去，使庙堂知道世上也还有不肯从官的人。'"

"刘爚本是朱子门人，本想借史弥远之力倡导理学，所以才向史弥远提出荐引诸贤的建议，却不意为史弥远所用，通过表彰朱夫子等理学儒家，大肆收买人心，造成了今日之尾大不掉之势。"真德秀深深叹口气，"之后，史弥远几番扑腾，最后竟然升为右丞相，并独相擅权。"

"这个史弥远比韩侂胄还要坏，但若不是他，只怕学禁至今都还没能被解除呢！"刘邦琪望着真德秀说。

"所以这才是他最为可怕之处。"真德秀悠悠地说，"为掩人耳目，掌握了最高权势的史弥远，很快就为韩侂胄执政时期遭受到罢斥的大臣赵汝愚、吕祖谦等人平冤，同时下诏赐予朱夫子遗表恩泽，召林大中、楼钥等故老十五人入朝，并起用了魏了翁、杨简、李心传等诸多理学人士。为最大限度地招揽收买人心，又于嘉定二年十二月九日，分别赐予周敦颐、程颢、程颐、张载和朱老夫子'元、纯、正、明、文'的谥号，还特地追赠朱老夫子为宝谟阁直学士。如此操弄，不仅提高了理学派的地位，更争取到了理学人士的拥戴，但这一切却都不能掩盖他真实的奸佞面目。"

师生四人每聚到一起，总有聊不完的话题。半年后，宋理宗宝庆元年（1225）五月，真德秀离开浦城赶赴临安任职。史弥远遣使者杨迈前来警告他，不得在朝堂上妄言废立事。

此后，真德秀遭史弥远数次陷害。宝庆二年（1226）二月初六，监察御史梁成大为了迎合史弥远，上书称真德秀有五大恶，请加以贬斥。宋理宗回护说："孔子处事待人从不做太过分的事。"于是，真德秀得以保全，退归故里浦城仙阳著书立说。同一年，宋慈被任命为江西信丰县主簿，开启了仕宦生涯。而刘克庄则继续在他的建阳知县任上做着力所能及的事，将近乎荒废的沧洲精舍修葺一新，还恢复了朱熹在世时修建的建阳社仓，出资购米四千余斛，用于救济灾民。

宋慈前往江西履职之际，刘克庄和刘邦琪每隔几个月，即结伴前往浦城拜访真德秀，给失意中的真德秀增添了不少慰藉。

"先生，您和迪功郎蔡元定都被世人称为西山先生，又都是举世公认的大儒，两位先生的成就孰高孰低？"这日，天气寒冷，几人围着泥炉，就着小菜，温着浦城米酒，刘邦琪眯着一双微醺的眼望向真德秀问。

"此西山非彼西山也！"真德秀望着刘邦琪哈哈一笑，"要论起成就来，真某怎可与迪功郎相提并论。迪功郎既是朱老夫子的门人，又是朱老夫子的师友，而真某自幼便受教于朱老夫子的弟子詹体仁，蔡元定这三个字对我来说，是高山仰止、如雷贯耳啊！"

"先生过谦了。"

"惭愧，这世上若真有能够与迪功郎相提并论的人物，想必不是惠父，便是潜父！"真德秀看了看刘邦琪，又看了看刘克庄问，"近来你可有收到惠父从江西捎来的书信？"

"有。惠父在信丰县主簿任上如鱼得水，深受江西安抚使郑性之赏识，已延请他入幕府参预军事了。"刘克庄答道。

"郑性之请他入幕府当幕僚？"真德秀不由得拍案叫好，"惠父绝非池中之物，将来定然会有一番作为。"

片刻，真德秀望向刘邦琪问："流芳斋最近又印了哪些好书？"

"听我给您一一道来。有朱老夫子的《周易本义》《伊洛渊源录》《论语集注》《孟子集注》《启蒙》《小学》《中庸》；有蔡元定的《律吕新书》《西山公集》；有林用中的《南岳酬唱集》《草堂集》；有蔡沉的《书集传》；有黄榦的《周易系辞传解》《仪礼经传通解续》《孝经本旨》《论语注语问答通释》《勉斋先生讲义》《晦庵先生语续录》；有叶适的《水心先生文集》《水心先生别集》《习学记言》；有叶味道的《四书说》《大学讲义》《易会通》《经筵口奏》《故事讲义》；有祝穆的《事文类聚》《方舆胜览》；还有……"刘邦琪一瘸一拐地在地上转着圈儿，十分骄傲地述说着流芳斋的成绩。

"好了，好了，再说下去，都能说到明天了！"真德秀呵呵一笑，冲刘邦琪摆了摆手，"提起麻沙本，首选流芳斋！有流芳斋在，便是天下读书人的第一幸事！"

从浦城回到建阳不久，刘邦琪在刘克庄的引荐下，结识了从临安来建阳县衙拜访的浙本书商陈起。

陈起字宗之，又字宗子、彦才，号芸居，一号陈道人，别称武林陈学士，临安钱塘人，曾于宋宁宗时参加过乡试并考中第一名，但其并未入仕，而是在临安钱塘棚北大街睦亲坊，开了"陈宅经籍铺"书肆，全身心地当起了书商。陈起的陈宅经籍铺，融编纂、刻印、售书与藏书于一体，广负盛名，流通古籍以万计。

陈起与刘邦琪，一个是浙本刻印业的领军人物，一个是建本刻印业首屈一指的流芳斋少东家，因缘际会聚到一起，自是有聊不完的话题。他们或结伴游建阳，或畅谈浙本与建本之别，不亦乐乎。

"宗之兄，除了字体的异同之外，浙本和建本到底都有哪些区别？"刘邦琪微微昂起头望向陈起问。

"浙本历来以官刻为主、坊刻为辅，建本则是以坊刻为主，且建本这些年的刻印量和销售量，已远远超出了浙本。"陈起熟稔地回答，"就如纸张，浙本多选用价格昂贵的白棉纸，而建本选用的却是当地特产的竹纸或是邻县顺昌所生产的书纸，价格远远低于白棉纸，质量自然逊于浙本。"

听他说建本用纸差，刘邦琪不乐意了："各有千秋吧。建阳书坊用纸，简纸、行移纸、书籍纸、黄白纸各取所需，当然，建阳扣为首选。"

陈起见刘邦琪"话里带刺"，知道他不服气，怕破坏气氛，就顺着说："建阳扣名声远播，而今就连浙本书商也都慢慢开始用上这种纸了。"

"和别的地方生产的竹纸相较，建阳扣色泽稍黄，却妙在没有底纹，薄厚、韧性，都与成都出品的麻纸差不多。"刘邦琪介绍起家乡特产，豪气十足，"除了用于建本的刷印自给自足外，这种纸还远销到苏州、临安、金陵、洪州、广州等地。据我所知，光你们江浙一带的书商，十之四五都会与建阳本地的书坊争相购买建阳扣，有人甚至会付大宗定金向麻沙纸坊预定来年要用的纸张。当然，这些纸坊也不光生产纸张，还附带生产纸帐、纸被。当年朱老夫子不就曾给大诗人陆游寄送过一床纸被，以供其抵御严寒吗！"

一直插不上话的刘克庄怕他们吵起来，就连忙打断，和稀泥地问："宗之兄，你那陈宅经籍铺，近来又刻印了哪些好书？"

"这一两年内，陈宅经籍铺主要刻印有十二卷本的《续世说》、八卷本的《释名》、两卷本的《剧谈录》、四卷本的《湘山野录》、五卷本的《画继》、六卷本的《图画见闻志》、两卷本的《灯下闲谈》、十卷本的《唐韦苏州集》、一卷本的《唐求诗》、一卷本的《龙洲集》，还有《李群玉诗集》《唐女郎鱼玄机诗集》等二十余部唐人诗集。"陈起淡淡地回道。

"二十余部唐人诗集？一两年之内？"刘克庄难以置信地看了陈起一眼，"只知道宗之兄历来喜好刻印唐人诗集，早就有'字书堪称晋，诗刊欲遍唐'的美誉，却是没有想到在短时间内，你便又刻印出了这么多的唐人诗集，真是佩服！"

话说这陈起，除了自己刻书外，亦收藏古籍，家中藏书丰富，多达数万卷之巨，并建有"芸居楼"藏之，为当时文人学士所仰慕，亦多有品题之作，诗人叶绍翁曾作有《赠陈宗之》诗"随车尚有数千卷，拟向君家卖却归"来形容他的藏书之多。

因与江湖中的诗人多有交集，陈起还编纂了九卷本的诗集《江湖集》，包括《江湖前集》《江湖后集》《江湖续集》《中兴江湖集》等，所录诗人大部分或为布衣，或为下层官僚，身份低微。他们相互酬唱，以江湖习气标榜，被称为江湖诗派。江湖诗人时时抒发欣羡隐逸、鄙弃仕途的情绪，也经常指斥时弊，讥讽朝政，表达出不与当朝者为伍的意愿，而其中成就较大、官衔最大的，便要数建阳县令刘克庄了。

谁也没有想到，当陈起、刘克庄等人因《江湖集》而名声大噪时，远在临安的史弥远，却早已将他们视作了眼中钉、肉中刺，立誓非要拔去他们不可。宋理宗宝庆三年（1227），刘克庄任建阳知县尚未满三年，史弥远便指使心腹发动了"江湖诗祸"，指斥《江湖集》诗有谤讪，不仅将之劈版禁毁，更将陈起定罪流配，且诏禁士大夫作诗。而作为江湖诗派的领袖人物，刘克庄自然首当其冲，遭到严厉的政治清算。

对史弥远来说，打压真德秀的高足刘克庄，便是打压真德秀。在史弥远的支持下，监察御史李知孝、梁成大，愣是从《江湖集》中搜罗出一首《落梅》诗来，想要坐实刘克庄"谤讪时政"的罪名。很快，史弥远便签发了逮捕文书，以"押解听读"的名义，要将刘克庄从建阳提解进京。幸得签书枢密院事郑清之极力为其辩护而得释，但刘克庄亦因此闲废。

> 一片能教一断肠，可堪平砌更堆墙。
>
> 飘如迁客来过岭，坠似骚人去赴湘。
>
> 乱点莓苔多莫数，偶粘衣袖久犹香。
>
> 东风谬掌花权柄，却忌孤高不主张。

离开建阳罢职回乡前，在刘邦琪为他举行的饯行宴上，刘克庄借着酒意，当着众人的面把这首令他落罪的《落梅》诗大声念诵了一遍。

这首诗通篇不着一个"梅"字，却完美地刻画出了梅花的品格和遭际。从表面上来看，它不过是刘克庄对"落梅"的怜惜和吟咏，并没有什么出格的地方，但如果细细品味，就可以领会到其中蕴含的深意。当时，蒙古已崛起于漠北，金兵对南宋更是一直都虎视眈眈，而南宋朝廷却始终苟且偷安，士大夫们依旧纸醉金迷。目睹现实，刘克庄忧心万分。他虽有一腔报国之志，却因是真德秀的门人得不到重用，还备受排挤、迫害，于是，内心积压许久的悲愤和不满，便都一股脑儿地喷涌而出，借着"落梅"这一意象委婉地表达了出来。

通过对落梅哀婉缠绵的吟叹，刘克庄道出了一大批爱国之士抑塞不平的心声，但也因为"东风谬掌花权柄，却忌孤高不主张"这两句，让史弥远抓住了把柄，被诬为"讪谤当国"，差一点就要了他的命。与此同时，为继续笼络人心，迷惑百姓，史弥远又玩起了尊崇理学的老伎俩，让宋理宗追赠朱熹太师，封信国公，后又改封徽国公，但对真德秀等人的排挤打压却丝毫不手软。

"大人……"离别在即，刘邦琪满面戚容地望向刘克庄，却是不知道该说些什么才好。

"邦琪，你不要为我感到难过。官场不容我，就算他们不刻意算计我，我迟早也是要效仿西山先生罢职而去的！"刘克庄正色凝视着刘邦琪，"我离开建阳后，你定要协助你父亲刻印出更多更好的书，让天下更多的士子都看到好书！"

"大人……"离别在即，刘邦琪难掩心中惆怅，"大人若是回乡待烦了，就来麻沙散散心。"

"莫难过，都三十好几的人了，不要惹人笑话。"刘克庄一扫脸上的阴霾，举起酒盅望向众人说，"来来来，大家都满饮这杯中酒！"仰起脖子，一饮而尽，抓起酒盏再次倒上。

"大人！"刘邦琪看着刘克庄已饮了十余盅，想要劝他，却又不知道该如何劝起。

"邦琪，你喝啊！"刘克庄醉眼蒙眬地说，"钟鼓馔玉不足贵，但愿长醉不愿醒。"

"还是惠父好啊，在江西安抚使幕府，不仅参与了平定三峒贼的战役，还赈济了六堡饥民，又率兵三百大破石门寨，俘获敌酋，战功卓著而特授舍人，声名远播啊。"刘克庄已有了醉意，"邦琪，等惠父回来，你替我转告他，就说众人都替他高兴……"

终究，四十一岁的刘克庄，还是拖着一身的疲惫与落寞，离开了建阳，乘着一叶孤舟，踏上了家乡莆田的归途。

望着麻阳溪上刘克庄渐去渐远的身影，刘邦琪的眼睛渐渐模糊了。宋慈、刘克庄，这两位人中龙凤，尽管已离开建阳，但在刘邦琪的心里，他们依然是这世间最温暖、温润的人。因为有了他们，他的世界才会如此绚烂多姿，而他永远也记得他们，记得他们的笑、他们的好，还有他们给过他的所有的暖。

一晃六年过去，宋理宗绍定六年（1233）十月，权相史弥远离世，理宗亲政，先前受到打压排挤的真德秀升任为知福州、福建安抚使。次年四月，真德秀被召为户部尚书。五月，弟子王迈等编类《真西山集》二十余卷刊行。九月，真德秀抵达临安后，改任翰林学士兼侍读。在入见皇帝时，宋理宗起身迎接他："爱卿离开临安已有十年，我每次想起都更加思念贤臣。"真德秀遂以《大学衍义》呈给宋理宗，受到嘉纳，真德秀声望一时达"百口交颂，以为正学大宗"。

端平二年（1235）三月，真德秀奉命知贡举，旋即升任参知政事，"同编修敕令、《经武要略》"，但他已经患病，未及有所作为，即于四月罢政，以资政殿学士、提举万寿观兼侍读的名义闲居养病。五月，真德秀病逝，享年五十八岁。宋理宗闻讯后大为震悼，不仅为之辍朝，更追赠其为银青光禄大夫，谥号"文忠"。

在真德秀等人的提携帮扶下，宋慈和刘克庄的仕途都步入正轨，而刘克庄更是在历经宦海沉浮后，一路做到帅司参议、枢密院编修、兵部侍郎、中书舍人、工部尚书等官，以除焕章阁学士守之职致仕，后又被宋度宗授予龙图阁学士。他出众的文名亦举世皆赞，他的诗风豪迈慷慨，作品数量丰富，内容开阔，多言谈时政，反映民生，是南宋末年的文坛领袖，被认为是和陆游、辛弃疾三足鼎立的人物。

与刘克庄相比，宋慈的文采稍逊，但宋慈曾先后担任过广东、江西、广西、湖南四地的提刑官，在断案上显露出卓越的才能，不仅能够透过疑雾看到真相，且公正廉明、铁面无私，一心为民洗冤。

宋理宗淳祐七年（1247），在湖南任提刑官时，已经六十一岁的宋慈完成了《洗冤集录》的撰写。《洗冤集录》全书共分五卷五十三条并附一章，内容丰富，见解精湛，绝大部分内容都源于他本人于断案中累积的实践经验，是中国较早、较完整的法医学专书。

宋理宗淳祐九年（1249），六十三岁的宋慈因病逝于广州官舍，获赠朝议大夫。二十年后，八十二岁的刘克庄病逝于家中，谥号文定。刘克庄去世时，早就从父亲刘安平手中接管流芳斋的刘邦琪也已七十三岁。他的长子刘定远刚至五十岁知天命之年，孙子刘国道亦二十挂五，流芳斋再次翻开了一页崭新的篇章。

夕阳西下，风烛残年的刘邦琪站立在波光粼粼的麻阳溪岸边，思潮翻涌。他又想起了和宋慈一起校勘《资治通鉴纲目》的往事，想起了刘克庄离开建阳时嘱咐他要刻好书、卖好书的话语，想起了真德秀对几人的谆谆教诲，想起了父亲刘安平和姑姑刘心棠对他的宠溺，想起了和妻子张姗姗一起赌书泼茶的情景……不禁老泪纵横，喃喃自语道："俱往矣！父亲走了，姑姑走了，惠父兄走了，潜父公走了，西山先生走了，宗之兄走了，姗姗走了。这以后的以后，可叫我如何不想念你们啊！"

还在的，似乎就只有走过百余年岁月、饱经沧桑的流芳斋了！

第十五章　家国风云

　　三十岁的宋理宗赵昀亲政之初，立志中兴、罢黜史党、亲擢台谏、澄清吏治、整顿财政，推行系列改革，史称"端平更化"。决心卓有作为的赵昀将理学抬升到至高地位，并将之尊崇为官方统治思想，代表人物周敦颐、程颢、程颐、张载、朱熹分别被谥为"元公""纯公""正公""明公""文公"，并从祀于孔庙，荣耀至极。

　　朱熹被尊崇，考亭的百姓和刻印书坊的东家们，纷纷举行仪式庆祝。各刻印坊也加大了朱熹作品的刷印数量，朱熹著作的出版迎来了一个高潮期。

　　大宋的宿敌金国走向至暗时刻。此时，蒙古在北方地区已迅速崛起，成为继辽、西夏、金之后又一个对宋朝构成巨大威胁的少数民族政权。面对急剧变化的局势，宋廷内部的对外政策再次分为主战与主和两派。主战派牢记对宿敌金国的仇恨，主张联蒙灭金，光复中原。主和派则援引当年联金灭辽的教训，希望以金为藩屏，不再重蹈覆辙。无休无止的争论，使得朝廷左右掣肘，决策飘摇不定。

　　胸怀中兴大志的宋理宗，视此为建立不朽功业的天赐良机，决意联蒙抗金。

　　近乎走投无路的金哀宗，得知宋蒙联手，立即派使者至临安争取南宋支持："蒙古灭国四十，以及西夏，夏亡及于我，我亡必及于宋。

唇亡齿寒，自然之理。若与我连和，所以为我者，亦为彼也。"宋朝若支援金国，也是在保护本国。但年轻气盛、一心决意恢复中原的宋理宗好不容易下了这个决心，岂肯轻易回头。他不愿听信金国的花言巧语，觉得金国所言，无非是为霸占大宋故地找借口，断然拒绝了金哀宗的请求。

宋理宗绍定六年（1233），宋军应蒙古之约，出兵攻占邓州等地，于马蹬山大破金军武仙所部，又攻克唐州，切断了金哀宗逃跑的退路。次年正月，金哀宗自缢而亡，末帝完颜承麟则为乱兵所杀，金国灭。三月，宋理宗派人前往河南拜谒北宋皇陵，并给予修复，不久，又将金哀宗的遗骨奉于太庙，以告慰徽、钦二帝在天之灵。

宿敌既亡，宋朝本该大出一口气，可历史总是惊人的相似。宋和蒙古又开始了扯皮。

当初，宋蒙联手灭金时，并未就灭掉金国后河南的归属详作规定，由此引发了大宋与蒙古之间的争执。金亡后，蒙军北撤，河南空虚。端平元年（1234）五月，宋理宗任命赵葵为主帅、全子才为先锋，命赵范节制江淮军马以为策应，正式下诏出兵河南，收复三京。不久，全子才收复南京归德府，向开封进发，于七月五日进驻东京。全子才占领开封后，因后方没有及时运来粮草，无法继续进军，贻误了战机。半个月后，赵葵又兵分两路，在粮饷不继的情况下继续向洛阳进军，只可惜一抵达洛阳就遭到了蒙军的伏击，损失惨重，只得撤回。

此时，留守东京的赵葵、全子才，都意识到战机已失，加上粮饷不继，不得不率军南归，而其他地区的宋军也全线败退，南宋君臣恢复故土的希望又一次落空。"端平入洛"的失败，使南宋损失惨重，数万精兵殒于战火，投入的大量物资都付诸流水，南宋国力也因此受到严重的削弱。而尤为重要的是，"端平入洛"使蒙古找到了进攻南宋的借口，宋蒙战争一触即发。朝野上下对于出兵河南的失败及由此带来的严重后果互相推诿。为了破局,宋理宗也不得不下罪己诏,检讨自己的过失,以安定人心。

次年,即端平二年(1235),蒙古大汗窝阔台以宋朝背约为由,不断侵宋。可宋理宗却不顾战争威胁,执政后期,厌倦朝政,追逐声色。景定五年(1264)十月,在位四十一年的赵昀去世,留下遗诏,由其弟荣王赵与芮之子——赵禥即位,是为宋度宗。

赵禥在治理国家方面孱弱无能,但荒淫程度与伯父宋理宗赵昀比起来,有过之而无不及,整天沉溺后宫,与妃嫔们嬉戏寻欢、饮酒作乐,荒唐到极点。甚至连批答公文,他都交由自己身边四个最得宠的女人处理,并称之为春夏秋冬四夫人。他又封奸相贾似道为太师,倍加宠信,将朝政大权一股脑儿统统都交给太师手里。

朝廷的腐朽,君臣的昏聩无能,使得大宋的统治处于濒临崩溃的边缘。然而,宋度宗和贾似道并不理会这些,继续过着今朝有酒今朝醉的奢靡生活。这种无视天下苍生的行为,也引起了越来越多的仁人志士的反感与蔑视,这其中包括远在建阳的新一任流芳斋斋主刘定远。

宋度宗咸淳七年(1271),七十五岁的刘邦琪已病入膏肓,弥留之际,将长子刘定远和儿媳黄蕙兰、孙子刘国道一起叫到了床边,安排后事。

"定远……我走了以后,你可千万千万……千万要记住……誓死不和蒙古人做生意……否则我就是到了……黄泉路上……也会死不瞑目的。"躺在床上的刘邦琪望着刘定远喘着粗气断断续续地说。

"爹!"刘定远跪在床前,哽咽着望向病榻上白发苍苍的刘邦琪说,"您放心,儿子不是软蛋货,已组织工匠刻印朱老夫子的《封事》,定要让天下读书人都看到朱老夫子如何主张与敌寇殊死斗争。"

所谓封事,是大臣上奏给皇帝的密封奏章。大臣上奏,多用皂囊封缄,以防泄密,称"封事"。孝宗绍兴三十二年(1162)六月,初登大位的孝宗皇帝诏求直言，朱老夫子应诏上《壬午应诏封事》，力陈"讲帝王之学""修攘之计"和固"本原之地"，这也是夫子的第一篇封事。其后，直至宁宗庆元元年（1195），三十余年间，朱夫子先后进呈了六篇封事，包括《壬午应诏封事》《庚子应诏封事》《戊申封事》《己酉拟上封事》《甲寅拟上封事》《乙卯拟上封事》，大胆地提出了自己的政治理念，劝谏皇帝坚决抵抗金国，将金虏从大宋的故地上驱逐出去。这六篇封事合称《朱子封事》，而"反和主战""修政事攘夷狄"是其思想核心。尽管金国早已灭亡了，但现在的蒙古人跟过去的金国又有何异？

刘邦琪目光柔和地望着刘定远说："这样的话，我也就能放心地去了。"

"爹，你一定没事的。"

"蕙兰，"刘邦琪的目光转向儿媳黄蕙兰说，"你是慕文堂黄家的后人，慕文堂是建阳刻印业的中流砥柱，你务必要协助定远打理……"刘邦琪上气不接下气地叮嘱。

"爹，蕙兰知道。"黄蕙兰满面戚容，小心翼翼地回道。

"流芳斋将来即使穷途末路，也绝不能和蒙古人做生意。家国仇，是大仇，不能忘。"刘邦琪气若游丝，攥住二十七岁的孙子刘国道的手，缓缓说道，"国道，你一定要记住我的话……"

"我也要像您一样，上阵杀敌。"刘国道慷慨地表态。

"唉，朝廷昏庸……不值得为他们卖命……"刘邦琪重重咳嗽了几声，"我活了七十五岁了，也该去见我的老友们了……"

刘邦琪还没有说完，脑袋便重重地歪到了一边，溘然长逝。整个刘府顿时陷入一片哀声。

国家危难，一切从简。遵照刘邦琪的遗愿安排，这场丧事办得很简朴。众亲朋好友来吊唁时，总免不了要议论几句宋蒙战事，哀伤的丧礼上，依然有浓浓的爱国情怀。大家感慨国之多艰，也唏嘘百姓生之不宁。

刘邦琪带着国仇家恨咽气了，他料想不到的是，蒙古人灭宋的决心势不可挡。蒙帝忽必烈索性改国号为元，宣告新的朝代开启。

办完刘邦琪的后事，刘定远组织工匠迅速刻印了一批《朱子封事》，并在第一时间将之推上市面。本以为这类书的销路不会很好，但让刘定远没想到的是，人们的爱国热情已经空前高涨，竟然出现了一波抢购热潮。见此状况，流芳斋组织人手，日夜赶工加印。

"国道，你再去催一催万卷堂和慕文堂，让他们连夜加印。这个势头，挡是挡不住了。"刘定远用衣袖扇着风，焦急地交代儿子。

"爹，这书已印了五千册，其他书都顾不上印了，这样下去，会不会耽误流芳斋的生意？汴京、河北来的那几个书商，住在家里也有十多天了，你不怕他们吵闹？"刘国道担忧地替父亲考虑。

刘定远斩钉截铁地说："关键时刻，国事为重。这本书我们要加大印量，价格也要考虑优惠再优惠。多卖一本出去，就多一份爱国的力量，这既是对朱子的敬重和怀念，也能激发百姓爱国热情，不能叫泄了气。"

"可我们是做生意的，书商们不会一直等。"

"好吃好喝伺候着，相信他们能理解，都是宋人，他们就愿意看着国家落入蒙古人手中？"

刘国道担心的还不仅仅是这些："这批书开始雕版，因没考虑到会这么热销，用的是白梨木。这版松软，不耐用，印一千本后就常掉柴柿仔①。虽说后来又延请徐家雕匠，新换了质地坚韧的上好红梨木，可这也只能印几千本，照这样印下去，只怕顶不住。"

"要不我说，叫你快去催那几家。这本书，走货从流芳斋走，一同

---

① 木屑。

协作，把利润都让给大家，叫他们不要有顾虑。"刘定远摆摆手，示意儿子快去。

"爹，你这还是生意人吗？"刘国道嘟囔着说。

"听我的，不会错。样日今①，爱国要紧，这是流芳斋的责任，也是大宋人的骨气！生意人的底线，就是家国平安。"

就这样，流芳斋联合建阳的书坊业主们，短时间内大批量刻印了《朱子封事》等一系列反和主战的图书。读过这类书的士子和老百姓们，个个摩拳擦掌，盼着要去沙场上跟蒙古人一决生死！

这些饱含民族气概的建阳书坊，通过图书把老百姓的抗战情绪推到了顶点，大宋一时士气高涨，越来越多的老百姓自发地走上战场，与蒙古人展开殊死搏斗。建本的名声也由此蜚声朝野。

然而，令人遗憾的是，统治阶级的昏聩无能以及消极抵抗的思潮，却与老百姓的誓死抵抗形成鲜明对比。宋度宗咸淳九年（1273）正月，军事重镇樊城被蒙古军一举攻破。无独有偶，同年二月，襄阳守将吕文焕也在粮尽援绝的情况下献城投降。可当消息传到临安城后，贾似道装模作样地摆出一副想要率军出征的架势。胆小无能的宋度宗却死死地拽住了他，怎么也不同意让他领兵出征。贾似道自是乐得继续逍遥快活了。

仅仅一年之后，咸淳十年（1274）七月，三十四岁的宋度宗因纵欲过度，崩于临安宫中的福宁殿，四岁的太子赵显继位，称宋恭帝。因宋恭帝年龄太小，便由太皇太后谢道清临朝称诏，而奸相贾似道则继续把持着朝政。与此同时，蒙古人也加快了对南宋的攻势。眼看着一场改天换日的血雨腥风，已然在大宋的河山之上悄然拉开了帷幕。

宋恭帝德祐元年（1275），蒙古将领伯颜率军大举攻宋，降将吕

---

① 建阳方言，即现在。

文焕引导外军，沿长江东下，相继攻占鄂州、黄州、蕲州、安庆、九江，凡是他的亲友、部下，都被其一一诱降并献出城邑。蒙古军屯驻建康，直逼南宋都城临安。

以江东提刑、江西招谕使的身份担任信州知州的大臣谢枋得，因与吕文焕侄吕师夔友善，于是应诏上书，以一族人的性命，举保吕师夔可以信任，并希望朝廷以他为镇抚使，把沿长江一带的诸屯兵交给他统帅。朝廷很快同意了谢枋得的保奏。谁知吕师夔一走马上任，便翻脸不认人，直接向蒙古人投降。

识人不明、义肝忠胆的谢枋得，捶胸顿足，懊悔自己做了一件辱国坑民的错事。

次年正月，已降蒙的吕师夔与武万户，分别攻占了南宋江东一带。谢枋得则以兵挡之，并派前锋在阵前大声呼喊说："谢提刑来了。"吕师夔的军队驰到军前，毫不顾念故人之义，以箭射向谢枋得，箭头一直射到马前都不肯收手。不得已之下，谢枋得只好潜入安仁，并调淮士张孝忠迎战团湖坪。张孝忠也是个英勇无畏的，在战场上射完了箭，便挥动双刀杀入敌阵，歼敌寇百余人。

然而，大势已去。一切努力都未能阻止蒙军继续东下侵略南宋的铁蹄。谢枋得率兵与蒙军展开血战，终因孤军无援惨遭失败，眼睁睁地看着耀武扬威的蒙兵扬长向东而去。同年二月初五，蒙古军占领南宋都城临安，并将宋恭宗、太皇太后谢氏、皇太后全氏、宰相留梦炎一行俘往蒙古上都。谢太后在北上的路上，颁布诏书命令南宋臣民投降。但一身正气、大义凛然的谢枋得，却断然拒绝执行投降的旨令。

谢枋得，字君直，号叠山，信州弋阳人，诗文豪迈奇绝，自成一家。他蔑视权贵，疾恶如仇，爱国爱民，在国家生死存亡的关头，挺身而出组织抗战，用生命和热血谱写了一曲壮丽的爱国诗篇。遗憾的是，独木难支，由于南宋最高统治集团畏战，在左丞相留梦炎弃职逃跑、兵部尚书吕师孟投降后，不少封疆大吏和在前线带兵打仗的将领也都纷纷投敌，大片国土迅速沦丧。

两年时间，临安城破。

仓皇间，大宋朝数易其主。宋恭帝、宋端宗后，七岁的卫王赵昺即位登基，并改年号为祥兴。

祥兴元年（1278）十一月，抗元英雄文天祥在广东海丰北五坡岭兵败被俘，服冰片自杀未遂，被元军解至潮阳。元军统帅张弘范将文天祥拘于船上，经过零丁洋时，挟文天祥围攻崖山。其时，宋臣张世杰、陆秀夫等正奉宋帝赵昺徙居在海中的崖山上，而崖山亦已成为南宋最后坚守的一个据点。张弘范一再逼迫文天祥修书招降张世杰等人，均被文天祥断然拒绝。

文天祥挥笔写下《过零丁洋》诗，交给张弘范，以诗明志：

辛苦遭逢起一经，干戈寥落四周星。

山河破碎风飘絮，身世浮沉雨打萍。

惶恐滩头说惶恐，零丁洋里叹零丁。

人生自古谁无死？留取丹心照汗青！

文天祥的豪迈气节，终究还是没能延长大宋的国祚。

祥兴二年（1279）二月初六，南宋与蒙古展开了最后一场决战生死的"崖山海战"。元军将崖山包围得水泄不通，一直守着宋少帝的陆秀夫见大势已去，忙跨上自己的座船，仗剑驱使妻子投海自尽，又换上朝服回到大船礼拜少帝赵昺，哭着说道："陛下，国事一败涂地，陛下理应为国殉身。德祐皇帝当年被掳北上，已经使国家遭受了极大的耻辱，陛下万万不能再重蹈覆辙了。"说完，便将黄金国玺系在腰间，背起赵昺奋身跃入大海，以身殉国。

顷刻间，君臣二人就被海浪淹没，其他船上的大臣、宫眷、将士听到这个噩耗后，顿时哭声震天，十几万军民纷纷追随少帝投海殉国。

自此，立国三百二十年的宋朝就此融入茫茫大海，消亡在历史长河中。

宋朝已亡，国将不国！听闻这个消息后，生无可恋的流芳斋斋主刘定远与妻子黄蕙兰以身殉国，打理流芳斋的重担便落到了三十五岁的刘国道身上。

与此同时，隐居在建宁唐石山中的谢枋得，立志不做元朝顺民，先后流落于麻沙、书坊、黄坑等建阳县城周边的乡中，以卜卦、织卖草鞋或教书为生。尽管他身无长物，依然还有着一身的凛然正气。谢枋得生活极其贫困，每天都穿着麻衣草鞋，面向东方痛哭，以悼念已亡的故国。

刘国道二十一岁成婚，妻子傅云琴祖上是信州弋阳人，和谢枋得是同乡。有了这层关系，刘国道与谢枋得就显得亲上加亲。因缘际会，他们即成知音，相偕读书，作诗填词，校勘书籍，亦庄亦谐，恨不早识，又常一起去武夷山拜访熊禾。

熊禾，字位辛，一字去非，号勿轩，晚号退斋，是著名的理学家、教育家，建阳崇泰里人，世居云谷鳌峰之阳的熊墩。熊禾幼年颖慧，有志于濂、洛、关、闽之学。他探访朱熹的门人辅广，并拜其为师，游历浙江，受业于刘敬堂，得到朱熹晚年时同女婿黄榦论学的要旨。宋度宗咸淳十年（1274），二十八岁的熊禾登位进士，受任汀州司户参军，颇有政绩。宋亡之后，他誓不仕元，"遂束书入武夷山"，在五曲晚对峰构筑洪源书院，边研究义理，边开坛授课，从此过起了隐居山林的生涯。

熊禾十分敬仰朱熹。他在卜居武夷山的十二年中，通览朱子诸书，选择其中精要者辑为一册《文公要语》，为时人研习朱熹的思想、理论，提供了极有益的帮助。而在洪源书院居住期间，熊禾还分别撰写了《重修武夷书院疏》《重建朱文公神道门疏》，并与挚友胡一桂一同讲论，互相勉励切磋，先后注释了《易》《诗》《书》，并重新纂修了《春秋》

与《仪礼》，大力弘扬了朱子之学。

在与熊禾交往的过程中，谢枋得还和刘国道合作，编纂了《重订千家诗》这一带有启蒙性质的诗歌选本，受到了广大读者的推崇。然而，这一切都没能阻止蒙元对他的注意，拉拢不成后，他们便想出了更损的招数，于元世祖至元二十五年（1288）冬天，由福建行省参政魏天佑出面，强行逼迫谢枋得北上大都为元朝效命。

大雪纷飞，这时的谢枋得虽然形容枯瘦，但仍然精神抖擞，遂慷慨赋诗赠送亲友，与刘国道、熊禾等人一一道别。为表示抗拒与蒙元合作，从建阳出发北上那天起，谢枋得便开始进行绝食。后来，他为能活着抵达大都哭祭早在至元二十年就已经去世的谢太后，同时也是为了能见到被俘虏的宋恭帝最后一面，才每天都只吃些少量的蔬菜水果以维持生命。

为彻底打消蒙元对他寄予的希望，他甚至大笔一挥写下了大义凛然的《却聘书》，表达了自己不与蒙元同流合污的决心：

> 人莫不有一死，或重于泰山，或轻于鸿毛，若逼我降元，我必慷慨赴死，决不失志。

至元二十六年（1289）初，一到大都，谢枋得就朝着太皇太后谢道清的坟墓和宋恭帝所在的方向恸哭再拜，而早已投降元朝的宰相留梦炎，则将之安排到悯忠寺（今法源寺）休养。在悯忠寺，谢枋得偶然见到壁间竟嵌有纪念曹娥的碑，忍不住哽咽哭泣着说："小女子犹尔，吾岂不汝若哉！"再次做绝食斗争。已摇身变作元朝尚书的留梦炎派医者拿了杂有米饭的药汤给他喝。他则一面怒骂，一面恼羞成怒地将药罐重重摔在地上。

同年四月初五（1289年4月25日），谢枋得在大都悯忠寺绝食五天后，终于为国尽节，终年六十三岁，至死未降元。遗书自称："大元制世，民物一新，宋室孤臣，只欠一死。某所以不死者，以九十三岁之母在堂耳，先妣以二月，考终于正寝，某自今无意人间事矣！"其子定之负骸骨归信州，葬故乡弋阳玉亭龚原，门人私谥他为"文节"。

不消半月，谢枋得在大都绝食去世的消息就传到了麻沙，四十五岁的刘国道和比他小了四岁的妻子傅云琴一起，久久地伫立在流芳斋老店前，半晌未语。此前，刘国道因传播抗元图书，受到官府达鲁花赤的严厉盘查，吃了两个月的官司，坐了班牢，建阳县城和麻沙的流芳斋都被勒令停止刻印。刘国道在牢中，傅云琴送饭时告知，建阳县城和麻沙的图书悉数运至麻阳溪畔的河滩上，官府在两处点了一把火，烧了三天两夜，全部化为了灰烬。刘国道闻听此言，当即吐出一口鲜血，晕了过去。

看着已从牢里出来，面色苍白、形销骨立的刘国道，傅云琴慢慢抬起头，注目着头顶上那块暗藏金光却已蒙尘的流芳斋牌匾，店内往日摆满图书的书架上如今空空如也。她伤心地问："这块百余年的老牌子，莫不是要在你我手中衰败了？"

"覆巢之下，安有完卵。国之不存，民将焉附。"刘国道看了看傅云琴，沉重地喟然而叹，"流芳斋在麻沙是开不下去了。日日目睹这满目疮痍，此等剜心之痛胜过受刑，为夫恐命不久矣。或许，我们该离开另谋生路。"

"离去？"傅云琴讶异地凝视着刘国道说，"去哪里？"

"是的，离去，离开这里，从哪里来，就到哪里去。"刘国道表情凝重，郑重其事地说，"我们刘家的祖先，当初从汴梁逃难到建阳来，我一直想回去看看。现在，是时候了。"

"去汴梁？"傅云琴担心地问，"路途遥远且不说，前路未卜，我们在汴梁一个亲戚都没有，又该如何生计？"

"放心，天无绝人之路。心中有光，何愁活不下去。"刘国道坚定地说。

傅云琴追着刘国道的目光看向远方："官人拿定了主意，无论去哪，妾身跟随便是。"

刘国道点点头说："生计你不用犯愁，我们可以开食肆，或是做点别的什么小买卖。这刘姓自然也不能用，我合计好了，就恢复祖上从汴梁来时的林姓，以后娘子唤我'林四海'就是，所谓四海一家，走到哪里都不会饿死。"

"可为了你的官司，打点官府已经掏空了流芳斋，我们哪里还有闲钱可以拿来做买卖？"傅云琴忧心忡忡。

刘国道脸上浮出一丝久违的笑容："前天，水月庵的姑子送来了一本《眉山集》，说是物归原主。我还纳闷怎么回事，后来想起祖父说过，曾祖父在世时，好像就把这本书弄丢了。如今看来，估摸就是曾祖父悄悄把它送给水月庵当时的住持月清师太了。囥好哩，勿弄遢①。"

"月清师太？"傅云琴看到刘国道笑了，她的心亦跟着松快了些，好奇地问。

刘国道眼神里柔情荡漾，仿佛回到了悠远的过去："是曾祖父喜欢的女子，一个畲家跑船的姑娘。此等传奇，荡气回肠，不可轻易说道。倒是这王家祖上刻的《眉山集》确实是一件宝贝，把它换几个钱，去汴梁做个小买卖，想来也非什么难事。"

傅云琴温顺地附和："官人好打算。"

"云琴，这就要离乡背井，心中堵得慌，再给我弹一曲《泛沧浪》壮行！"

傅云琴点了点头，命丫鬟抱出她那陪嫁而来的唐代古琴，端坐在流芳斋门前的麻阳溪畔，抑扬顿挫地弹奏起来。

残阳如血，琴声缥缈，刘国道瞬即便陷进了妻子指间轻轻拈起的情

---

① 藏好，别丢了。

愫中。国破，家亡，山河破碎，故友罹难，自己又刚刚从囹圄中脱离，这以后的以后，在蒙元的统治下，又该如何安处啊！

没有人能够回答他。他只能和着妻子弹奏的旋律，喃喃地念起谢枋得的《沁园春·寒食郓州道中》：

> 十五年来，逢寒食节，皆在天涯。叹雨濡露润，还思宰柏，风柔日媚，羞看飞花。麦饭纸钱，只鸡斗酒，几误林间噪喜鸦。天笑道，此不由乎我，也不由他。

> 鼎中炼熟丹砂。把紫府清都作一家。想前人鹤驭，常游绛阙，浮生蝉蜕，岂恋黄沙。帝命守坟，王令修墓，男子正当如是邪。又何必，待过家上冢，书锦荣华。

黢黑的苍穹下，熊熊大火腾起的红色烈焰，映红了麻沙流芳斋的角角落落。这个百年老店，在被王恒泽烧毁九十八年后，再度陷入火海。

影影绰绰的火光中，刘国道和傅云琴拉扯着一众儿女家人，从容不迫地走出了刘家大宅。身后，被他们遣散的无数家仆使女慢慢散开……

微微初夏，晚风轻拂，刘国道、傅云琴一家踏上了通向北方的漫漫长路。前方，等待他们的，会是什么结局？一切都无解，却又仿若是有解的，就像那本流传了一百多年的《眉山集》，真真假假、虚虚实实，谁又能诠释其蕴含的恩怨情仇、百般沧桑？

麻沙刘家，老字号流芳斋，为家为国，数度沉浮。这其中的民族大义和慷慨气度，段段血泪情愫，早已洇入建本沧桑的纸卷经纬中……